冬草无咎

我的阆苑旧事

林三夏 著

湖南地图出版社
HUNAN MAP PUBLISHING HOUSE

长沙

图书在版编目（CIP）数据

　　冬草无咎：我的阆苑旧事 / 林三夏著 . -- 长沙：湖南地图出版社，2022.11
　　ISBN 978-7-5530-1075-5

　　I . ①冬… II . ①林… III . ①散文集－中国－当代 IV . ①I267

中国版本图书馆 CIP 数据核字 (2022) 第 207924 号

冬草无咎　我的阆苑旧事
DONGCAO WUJIU　WO DE LANGYUAN JIUSHI

著　　　者：	林三夏
责任编辑：	黄爱姣
出版发行：	湖南地图出版社
地　　　址：	长沙市天心区芙蓉南路四段 158 号
邮　　　编：	410118
印　　　刷：	长沙鸿安印刷有限公司
开　　　本：	889mm×1194mm　1/32
印　　　张：	8.75
字　　　数：	170 千字
版　　　次：	2022 年 11 月第 1 版
印　　　次：	2022 年 11 月第 1 次印刷
印　　　数：	0001-3500
书　　　号：	ISBN 978-7-5530-1075-5
定　　　价：	49.00 元

序

莫俟心

与小夏相识相知，至今已有十年光景，这缘于林和生老师的克尔凯郭尔传记。小克那绝望的一跃勾连起我们。多年前的成都之行，我们在林老师家彻夜长谈的情景犹在眼前。

我认识小夏的时候，她以"岳越"之名在某报社当记者，平时做些新闻报道，业余写作，后来成了自由职业者。几年时间，积攒出一本安徒生的传记和一本民国才女的故事。

如今，她又以"林三夏"之名写作了这本书，是不是颇似异名者佩索阿？是的，读完这本书，我又看到了她的另一个面向，像黑夜里的潜行者，慢慢释放出内心灼热的光芒。这次，她将目光从异国、民国移到自身，对个人、自我进行深刻而令人敬畏的审视剖析，有些不便为外人道的细节，她亦勇敢地置于诸位读者面前，很难不让人佩服。

这种向内的写作，犹如黑塞谓之"狭窄的地狱隧道"的东西：穿过隧道到达彼端，就是蜕变过的自己；心灵经过抚慰解析又觉舒畅。黑塞知道，当生活的敏锐度受到伤害之时，需要抽身回到思考及艺术，因为那才是他生命及存在的目的。这就像一株植物，当它

序

　　断折或枯萎，会赶紧结出种子，因为这正是它生存的意义。

　　小夏也深谙此道。我惊异于她的记忆力，儿时的诸多细节历历在目，而我能记起的儿时片段寥寥无几。这些细节于她而言，是体认这个世界的方式，像萦绕周身的呼吸，这呼吸里混合着各色气味，刺激着她敏感的神经，必得寻索一个出口，这个出口便是写作，属于个人的写作。她的出生仿佛带着原罪，遭受父亲的厌弃，随母亲辗转流离，亦曾寄居乡野、寄人篱下甚或流落街头，尝尽世间百态。小夏几乎没有保留地展示了她在这世间的种种关系：与阴鸷的父亲，与活泼的母亲，与冷眼的亲戚，与乡邻，与老师，与同学，与恋人，与同事，与相濡以沫的丈夫，与最最亲爱的外公外婆。与同为川籍的女作家桑格格的《小时候》和颜歌的《我们家》带给读者的幽默、快感不同，小夏的诸多关系里，时常带着生活刺骨的寒凉，每个人都扮演着复杂的角色，不能简单以道德论之。这些复杂的关系构成人生意义之网，有些人被这些网束缚了手脚，而小夏则尝试通过写作去解构，去消融，如花飘落于花丛，如水消逝于水面。

　　同时我也猜测，小夏通过这种向内的写作，在一定意义上达成了与现实生活的和解，包括她的父亲。如我们都喜爱的木心先生所言：不知原谅什么，诚觉世事尽可原谅。我期待她永远保持着这种脆弱而又坚韧的灵性，在写作的道路上越走越远。这脆弱是因为生活的锤打，而这坚韧乃生活的恩赐，一如外婆的爱护，是她前行途中永不枯萎的源泉。

目 录

楔子 　　　　　　　　　　　　　　　　　　　　I
第1章　古街老屋　　　　　　　　　　　　　001
第2章　城乡混血儿　　　　　　　　　　　　009
第3章　天意难测　　　　　　　　　　　　　027
第4章　上学记　　　　　　　　　　　　　　035
第5章　乡村风物志　　　　　　　　　　　　046
第6章　再次进城　　　　　　　　　　　　　058
第7章　豆剖瓜分　　　　　　　　　　　　　069
第8章　遇见另一个自己　　　　　　　　　　077
第9章　雨打浮萍　　　　　　　　　　　　　085
第10章　何以家为　　　　　　　　　　　　　095
第11章　传承之罪　　　　　　　　　　　　　106
第12章　劫后余生　　　　　　　　　　　　　111
第13章　传闻中的奶奶　　　　　　　　　　　127

目 录

第 14 章	西风中学	137
第 15 章	再次撕裂	147
第 16 章	学渣的反击	155
第 17 章	觉醒之日	164
第 18 章	染血之殇	177
第 19 章	不完美受害者	183
第 20 章	菜鸟啁啾	191
第 21 章	白云苍狗	200
第 22 章	小姑居处本无郎	212
第 23 章	再见父亲	223
第 24 章	泛若不系之舟	235
第 25 章	风云再起之母亲的奋斗	240
第 26 章	外公之死	249
第 27 章	外婆的回忆	256
后记		272

楔 子

这是一爿明清风格的老式建筑，街灯昏昏更显凄惶，临街的店铺都是一副要打烊的样子。街上没有行人，他像往常一样坐在门口，戴着那顶破了皮的鸭舌帽，努力揉搓着自己残损的左掌，没有焦点的眼睛木然望向人群。

我踟蹰良久，最终迎向他说，你好，我来看你了。

他听到我的声音，显得很是开心。毕竟，一个孤独的老人，任是谁来看他也是高兴的。他起身，我也迈开双腿，随他一前一后进了屋子，他的脊背有些佝偻，右手抓住左臂横置于胸前，这是他维持平衡的方式。走路的时候先以右腿发力，左腿则吃力地在地上画着半圆，像是有些承受不了生活的重压似的，显出一种卑微而倔强的顽抗姿态。行至屋中，还未来得及说话，他却忽然转身，一把白晃晃的利刃直刺我面门。

那是一把水果刀，只得成人巴掌长，刀刃极薄，在昏暗的屋宇中闪烁着镜面的寒光，而他一贯昏聩的眼睛此刻也和刀刃一样灼灼，甚至有着瘆人的疯狂意味。我感到此时的处境极度荒谬，却又不可信的真实，因为刀尖确确实实碰到我的皮肤了，那是一种类似火焰

楔 子

的灼烧感。

  我尖叫着从梦魇中醒来,冷汗涔涔而下。虽然不知道梦中的自己是成人还是小孩,然而多年以前,确实有这样一柄刀,在同样的方寸之所,带着呼啸的恨意刺向一具尚未长成的肉身。那时,我还只是一个六七岁的幼童。

第 1 章

古 街 老 屋

小时候看武打片,但凡英雄落难,生死攸关之际,那汉子总会大喊一句,老子二十年后又是一条好汉。

我于是想着,不过二十年,就够他投胎转世,再次为人。一个人的一生,想要活得像电视剧里的人物一样敞亮,居然二十年的时间就已经足够。

那时总觉日头漫长,二十年真是遥遥无望,但又总听长辈说,做人至少要活够一个甲子即六十年,死了以后去阎王处报到才不会挨打,又觉得二十年何其之短。及至长大,倒不怎么拘泥于年限了,人生天地之间,不过俯仰一世,修短随化终期于尽,在意或不在意,也无非同一个结局。

回到当初居住的那条古巷,虽然家家户户已经焕然,但那濡润在空中的气息,飘荡散逸在耳边的市声,还有无意显露的古旧印记,分明是数十年不曾变更的梦境和呓语。

这街名叫管星街。管星者,管理星辰也,口气不小,我总疑心它和那位两千多年前仰望星辰的落下闳有关,然而如今的记载文献已经寥寥，只存留了一些历史罅隙中的流光碎影。管星街虽属古城，但并非正道，不过是东南方一条逼仄的五六百米的小巷。它两旁分布着好几座古院落，屋檐低小，偶有苔痕，清晨日落缓步慢行确然有着幽幽的古意。临街的房屋已由政府出资统一打造成仿古风格，并饰以灯笼，虽穿凿人工，殊有丽色。

我家所居，正是管星街中段的一处古院落的其中两间，大约有二十平方米的样子，现在看来是不值一哂，在当时却是了不得的资产，因为它将乡下人和城里人彻底地区分开了。不要说二十平方米的房子，哪怕只是一处立锥之地，也足以让它的主人拥有合法的居民身份，吃上供应粮。房子最早是由奶奶从她所供职的阆中丝绸厂所分配得来的，再后来她唯一的儿子顶了她的班，也继承了房子的居住权，街坊邻居也多为职工家属，一代代传承下来。房屋多为串珠式，虽然独立成间，但私密性不强，我家亦然。其中一间临街，那时没甚车辆，偶有人声喧哗，也不觉得十分吵闹。屋子古旧，墙体薄薄一层，天花板岌岌可危，勉强能遮挡灰尘，但奇怪并不漏雨。

左邻是马爷爷一家，房屋格局和我家完全一致，但他们却另有一间极大的厨房，在整个四合院中都算气派的了，即使这厨房紧挨公厕，大家也暗自羡慕。马爷爷可不是个省心的大爷，年轻时没少惹风流事，七老八十了，也爱偷看大姑娘小媳妇。听说当年母亲乳养我的时候，也被他偷看了好几回，这老家伙常常一迭声地赞叹道："多好的奶，多好的奶呀！"至于他是在为我这个不会说话的婴儿

第1章　古街老屋

发声还是单纯地喝一声彩,那就不得而知了。

四合院里的人,都是丝厂职工家属,抬头不见低头见,但是关系也有亲疏之别,和我家关系最好的应该是鲜家,这家的男主人貌陋身短,颇受了不少讥诮,妻子刘氏却是人才出众,这两人为何会凑在一块,当中的因由要另出一本传记的。

这鲜家的崽子比我小一岁,同在丝厂的附属幼儿园念书,我上中班他上小班,我上大班他上中班。原本我们都是由各自父母接送的,后来有一阵子不知怎的没人接送了,刘阿姨让我和她家崽子一起上学顺便照应一下,但是第一天我就把小弟弟弄丢了,两口子火急火燎把儿子找回来,后来再没人让我干这差事。

我家原本没有厨房,只在过道里放了一只蜂窝煤炉子供烹制食物之用,过道极窄,再放这样一件家什其实很不方便。四合院里除了马爷爷和江婆婆家,其他人上厕所都要经过此处,非但有碍观瞻,而且于理也不合。如今物是人非,那过道比记忆中更觉压抑逼仄,但我于此仍有温馨的回忆。记得大约是我五岁光景,有一次外婆从乡下来看望女儿及外孙,背了许多粮油菜蔬,我们一起上街买了新衣,还买了一只绝大的火腿。回家后母亲立刻在煤炉上烧了一锅滚水,将火腿置于手中削片,片片皆入水中,那火腿用了约有三分之一的量,佐以番茄豆芽之属,风味殊胜,却不知是什么牌子,此后再没有吃过。

后来鲜家拿到新的分房名额,而且是楼房,大家都非常羡慕。

我父亲那时很出风头，而鲜叔叔的工作能力据说是垫底的，却后来居上，令人不解。他们走后，厨房立刻被我家和另外一家瓜分了，中间以水泥墙隔离。

新厨房有两平方米不到的面积，不但有了正经做饭的地方，甚至还有余裕装了一间小小的洗浴室，比起以前那只全家共用的大澡盆，那真是不可信的奢侈。

如果能再有一个独立厕所的话，那么我在四合院的生活条件就能达到一个质的飞跃了。

可也只能做做梦。

院子里垒着一个公用的土厕所，男女分离，我估计余华的《兄弟》中那位李光头偷窥女人屁股的地点，就和这种很类似。因为是旱厕，卫生情况好不了，常年散发阵阵恶臭，两个小小蹲位叫人触目惊心。院子里的江婆婆家，很不幸紧挨着这厕所，因她当年也是从乡下嫁入城的，非常勤俭持家，弄来一只小小鸡笼放在门口，常年养着两三只鸡，平时下蛋，过年吃肉，那两三只鸡蔫头耷脑，也生得一副倒霉相。我每次经过的时候都暗道一声可怜，毕竟也是昴日星官的原型，就这么潦草地过完自己的一生，哪里比得上乡下的鸡崽满山跑，虽然都免不了过年挨一刀，也毕竟潇洒快乐过。

由于鸡粪和厕所的气息浑然一体，我不得不另外思量对抗之法。奈何我幼时思虑极多而行动极蠢，最终决定上厕所时捂住鼻子改用嘴巴呼吸，还自以为得计。也亏得小孩子肾气充足，只要闭眼就一

第1章　古街老屋

觉睡到大天亮，无须起夜，不然睡得迷迷糊糊起来解手，脚跟没踩稳掉进茅坑里，那可不体面。想起当年，每晚躺在自己的小床上，总要磨磨蹭蹭好一会儿才能入睡，要么睁大眼睛追逐着从门缝里射入的光斑，看它的修短圆缺；要么仔细聆听着天花板上的异响——那是耗子们集体出动的声音，我总觉得它们在操练武艺，一霎儿来，又一霎儿去。风风火火、恍恍惚惚。我十分惧怕老鼠，生怕自己睡觉的时候被咬掉鼻子耳朵，是以喜欢捂着头脸睡觉，即使如此，它们每晚操练的声音仍然声声入耳、巨细靡遗。如今回想，能弄出这么大动静的耗子，一定不只是一个家庭的体量，而是一个师或一个团。

耗子虽然猖獗，终究个子小，让我吓得夜夜啼哭的，是右边隔壁的大老虎。大老虎每晚嗷呜嗷呜，小朋友我每晚哇哇大哭。母亲还总笑说，不是老虎，是隔壁的赵爷爷打呼噜。我家的右邻正是住着一位体格健壮、声若洪钟的赵爷爷，平时人很和善，看不出和老虎任何相像之处。无数个夜晚，他的呼噜声带着巨大的威慑力，穿透瘦瘠的墙体直击我童稚的耳膜，这样大概三年，我已经能和这呼噜声和平共处，某一天却发现似乎久未听闻了。

院子里凭空有了许多花圈和奇奇怪怪的人，他们有的手臂上戴着黑纱，别致又显眼，此前我从未见过，因此希望自己也能戴一个。就像在我年纪更小一点的时候，在幼儿园上小班，看见其他小朋友在胸口用别针别着一块手绢，我也暗自偷偷模仿过一次，但只戴了一天就放弃了，因为并没有鼻涕口水可擦。

　　第一次听见哀乐，很是新鲜刺激，这音乐有牵扯人的魔力，我凝神听了好半晌，默然无语，一个人回到屋子里偷偷哭了一场，不是为赵爷爷，而只是因为他的死。我那时只有六岁的样子，却已经知道，死就是永远，每个人都将成为永远。

　　不过呢，这些形而上的时刻毕竟只是草芥星星、微光点点，作为一个幼童，其实也只是一只没有知识的小兽，因好奇而探寻，因无知而无惧，就算偶尔多思善感一回，其程度也终究有限。

　　我自四五岁上睡觉有些不老实，总是喜欢掀被子，入睡时裹得严严实实，到了半夜就伸胳膊蹬腿。父亲的方法简单粗暴，直接用毯子裹住我的四肢，再用细绳密密匝匝地捆成一只肉粽子，好家伙，简直丝毫也动弹不得。翌日一早，浑身酸疼的我必要高声呼告，请他们为我解绑才得穿衣起床，这例行公事一直持续到父亲生病身残才得解脱。

　　我虽然讨厌这个，当时却并没有反抗的决心，因为父母也是为我好，而且隔壁的小孩子比我还作孽。

　　马家的孙子马鸡和外孙邓鹏，皆顽皮捣蛋，老人也没精力管教，索性用一条铁链子将他们拦腰拴着，跟拴一条狗似的，只是不会汪汪地叫。相比之下，我还算略有尊严。不过尊严这东西嘛，还是要钱才撑得起来。不瞒大家，虽然当时的居住条件有限，但我绝对是我们那条街最靓的仔，母亲由于经营得法，是小城最早的一批暴

第1章 古街老屋

发户,听说三个月的进账就有万元之巨,零花钱足够我天天请客。

所谓"请客",其实就是分享一点小零食而已。二十世纪九十年代初期,市面上开始涌现一些新奇的玩具和零食,有的零食甚至本身就是玩具。我记得有一种球形膨化饼干,会附赠一只大烟斗,唤作"吹吹乐",将那小球附在烟斗之上,可以玩上半天,然后再吃掉;好一点的冰激凌当时已是一元一个,味道大同小异,但造型倒是越来越奇巧,有一款冰激凌的包装是一只咖啡色塑料茶壶,掀开壶盖用小勺挖着吃,有爱丽丝下午茶会的感觉,我非常喜欢,买了很多留下茶壶过家家。此外还有一款酸角粉,里面附赠的小勺设计成《西游记》里人物的形象,惹得大家心痒痒只想收集齐全,而且这款零食价格相因,五分钱一袋,大人随便给点零花钱就可以买上许多。有一次我偶然看到街上的小孩子每人手里拿着几包酸角粉,个个兴奋莫名,仿佛现在开盲盒的光景,原来他们正在比赛谁开出来的《西游记》人物最齐全,我从兜里抓了一把给他们看,累累的孙悟空唐僧沙和尚,那领头的孩子惨然变色道:"不行,要现开的。"于是我立刻去旁边的副食店买了三五包酸角粉,却是作怪,每包里面都掏出来三只小勺,而标配其实是一只,我开了两包就收集齐全了。众人以惊疑不定的目光将我打量半晌,纷纷作鸟兽散。现在想想这其实也算是一个马太效应的小小雏形。那时的我手头宽裕,很是惹人爱,副食店蒋阿姨、幼儿园小朋友一见我皆喜笑颜开。隔壁的马鸡邓鹏也是对我崇拜有加,每次必要拖着狗链子挣扎着向我殷勤问候，他们家里人好像不给买零食，总是馋得慌，眼巴巴指望着在我这儿分一杯羹。大多数时候都能如愿以偿，有时我心情不好则不会给他们。

　　我对这两个男孩印象已不十分真切，只是记得他们会表演打架给我看，胜利者会赢得最终的零食大礼包，但我并不喜欢看人打架，尤其是两个还没发育的小鸡崽打架，总是看上两三个回合就拜拜了。

第 2 章

城乡混血儿

据我观察,四周邻舍至少有三个女人是农村姑娘嫁过来的,她们确实明显和城里姑娘不一样。

老年代表江婆婆。江婆婆是个能干人,老有余妍,生下的子女也是要面子有面子,要里子有里子,她老公李爷爷却是个身材矮小、常年咳嗽、脾气暴虐的老家伙。不知为何我对他的印象异常清晰,因为他从不曾笑过,见了我们小孩子,也只是微驼着背,从深度近视的眼镜框的边界之处投来冷冷的一瞥。李爷爷虽然年纪已经老迈,但仍然是一个阴鸷的人,时光未曾赠送他半分仁厚。我常听见他高声斥骂妻儿,真是雷霆之怒,他的儿子正当壮年,妻子也已年老,却似乎仍然畏惧他的权柄,可想年轻的时候是一副怎样的光景了。这样一个人,自然难以得享永年,没拿多久退休金就去了。家人松了一口气,江婆婆也终于过了几年舒心日子。她在七十岁的时候谈了一场很美的黄昏恋,对方很文雅,而且真心爱她,可惜两人在一起的时间极短,不过两三载,那人罹患重病,死前将手上的二十万存款悉数留给她,那是他的全部财产,也是他唯一能证明自己爱情的方式。千禧年前的二十万不是一笔小数目，听说那人的儿子很是不忿，还闹过几次，最后不了了之。

　　青年代表蒋阿姨，身板结实，力大如牛，生得一张眉目生动的小方脸。男人姓何，面貌猥琐，夏天总是光着膀子，没有正式工作，还是强奸犯。蒋阿姨就是年少时不幸着了道，对方用三千彩礼封了她的嘴还讨了她这个人。她做事爽利，一个人经营一家副食店，还自己舂辣椒面卖。我常常见她一个人踩着一只类似杠杆设置的木头柱子，面皮涨红、汗如雨下。辣椒面的辛烈气味一阵阵铺散到空中，呛人得很，像她的人生。蒋阿姨面貌端秀，一双手却是大如蒲扇、皲裂红肿，指头也粗短，是一副经年累月不停劳作的手，没半分女人的柔滑细腻。听说后来她男人还将她卖了，这苦命的女人在山西挖了几年煤，真是比小说还魔幻。

　　另外一个，当然就是我母亲了。

　　那时城乡差别之大，犹如云泥之别。究其因，还是政策问题。孩子的户口随母亲，只要稍稍为下一代考虑，城里男人都不会娶农村姑娘。我以前还不大信这个，直到后来，一个待我极好的长辈向我倾诉他一生的遭遇。原来他已近耄耋之年，刚刚好容易离了婚，多年来妻子穷凶极恶还给他戴了好几顶绿帽，他实在是不能再忍受下去了。我随口问了一句，要是当初，让你娶我母亲那样条件的，你可愿意？他居然坚定地回答，不愿意，我不愿娶农村姑娘。

　　看，这就是城里人的普遍心态。

第 2 章　城乡混血儿

其实比较起来，我母亲当时真嫁得不算坏。她虽生在农村，但是好吃懒做，干不了任何农活，又是小女儿且又生得称头，父母疼爱，不忍苛责，只愿她能像大姐一样好好读书，将来跳出农门也未可知。外公外婆共有四个女儿并一个小儿子，其中老大素珍是抱养来的，这在当时的农村很常见。夫妻多年不生育就抱一个孩子过来养。按序排下去依次是素菲、素芬、素玉，另加一个宝贝疙瘩小石头。除了小石头就数这个玉儿最受宠，可她并不是读书料子，读了三次初三也未能考上高中。考试经常不及格，尤其是数学，简直学得狗屁不通，有一次索性交了白卷，老师说这次不及格的都要打板子，她一听就慌了，灵机一动居然给自己改了名字，将本名"玉"字改作"萍"。发考卷的时候，老师一迭声叫了许久也没人答应，同学们也议论纷纷，班上没这人呀。后来终于查出是她，众人绝倒，都不肯再叫她的旧名，纷纷以新名呼之。不过听说她的语文是不错的，老师常常让她站起来念作文，这样看来，我倒还颇有些家学渊源。

她虽属龙，却近不得水火，挑不得水也烧不得火，外婆也发愁，只好让她去割草。

她割呀割，很努力地割，可是身旁的小伙伴手起刀落，快如闪电，割下的草码放得整整齐齐，只一转眼工夫，人就远远地前进了，留下一排排刺目的草桩在风中招摇。

而她还在原地。

由于实力太过悬殊，她决定缴械投降，回家对父母诉了一番苦，希望能换个轻松活计，竞争比较小可操作性强的，比如捡牛粪之类，但未得批准，外公说那是五六岁的小孩子干的，仍让她外出割草。

母亲后来不知悟了什么法门，战绩越来越好，每天傍晚都能背着满满一背篼青草回家，外公外婆对她的表现非常满意，屡屡夸奖。不过外婆很快发现了猫腻，验货时满满的，猪圈里却瘪瘪的，她疑窦丛生，趁女儿快回家时躲在猪圈里暗中观察，终于发现这背篼大有玄机，上面薄薄的一层草，下面全都是荆棘刺条充样子的，外公知道后大怒，少不了厉声训斥一番还说有一顿好打。

说打她也只是吓唬吓唬，外公让外婆下手，做母亲的溺爱孩子哪里舍得？用鞭子将柴门打得噼啪作响，一面打一面骂，她也会意，高一声低一声地叫唤，口中只说："妈，不要打了，我知错了，下次再也不敢了。"辅以呜呜咽咽的抽泣声，口技一流，外面凝神谛听的众姊妹都不疑有它。

这倒也罢了，她自多年的实践中悟得一套生存智慧，"想要挨打少，认错要趁早"。姐妹中的三姐素芬属牛，是个牛脾气，倔得很，未出阁时不知道为陈谷子烂芝麻的事儿挨了多少打，加上天生是个大嗓门，惨叫声可达数里，有时山那边都听得见，正在玩耍的小孩子都会纷纷咬耳朵：神煌垭的素芬儿又挨打咯。颇有杀鸡儆猴之效。

有了这样一个参照物儿，母亲显得异常乖觉，从不惹事顶嘴，她说：大大（爹爹）说的一定是对的，该认的错那是一定要认的。话说外公训诫子女时，喜欢让他们都跪在毒日头里，不认错就一直

第 2 章 城乡混血儿

跪到日落。小孩子嘛,死鸭子嘴硬,犟嘴的时候多,服软的时候少,每次都会冒出一两个铁骨铮铮的同志打死不投降,这正是表现自己的大好机会,母亲立刻上前,对身边的同志循循善诱:"大大是最疼我们的,教育我们也是为我们好,快快认错吧,不要让大家和你一起受罚。"虽然这位总是不听劝,但她的态度却赢得了外公的好感,心里暗暗给她开了小灶。母亲最善察言观色,时机一到就开始用膝盖行走,一点点挪到阴凉处了。这样一天下来,众姊妹晒得焦头土脸,就她一人白白漂漂的。

母亲虽然颇受宠爱,毕竟是个女孩,家里最受重视的当然是唯一的男丁——舅舅,他自幼儿聪明伶俐。众人爱得如珍似宝一般,生怕磕着碰着绊着,但是乡下孩子再金贵也是要干活的,家中放牛的差事指派给了舅舅,这活路轻巧,路上还能捡点儿牛粪回家做燃料,一举两得。说起牛粪,可能没有乡村生活经验的人会觉得污秽不堪,其实不然,因为牛是最清洁的动物,粪便大都是经过消化后的植物筋络,没什么异味,干燥后成为一只团团整整的牛粪饼子,听说藏人甚至直接用它来引火烤东西吃。有时候舅舅放牛会和母亲同去,他们二人年纪相仿,平时也最为亲厚,总有悄悄话说不停。放牛的固定场所常常是在后山,这里草木肥美,还有外公当年带领社员们一起挖掘的一个大堰塘。村妇浣衣,儿童嬉戏,都喜欢前来此处,可是山里毕竟人家少,热闹的时候总归不多。一个傍晚,舅舅正在放牛,母亲又偷偷溜过来找他玩,不料刚走到堰塘边,脚底一滑就咕噜噜滚到这一潭深绿里去了。

堰塘虽名为塘，但其实是一个规模不小的人工湖了，不会水的人掉将下去，绝无生机。母亲一面努力挣扎，一面高声求救，舅舅也着急，伸手抓挠了两下，但随即迟疑，不再有任何动作，母亲已经呛了好几口水，脑袋晕乎乎的，体力眼见不支，见状怒骂道："你个没良心的小东西……再不救我……老子马上就要喔豁了……"

舅舅慢悠悠道："我听同学说他那边有一个男娃，也是姐姐落了水，他下去救人，最后两个都没上来——如果我没把你救上来，自己也死了，那多不划算！"

母亲气得无语，浮浮沉沉间，居然迎来一个救星，是邻村的某位同姓少年，他在附近路过听到呼救才特意赶来的，见情况紧急也不多话，立刻脱了衣服入水救人，将母亲安顿妥帖之后又一骑绝尘地去了，从头到尾没说两句话。母亲心中甚是感激，此后若干年，只要见到那少年的母亲，必然孝敬一个二百块的红包，虽是不多，也算长情。

纵然经历了这一段风波，母亲和舅舅之间并未生嫌猜，很快和好如初。母亲只说，他那时候年岁儿小，体格儿又轻，还不怎么识水性，不救我才是应当的。

好容易混到十八岁，终于可以考虑嫁人了。

看过母亲少女时代的照片，非常清秀甜美，她的身材一直属于微胖型，却生得一张瓜子脸，柳眉杏眼樱桃口，很传统端庄的长相。

第 2 章　城乡混血儿

身高一米六六，配着这张脸，是方圆百里有名的美人。那时有许多人想要和她说亲，但外公外婆觉得家中这个姑娘不会做农活，嫁给乡下人肯定讨不了好果子吃，有个恶婆婆就更不得了，因此推托众人，只一门心思想把姑娘嫁到城里去。

说来也巧，我父亲那时离婚不久，有个四五岁的女儿跟着女方，孤家寡人的，也正在找媳妇。他身材不高，但也不算矮得离谱，剑眉星目，高高的鼻子，面貌当得上"英俊"二字。他不但有正经工作，而且还是厂里的文艺骨干，经常代表我们阆中县去南充参加歌唱比赛，屡有斩获，是那种早早进了县志的人。

外婆的一个远亲给他们牵了一根红线，谁也没想到真的就成了，因为这两个人都挑剔得要死，条件也不上不下，农村女要找城里人，离异男要找头婚女，都是小算盘打得贼精，谁也不肯吃半分亏。

不久，母亲和外婆进了城，在中间人的带领下来到父亲住处相亲，临街的两通间，在当时已经算条件很好的了。父亲面皮白净，态度温和，声音好听，是母亲以前从未见过的类型，以她当时有限的智慧，甚至无法判断他的年龄。父亲看到她，也很忘形，他高谈阔论，意态甚豪，一副见多识广的样子，讲到得意处，跷着的二郎腿不小心碰到她的脚尖，她则生平第一次感到电流击中肉身的战栗。

中午的时候，父亲自己做了四个小菜，因为刚好有四个人用餐。虽也只是白菜豆腐之类，据说味道还不错。

两人看对了眼，男方要去女方娘家走一趟。那时没有公路，需要全程步行,且都是崎岖山路。父亲中途崴了脚,这也罢了,更恼火的是还要再经过一条河,恰逢汛期,过河人免不了打湿裤管。河水沁凉,往骨头缝里一钻,更觉痛不可忍。父亲只好一瘸一拐地去见未来丈母娘了。

母亲不乐意了,就说你这样到我家,旁人还当你是个瘸子,一定会有人嚼舌根说我去城里找了个瘸子。

父亲也很为难。他说,妹子,如果你觉得丢脸的话,我可以回家养几天,好了再去你们家,这样就没人笑话了。

但是母亲扭捏了一会儿,还是同意让他去了。她事后常常觉得这个小插曲是个预兆,最不好的那种。

他们很快举行了婚礼,在女方娘家置办的,叫了几个亲戚,凑了一桌半,简简单单。外公一直很生气,他说:"这男人说自己二十六岁,一定超过了三十岁,或许还不止。结婚没彩礼就算了,居然一个子儿也不出,一颗喜糖都不买,简直是天下奇闻!"

外公的判断非常准确,父亲当时的实际年龄是三十四岁,而不是自称的二十六岁,长我母亲足足十六岁,几乎差了一代人。他铿吝成性,对别人、对自己都是如此。新娘离家的时候带走了一只旧衣柜,不知道算不算嫁妆,外公说这东西要拿钱买,不白送。新郎只得咬咬牙,留下了二十元。

这是二老从女婿身上榨得的唯一一点油水。

同时期的三姐素芬出嫁,是个农户人家,彩礼三千,那时的

第2章 城乡混血儿

三千可买一头牛还有盈余。

可是素芬也是不快乐的，因为父母没有准备任何陪嫁，她觉得自己就是被父母卖掉的一头牛。

然而一切已经尘埃落定，就看孩子们各自的造化了。

母亲并不明白父母的忧虑，她是O型血，天生乐观，更何况她已顺利从乡下姑娘变成了城里人，总以为自己是最幸运的那一个，美好的生活遥遥在望。

她准备学习缝纫，这是当时的姑娘们不多的谋生技能之一。

父亲每月工资四十六元，他用分期付款的方式购买了一台市价六百二的凤凰牌缝纫机，这应该算作他一生中有且仅有的一次大手笔，空前且绝后。

他应该庆幸自己的媳妇并不笨，至少在缝纫技能上颇有天分：很快就能出师带徒弟，锁复杂的花边，三天裁出一套列宁装，其余的修修补补更不在话下。

不多久，母亲怀孕了，他让她打掉孩子，因为那时他的大女儿还小，经常过来一住就是半月，他觉得她没有精力照顾两个孩子——而且，不知道是来自哪里的传闻，当时的人们普遍认为第一胎比较笨，算是第二重顾虑。

母亲毫无异议。

直到两年后，她再次怀孕，被允许生下孩子。

他不算是一个性格特别暴躁的人，个子小也没什么力气，母亲怀孕后长高了几厘米，原本体格也健壮，一米六七的块头看上去比丈夫敦笃，并不是一副容易受欺负的样子——可是有一天他不知道为什么发了疯，开始用脚猛踢她的肚子。她那时怀孕五个月，以为胎儿不保，没想到这娃皮实得很，只是微微出了点血，居然没流掉。

但她估计还是有点吓着了，时间到了也不肯瓜熟蒂落，足足多挨了一个月才出生，当时羊水已臭，医生强行剖腹，取出来一个浑身青紫的婴儿，而且不哭。

大家都有些着忙，护士连扇三耳光，这孩子才"哇"的一声哭将出来，原来是个活物儿。众人松了一口气，却见这娃渴得慌，咕噜咕噜喝了整整一瓶五百毫升的牛奶，又痛痛快快地在护士身上撒了一泡尿，这才沉沉睡去。

孩子的父亲第二天过来了，看了一眼就将她投掷到母亲怀中，口中一声轻哼："这个批娃儿。"

我当然就是那个婴儿。

我不知道我是何时拥有了自我意识，但至今我仍能隐隐约约记得安身于母腹中的感觉，红黑色的巨大圆弧，鸿蒙初辟中诞生的一点灵机，呼应着生命最初的起伏和律动。

出生以后的记忆更加明朗，我无知无识，但一切又似乎了然于心。

母亲忙着做生意，三个月后即为我断乳，并送回外婆家隔离。他们说这是个很奇怪的小孩，不哭不闹，不捡地上的东西吃，甚至

第2章 城乡混血儿

不尿床,比养一只猫狗还省心。

虽然经常在半夜被尿憋醒,可我不愿意就地解决,一定要在床上辗转反侧把外婆弄醒,劳驾她帮忙。不太明白他们为什么啧啧称奇,其实于我这只是一种羞耻心的过早唤醒。

第一次被危险之物引诱,大概是七个月大时,大人将我安放在空地中央就干活去了,不远处燃着蚊香。那蚊香末端是个小红点,因为微风的缘故闪闪烁烁,非常美丽,我慢慢爬过去,瞅准目标奋力一抓,将那红点握于手心,如同捕获了一只梦里的蝴蝶,但是随即,一股火辣辣的疼痛开始灼烧我的手掌。估计是听到了小孩子的哭声,这时外婆和素珍匆匆赶来,其中一人去厨房的大缸里取了一片酸菜叶子替我敷上,那是奇异的近乎战栗的清凉。

很快我回城上托儿所。托儿所是当时机关单位的一项特殊福利,职工的孩子只要年满一岁以上三岁以下,家里人手不够的,都可以送过来托管,且收费极为低廉。我是每天吃了睡,睡了吃,无忧无虑也无聊,打眼望去,是一排排装扮得一模一样的娃。我因此也感到困惑,既然大家如此相似,父母可否会抱错自己的孩子?有时醒了,相邻的两娃面面相觑,招呼也不会打,发会儿呆又各自闭眼睡了。

说起睡觉,那时普通人家没有婴儿床,孩子和父母一同就寝,床高而被褥窄小,或许也有其他原因,我常在半夜被挤得跌下床去,后脑勺起了大包,直到翌日清晨才会被发现,母亲后来说起,也只是当作一件好玩的事,她是真不知道很多孩子就此没命的。

冬草无咎：我的阆苑旧事

母亲这时开始经营布匹生意，占了天时地利，又有渠道优势，谁也挡不了她赚钱的劲头。

她出摊时，有时会将我安置在一堆布匹之中，别人买别人的，我玩我自己的。有时尿急，我却不要她把我，自己摇摇摆摆地走到街边的阴影中，放下小裙子嘘嘘，为此还被人取笑了一番，说怎么恁地小就知道怕羞。

待到我两岁前后，正是寒冬时节。某一日她在一旁打毛衣，那棒针点点戳戳，毛线团兀自滚动，像个小动物一般，我觉得有趣，一把揪住那毛线团抱在手上来回拨弄，玩了几下因为没抓稳不巧掉落在地，刺啦啦散开许多线。母亲以为我是故意的，厉声呵斥我须得将毛线团归位，可我也生气了，不但不归位而且还将更多的毛线团扒拉到地上。她抽出棒针，打了我几下手心，很用力。我那时年幼也不会说话，只疼得哇哇大哭，却仍然坚决不去捡。她看硬的不行，只好来软的，柔声告诉我如果是个乖娃娃的话就应该去捡毛线团，我一边哭得哽咽难言，一边果然乖乖去捡了回来。她后来以为这是一个成功的教育案例，和人吹嘘过好几次，只有我自己晓得个中缘由。其实当她用棒针打我的时候，我心中已经暗自投降顺服，但面子上过不去，就在心里想，要是她待会儿给我来软的，我就要立刻做出知错的样子来。果不其然。

我小时不说话，众人开头也不以为异，但是后来到了该说话的时候我还是惜字如金，众人都说母亲生了个没嘴的葫芦。原来由于

第2章 城乡混血儿

舌头系带发育过短导致我无法清晰地张嘴发音，西瓜念做西爪，叔叔念做细细，比一个哑巴强不了多少，许多街坊亲戚都在背后议论，母亲着实惭愧，她是天生爱面子讲排场的人，容不得这个。过了几年她终于下定决心带我到北京做手术，医生建议不打麻药，说孩子年纪太小担心影响智力，但是如果实在怕疼的话也能打。我说不打，就那么把手术做了，不哭不闹，甚至没有多余的情绪起伏，医生惊异极了，说我是她生平所见最勇敢的孩子。这话或许是真心，或许只是程序化的职业美言，但母亲很得意，一出医院立刻为我买了一个雪糕作为犒赏。

即使做了手术，我仍是不爱说话，但却有一种洞察于心的了然。谁爱惜我，谁憎恶我，心里明镜似的，因此我从不讨好人，连母亲也不讨好，因为我觉得讨好撒娇都是一件很难为情的事，即使对着母亲，也似乎是一种羞耻。她那时还很年轻，放现在也不过是个大孩子，面对我这样一个突兀的生命，自己或许也觉得莫名惊诧。我们始终处于一种彼此观察、彼此试探的阶段，双方并没有恶意，但也不至于有更加深刻的情感互动。

我幼年记忆力极佳，而且记事之早，让家人深以为骇异。他们甚至从来都不担心我会走丢，因为我每到一处，必然会立刻记下四周较为显眼的建筑物，街道的岔口，特征明显的人。母亲无论去哪里都喜欢带着我，因为她说有我在她就不会迷路。

不过我记路的本意是担心自己会被人贩子拐走，不知为何我自幼年即患得患失，警戒心很重。有段时间我需要自己独自去上幼儿园，来回皆顺利，但有一次却有一个老头一直尾随于我，那老头跟我说："小妹妹，爷爷请你吃棒棒糖，你要不要啊？"那老头五十多岁，也并不太老。我问去哪里吃，老头一脸慈祥："你跟着爷爷走就行了。"我立刻跑到前面不远处的一家副食店待着，高声说："你要是请我吃棒棒糖的话就在这家店买好了。"那老头磨蹭了一会儿就走了，我却不敢走，一直在那家副食店待着直到天黑，家人出来寻我才跟了回去。

有一次，我母亲要买榨菜，随口问我，拿一块钱买一包三角五分的榨菜，别人要找你多少钱？我立刻脱口而出，六角五分呀。然后母亲又大大地惊异了一番，说她自己上小学一年级的时候也未必能算得出来，而我四五岁就有这等功力，可见一定是个数学天才，言语间颇有殷殷期盼之意。

我非常喜欢故事书，有一阵子还央母亲为我念，这不是讲故事，而是逐字逐句地将故事读给我，但我终究嫌弃她念得太慢决定自己认字。苏格拉底说一切知识都是前世的回忆，我深以为然，因为那些字一个个摆在眼前，确实就是老相识，差不多三个月我就能自己读故事书了。开头是画报，后边则是纯文字，因为初识文字占有欲极强，手里抓着什么就读什么。八岁的时候有一次偶然翻过一本书，一看开头是写一块石头的故事，我以为那石头里面又要蹦出来一个孙猴子呢，连忙心急火燎地读下去，后来才发现那石头居然去给富

第 2 章　城乡混血儿

贵人家投了胎，变做了一个什么宝二公子。

有一位叔叔姓方，是个画家，学石涛的，平时颇有些自命风流。有一天不知何故我和他唠嗑上了，胡扯了一通，他居然对我很是赞赏，此后屡次在我母亲面前夸口说什么此女以后必然大有出息。母亲傲然道："那当然了，我女儿八岁就读《红楼梦》，九岁读完《金瓶梅》！"

方叔叔急得直跺足："糊涂啊，糊涂啊，你们怎么养娃的呀？《红楼梦》也就罢了，为啥要读《金瓶梅》呀？"

其实小孩子读这些大部头作品都是囫囵着过，既无力取其精华，也无力识其糟粕。因为我们纯洁到不知淫为何物。青春期的时候再读《金瓶梅》，感觉已经全然不同，这是一本绝望、没有怜悯、几乎让人遁世的书，我仍是大大的不喜。

这些都是后话了，还是说说五岁时候的事。

五岁的时候我已是一个非常善感的小孩，只是那时候没有语言可供组织，我常常一次又一次地走过窄窄的街道，丈量那些门户和电线杆子的长度，听别人家大人小孩的对答。下雨的时候，由于排水不畅，街道每每汇成一条小溪，而且地势由高到低，水流甚急，那雨声潺潺更有一种肆虐。我喜欢将折好的纸船一只一只放在水面上，看它漂不了一米远就遭倾覆了，这才觉得完满。

我想我那时已经有一些忧郁了，父亲对我充满深深的厌恶，以至于我站在一旁吃饭都是一种过错。某一日母亲正用一只小碗喂我吃饭，他看了一会不知怎的忽然开始对我破口大骂，母亲那时也有了底气，直接将一碗滚烫的稀粥劈头盖脸朝他泼去。他也恼了，立刻俯身捡起碎片掷向她，距离短、狠准。母亲身上立时被破开一个大口子，血汩汩地流，而且立刻晕厥。我清晰地记得他开始大哭大叫，并呼唤鲜叔来帮忙，两人手忙脚乱地将母亲弄到医院去了，留我一人在屋中，异常安宁漠然又空洞，我看到四邻纷纷伸着脖子，为大清早看到这样一出大戏感到满足。对面何老太很高兴地对我说，你妈死了，你就要天天挨打了。这位老人家很喜欢看我挨打，也不知何时起，我挨打的频率已经越来越高。父亲有一把结实异常的铝制戒尺，约有三十厘米长，最宽处两厘米，银色，只要母亲不在家，他总有打我的理由。裤子一扒，提起衣服往床上一摔，再一顿板子伺候。我是生来就害羞的孩子，因此我最后的倔强就是在挨打之前关上房门，并努力让自己不要哭出声音。

然而有一次他打得实在太狠了。我趴在床上，像一只卑微的动物一样撅着屁股，任戒尺一次又一次落下，精准地敲打着皮肉，耳边只听呼呼生风，我哭得很厉害，而且边哭边吐，简直像把心肝肺腑都呕出来了，可那戒尺居然没有丝毫的懈怠。不知怎的，我的心头升腾起一股从未有过的荒诞感，身后这人怎么可能是我的父亲，分明是敌人呀，几世宿仇的敌人！别人家的小女孩也会这样被父亲扒了裤子按在床上打吗？如果是这样，全天下的父亲都该杀，如果只有我家是这样，那我身后之人该杀！刹那之间，一个"杀"字从

第 2 章　城乡混血儿

我心尖尖上冒了出来，我回头，怨毒地、一字一句地告诉他："等老子长大了，一定要杀了你！"那会儿我的舌头还没做手术，无法清晰地念出"杀"这个字的发音，而只能念出"虾"。

父亲大怒，手里的板子击打得更狠更重，他的声音里满是嘲讽："话都说不清楚就敢自称老子，你跟哪个称老子？"

何老太的声音从门外传来："打，这么小就不是个好东西，往死里打。"

我没被打死，倒是这何老太的孙子多年后杀人抢劫，吃枪子儿被打死了。

小孩子就是皮实，没怎么调养将息，过了几天也就行动如常，仿佛什么都不曾发生过，但是从此以后我非常怕父亲，远远地看他一眼也不免胆战心惊。他鼻子很高，身量较短，常穿暗色衣服，留给我一张阴鸷的侧脸，我总觉得他好像一只鸟，食腐肉的那种，只待我气息将尽，就会扑上来将我啄食得干干净净。

后来表哥来我家玩，他那时七八岁，虽也只是个小屁孩，倒有些热心肠，在听了我的遭遇后，就把戒尺藏起来，还信誓旦旦地说："他找不到的，以后你不会挨打了。"

我眼泪汪汪地向他道谢，以为真的迎来了生命中的英雄。

可是这二十平方米的家，小小的方寸之所，哪里容得下私藏物品，不过两天工夫父亲就找出戒尺，他只当是我藏的，打起板子越发狠厉。

戒尺打在屁股上,是冰凉和灼痛交织的感觉。

每一次我都知道,他是真心实意想要断送我的性命。

有一天早上我一个人在屋子里想了很多,而且那不是一个幼儿园中班的小朋友应该想的东西。我想,父亲其实是爱母亲的,他只是不爱我。这是为什么呢?我是他的女儿哪。当时我还努力梳理了父亲平时苦待自己的种种,从此以后我只一门心思想要他早点死。

第 3 章

天 意 难 测

我真不明白父亲为何对我如此狠毒，其实我小时候是以他为傲的。

他风度翩翩，会拉手风琴、小提琴，架子鼓也敲得很娴熟，最厉害的是唱歌，擅长民族唱法，音域宽厚，很有感染力。每次丝厂周末的音乐舞会，他都是压轴嘉宾。他最爱唱蒋大为的歌，《敢问路在何方》《在那桃花盛开的地方》《北国之春》，我从小就耳熟能详。不得不说那时厂里的职工真的很小布尔乔亚，灯火摇曳，一众男女在舞池中相拥着起舞，我父亲则在台上引吭高歌，那真是一派欢乐景象。有时候会遇到幼儿园的同学，他们每一个人都羡慕我羡慕得要死，还总说李恩恩的爸爸是最帅的。

有时候他值夜班的时候，母亲会带我去看他，工厂的园区对我来说是一个完全不可解的世界，巨大的轰鸣声、蒸腾的水汽、可怖的作业装置，它们透露着一种森然的拒斥的神气，使我每每心惊。那时我正好在看一部动画片，名字已经忘记了，只记得一个场景，是讲一个人不小心走入龙的身体里面，那龙目眦尽裂，似乎立时就要咬碎铜牙将这人吞了。我觉得自己也好像走在龙的身体里,一旁的父亲和母亲亲密依偎说着体己话,不知道他们的体己话里可有我,夜色朦胧,四周景物组合成一种神秘的幻觉般的氛围,我觉得他们是一体的,而我和他们隔着永不相望的彼岸。有时候我甚至会莫名地落泪,不知道自己为何出现在这个家庭中,也许我是一朵蘑菇吧,他们根本就不曾播撒种子,我只是随机的、偶然的,顺着其他孢子和一丝雨的气息跑过来了。

如果可以,我多想成为他的掌上明珠,我的属相随他、血型随他、长相随他,据别人说甚至连微表情也随他。此外,嗓音基础也不错,如果勤加练习,说不定长大后会成为一个歌手也未可知。可是他就那样将我的崇敬爱戴一点点击碎,片瓦不留。

这小小的屋子,除了母亲没有人可以庇护我,而她又总是不在家。有时我会想着,如果奶奶在就好了,她一定不会让她儿子那样揍我的。我从未见过奶奶,只知道她是孤儿、基督徒、接产护士、右派,这个不幸的苦命女人孤零零地来、孤零零地走,留下一张沉郁哀戚的遗照,监视着屋里的一举一动。

我常常想着她是否爱我,眼不转盯着她的照片看,这是一张无法让人生出亲近之情的面孔,峭拔冰冷。她虽然故去多年,可骨灰盒仍安放在家中的顶棚中,她生命中最爱的儿子,甚至从不舍得为母亲购买一块墓地。

算起来屋子里其实住着四个人,除了父亲、母亲和我,还有奶

第3章 天意难测

奶的骨灰盒。

其实他对我，并非只有残酷的一面，偶尔也有一闪即过的柔情。为我洗过尿布，接送我上下学，甚至还为我讲过故事。我很爱听故事，会在第二天转述给小朋友，还记得其中有一个是关于金苹果的，当时引发了激烈的争吵。不过我很快就不愿再听，因为故事里太多杀戮了，人类杀掉动物、哥哥杀掉弟弟、父亲杀掉儿子，他讲的故事和后来的《封神榜》电视连续剧一起成为我的童年梦魇。他为我录过音，我念的是一首当时很受欢迎的儿歌："李恩恩、大坏蛋，坐起飞机丢炸弹，炸死人民千千万，人民找她赔血汗，赔不起，敲罐罐。"这儿歌当时大家都会唱，只需将儿歌开头换成自家孩子的名字即可，现在看来，其实血腥。关于这所古巷老屋，我最多的记忆反而是夏天的傍晚，一个人汗津津地躺在竹椅上歇凉，电视里播放着天气预报结束时的音乐，有悠长的凄凉。

随着母亲生意上的大有起色，我的零花钱越来越多，逢着春游秋游，我一个人可以提供整个班级的候补零食。我还喜欢和对面蒋阿姨的儿子何志全玩耍，他似乎很有号召力，可以叫来许多小朋友帮我捉蛐蛐儿和飞蛾。有一段时间大家喜欢吹气球，我在家里的抽屉捣鼓了半天，找到许多形状奇特的气球，就偷偷叫来小伙伴一起吹了许多。这气球呈圆柱形，顶端还有一个突起，之前倒是没怎么见过，我们用绳子将它们系在一起高高地举着，在街上游来荡去。不想被熟人看到，火急火燎跑去告诉我母亲，因此并没有玩多久，就被匆匆赶来的母亲笑骂着揪住耳朵一把将气球夺去了，而且此后再也没有看到过。除此以外，值得纪念的娱乐活动实在不多。

后来大了才知道当初那气球原是安全套，但那些安全套显然并不安全，因为母亲生了我之后人流数次，我因此常常感叹做人不易，不能早一步，不能晚一步，要刚刚好赶上趟儿，可即使各种主角光环加身，也免不了面对形形色色的人生疾苦。

那时候外公和我们一起住了一阵子，他帮母亲照看生意，零用钱宽裕，经常牵着我的手去川剧团看戏。那时川剧团还没有没落，演奏师傅和各位角儿各司其职，一到傍晚时分，锣鼓震天响算是热身运动，外公简直心痒难挠，急急寻了票子拉着我恨不得三步并作两步走，那待客的小二也非常有眼力见儿，只要打过几次照面，就将客人的样貌牢牢记在心中，招呼得分外亲切。也不知道是否另有优待，反正外公他老人家总能买到前几排的好位置，款款落座，视野极佳，立刻有人取来打好的白毛巾、盖碗茶和一碟干果。园子里还有一些小贩穿梭其间，他们卖花生瓜子柿饼各种小吃，但是不用吆喝，只是来来回回走来走去。

我总是不会喝盖碗茶，每次都被烫得歪眉斜眼，那沏茶的堂倌是个好手，拎着个长嘴铜壶，可以将滚烫的茶水隔着好几尺倾注过来。我常常专心致志地看这沏茶的过程，嘴里含着小零食，却不怎么看台上，因为我觉得这些戏腔并不美，无法触动我幼稚的衷情，而且乐器的演奏，我尤为不喜，一片嘈杂喧哗惹人烦。但是有一次，

第 3 章　天意难测

我却意外得了兴味，本来平时我是等不到剧目结束就睡着了的，但那天却强撑着睡眼看到最后。

我当然听不懂他们在唱什么，只是可巧那天那个小姐姐很好看，一张芙蓉面，头上两支翎羽飒飒生风，可能甩得太急了，我总疑心她的脖梗似乎要断不断的，已经远远不是正常人的幅度……我觉得自己一定是在看一台鬼剧，心情非常凝重，舞台上有很多鬼穿着漂亮衣服飘来飘去。大鬼、小鬼、男鬼、女鬼、漂亮鬼、丑鬼，总之它们都是鬼。那一刻的思想，强烈地刺激了我的神经，以至于后来我看《红楼梦》《源氏物语》时，都有这种戏曲背景的华丽梦魇的感觉。那些角色来来往往如走马灯，无男相，无女相，只一个嫣然百媚的身影，好容易抖一抖衣袖，长长的水袖下面不是掩着春葱般的玉手，而是森然白骨。

幼儿园快毕业的时候，父亲开始频繁地头痛。后来他接到一个心仪已久的比赛邀请，立刻全副心思地投入了练习。那时他大约四十二岁，各方面都已过了巅峰期，但是歌唱技巧却日臻成熟。在出发的前一天晚上，这位踌躇满志的歌手却忽然感到头痛欲裂，做完全套检查之后，被告知患上了脑瘤。

我是在某一天吃早饭的时候知道这个消息的，完全不明白脑瘤是什么东西，只是疑惑地问："是脑子里长了蘑菇吗？"他们笑笑，不答，有些尴尬。

当我再次见到他的时候，有点不敢相认，光头、面容痴呆、半身瘫痪,软软地坐在轮椅上,像一条被抽筋剥皮的鱼。我慢慢靠近他,发现他的左耳和右耳处都留有明显的印记,据母亲说那是开颅手术留下的疤痕。我呼叫他,过了半晌,才见他双眼微张,口角流涎,似乎不大认得我的样子。原来人的美都是大同小异,而丑起来却各有各的丑,至少父亲的这种丑样,我以前从未见识过。一种从未有过的狂喜瞬间攫住了我:好像、好像我再也不用挨打了。

据说,他是在四川省医院做的手术,虽然给了红包,院方却仍为他安排了一个新手。不知道是因为太紧张还是太随意,这位新手医生在做开颅手术的时候居然连脑瘤所在的方位也搞错,最终让父亲的脑部受到双重破坏。好在他运气颇佳,没有大出血等并发症,据他自己说是因为血压较低的缘故。

那时还没有医闹一说,患者是绝对的弱势群体,母亲的哀痛欲绝自不必表,却没有得到更多的同情。做完手术,活着,运气好;死了,命不好。

回家后的父亲疲弱得像一个婴儿,而且是一个走向暮年的婴儿。他初次做康复训练时,甚至无法拉开一条橡皮筋。

我很仔细地观察了他几天,终于不忍,某一天早上,主动帮他挤好牙膏,准备了漱口水和毛巾,他朝我露出一个神色复杂的笑容,说:"嗯嗯,谢谢你哈,谢谢了,下次喊你妈妈做。"声音里是从未有过的讨好和小心翼翼。

并没有想象中大仇得报的快乐,至少从那时起,我已经隐隐约

第 3 章　天意难测

约感受到某种天意的不可抗拒。

手术后遗症的表现之一就是癫痫,毫无征兆地倒地抽搐、口吐白沫,我悲哀地发现原来他又以另一种方式让我感到恐惧。

我其实仍然害怕和他在一起。他的身材因为手术和半身瘫痪而变得更加矮小,容貌也变得猥琐起来,眼睛常常闪着异样的光,像那些不慎和我打了照面的耗子似的。此刻他的视力急剧衰退,有时没有聚焦,有时则亮得过分。

母亲此刻开始沉迷赌博,因此,我总有大段大段的时间需要与他相处。

一个夜晚,也许是八点,也许是九点,他的眼睛忽然开始聚光,然后努力投射到我的脸上,那眼光有疯狂的意味,我感到鸡皮疙瘩一颗颗鼓凸在双臂上,汗毛也一根根森然地立起来,除了适当退避,我不知道该做什么,更何况房间太小,我退无可退。他一面口中说着"老子看到你就来气,要杀了你这个小崽子才高兴",一面拿起桌上的水果刀,直劈我面门。

我惊骇绝伦,立时往门口跑,他那时刚刚能站着勉强走几步路,趔趄的脚步声就在我的耳后。门是锁着的,虽然按住把手朝右一拧就能开,但我身量不够,惶急之中居然跳了三次才把门锁打开,头也不回地跑了。

母亲正在鲜叔家里搓麻将,我拉住她哭诉,爸爸要杀我,用的是一把真正的水果刀。一桌子的人都笑将起来,好像在看一个说梦话的人,那境景真是如同鬼魅。回家的时候,他又恢复成往常的样子,弓着背、抖着腿,看上去没有任何攻击性,而且刀也不在桌面上。

因为父亲生病的缘故,家人无暇顾及我,连非常重要的小学报名时间也错过了,无奈只得打点关系送我去乡下读书。

第4章

上学记

我不知道母亲的先祖何以选择这块僻远的土地作为栖息之所，但也总归是有原因的吧。"故乡"这个词于我并不是一个文学上的泛指，而是一个确凿无疑的定位，精确到一所屋子、一口堰塘或者一条羊肠小道。一想起外婆园子里栽种的那棵樱桃树，我的心中就涌起一股濡湿了的思乡之情，好像栖着一只从晨曦中缓缓归来的鸽子。

明明是逃离，但我仍感到遭遇放逐的委屈。

外婆住在一座高高的山岗上。独门独院，四周也没有邻居，我觉得她真像土匪一样占山为王。

屋子是老旧的土房，屋前种着一棵柚子树，屋后则是大片的竹林。园子里种着柑橘、蔬菜和一棵樱桃树。

第一次听见了钟声，它不是来自寺庙，而是学校，我很遗憾这么多年过去了一直不知道当初那敲钟人长什么样。这钟声虽然清越悠扬，却总是让年幼贪睡而晚起的我心急火燎；不管谁家的公鸡会在午后打鸣，都倍使人困倦；傍晚时分的狗吠带着回音，有一种空旷的生气。想请人吃饭，想托人办点事，扯着嗓子站在柚子树下一喊，最好再以手相围形成一个话筒，准应声儿，方圆几百米之内百试百灵，再远点就要靠运气了。

外婆的家，也就是我的家掩映在一片竹林之中，常年郁郁葱葱，平日里是很入画的，雨天就稍显阴冷；一霎儿一霎儿的风吹得竹林簌簌作响，让人的心无端地紧缩。而雨打竹林的声音更是宛如叹息：一种无以名之的哀伤冷寂的思想，从此在我的幼小的心灵里氤氲不去，以至于成年以后，每当我看见竹林、芭蕉的形象或是阅读有关的文学作品，也总是感觉到古典的伤感而非古典的美。

屋子旁边有两棵杏树，已经有些年头了，枝干非常粗壮，树冠交叉在一起，看起来很亲密的样子。杏树的中间有一个已经废弃的石磨，当暮色四起的时候，我就站在石磨上眺望那即将沉入地平线的夕阳。

夕阳下沉的时候，是我一天中最惶恐的时候。

准确地说那应该是傍晚时分，蛋黄似的太阳渐渐沉入草木的叠影中，积蓄了一天的土地里的水汽蒸腾殆尽，而新的水汽又在傍晚凝结，将尽未尽之间，蔓草荒烟四起。白天结束了，而夜晚就要来临了。

父亲给我讲的故事里，所有的妖怪都不会在白天作怪，它们……它们都在夜晚出来祸害人间。

根据外婆诡异的行踪来看，她应该是一个狐狸精，要不就是一

第4章 上学记

个狼外婆……不出意外的话。

她为何一个人住在这样一座大山上？我怎么看不见外公？怕是让她吃了吧，现在只等着吃我了，我是小孩子，肉嫩，妖怪最喜欢了。她对我好，每天吃两只荷包蛋，就是为了把我养得白白胖胖的更好吃。多么狡猾的外婆啊，她一定修炼了很多年吧，也许把我原来的外婆也吃了。

我的脑子里一遍遍播放狼外婆的故事，还有电视剧《封神榜》的零散情节，惶惶不可终日地迎来每一次日落。

我与外婆同睡一张床，开头是并头睡的，但是过了几日情况有变，早起的外婆总是发现我在床铺的另一头呼呼大睡，不知何故。直到有一次我半夜惊醒，赫然发现自己蜷曲着身体竖着杵在床中央，才明白自己在睡梦中像陀螺一样转了半个圈。

还有一次，我梦见外婆的脸在我长久的凝视中幻化成一只狐狸，随后向我迎面扑来，我跑啊跑，跑啊跑……一直跑到老远的一处田埂边，素珍正在做农活，我扑到她的怀里，一颗心终于放下了。

我是城里人，也是乡下人，但归根到底是一个小人儿，毕竟，我只有七岁呀。

我很小心地吃着一只荷包蛋，一边吃一边想。两只荷包蛋卧在碗里，煮得刚刚好，上面还撒上一层细密的白糖。我用的搪瓷勺子和小碗都是个人专用的。外婆说小孩子用大人的碗吃东西会不干净，所以一切食具皆单独替我另备下一副。

冬草无咎：我的阆苑旧事

  我常常站在那棵老柚子树下观察山下的人家，他们很喜欢在院子里活动，隔得有些远，人看得不是很真切，但他们说话的声音仿佛近在耳边，我只需加上一点点想象力便知道他们在干什么，恨不得自己也随他们唠嗑两句，有时候还有些鸡鸣狗吠之声做些陪衬，那空气越发觉得慵懒，像一块我们当地的魔芋豆腐。

  但这只是在我闲暇时才做的事，平时我也是有正事的，我可是一个念书人。每天六点多起床，吃完外婆煮的荷包蛋以后，就独自上学了。那时天色只蒙蒙亮，连文学修辞中常见的蟹壳青鱼肚白也没有，一眼望去，只觉一片愁云惨雾。我是每每犹豫再三才上路，心道那个小学有什么好上的，要受这般苦楚。我要走一个多小时的山路。多年以后，为了验证我的记忆是否可靠，我特意看着钟表再次走完全程，仍然用了一个小时。但是这不算什么，我虽不是最近，却远远不是最远的。

  我所踌躇的，其实是出于对自身安全的忧虑。当时盛传有一伙贼人专挖小孩眼睛心肝，我不但晚上担心被外婆悄悄吃掉，白天更是担心路上遇见坏人，小命不保，而且死得很难看，这样苦挨了几日，我实在熬不过，决定每天跑去表姐琴娃家和她一起上学。但她另有上学的同伴，总是不屑理我，于是我仍然只得独自来回。

  垭口小学虽然我只待得一年，而且也已经记不大真切，但每次回忆起来总是兴致盎然，好似在怀念多年前偶尔吃过的一次野味，也不能说有多好吃，但那野趣总是难得。

第4章 上学记

这是一所搭建得非常随意的学校,即使它的前身是一座庙我也一点都不会惊讶。几个教学区高低错落随意分布着,高年级位于水平面,估计是为了方便监管之故;而低年级则需要爬上三四十级阶梯才能勉力到达,自然可以训练体能。教室均为平房,桌子相当老旧,相邻两人共用,隔层是完全开放的状态,没有私密空间。教语文的叫张兴俊,而数学老师则姓陈。我对教室本身并没有更多的记忆,但是清晰地记得第一年冬天期末考试时下着大雨,有一粒玻璃珠大的冰雹居然掉落在我的试卷上,可想房屋之残破。

班上的同学不怎么搭理我,因为所有的老师都很喜欢我。是的,我是一个他们眼中的城里人,他们对我或艳羡或嫉妒,我都知道。尽管我的母亲在这里生活了十八年,尽管我的父亲离这里也不过百里之遥,甚至我的零花钱也不比他们多一分,但是,我依然被视为一个城里人被众人疏远。

我读过幼稚园,会简单算术,会朗读,会讲故事,会唱歌,会跳舞。而我的这些同学们,他们的衣裤打着奇怪的补丁,他们的头发如同鸟窝,他们的脸上常常因为鼻涕而闪闪发光,他们和城里的同学看上去太不一样了。

我清楚地记得一件事,是我在这所乡下小学上的第一节音乐课。全班的同学都很兴奋,他们跑着叫着:"要上音乐(lè)了!"我纠正一个我身边的同学:"是音乐(yuè),不是音乐(lè)。"但是周围的人像看怪物一样看着我,他们嚷嚷,说从来就没听说过什么音乐（yuè）。我说，那等老师来评理。五分钟后，老师来了，是一个姓蔡的老头，当时学校里流传着这样一句话："蔡某某，没王法，一年四季教一册。"听说还教过我的母亲和几个姨妈，算起来是我的师爷。蔡老师缓缓地说道："同学们，我们的音乐（lè）课开始了。"

班上的同学大都来自周围乡镇，也就是说，即使只是这样一座学校，它所提供的教育资源在当地也弥足珍贵。粗略算来，我上学路上大概要花费一个钟头，可很多同学却要花费两到三个钟头，这还只是单程。记得班上有一位同学差不多每天四点多就要起床，五点出发，走上三个多钟头的山路才能抵达学校，就算偶有迟到，老师也不以为忤。

平日里天气晴好也就罢了，道路虽然崎岖些对小孩子来说也并不难行，可一旦下雨，走在路上可真要命，一只雨靴踩下去，半天也拔不上来，倒似牢牢钉在地上一般。我每每走在这样泥泞小道中，心中真是翻江倒海地委屈，觉得自己像钉了马掌的马、穿了鼻绳的牛、蒙着眼睛的驴，有一次也是在这样的紧要关头，眼见表姐琴娃和一个女生撑着雨伞从我身边快速走过，穿花蛱蝶一般，没半点停留的意思，气得我一口劲使不上来，索性蹲着玩了好一会儿，那天等我赶到学校的时候已经是正午了。

学校有个小小食堂，但好像是教师及其子女专供，等闲学生们大都无福消受，一般自带午餐，这午餐却不是便当，而是大小不一

第4章 上学记

的饭盒,里面是盛好的生米,到了学校,个人将饭盒往蒸房的笼屉里一放,就一溜烟跑去上课了。

那蒸房常年烟熏雾罩,散发着阵阵米饭香。管事的是一位红脸膛大婶,梳着两条大油辫子,总是笑嘻嘻的。我每次进得房内,总见她忙得如一个滴溜溜转的陀螺,倒是没有一点为生活所苦的样子,一边干活一边唱着歌,是个好心肠的快活人。

我的饭盒是一只小号蓝色的搪瓷盅,杯子和杯盖之间用一根红绒线系着防止脱落,杯盖上有拇指大的一个黑疤。外婆生怕我吃不饱,米总是盛得多多的。开头还好,每天蒸出来的都是粒粒分明的干饭,每到午餐时间,我就随着人潮挪到蒸房前,这里有两方大大的石砌台面,上面随意堆放着大小款式不一的饭盒,个人需自行查找自己的饭盒,倒颇费一番工夫。

记得最初我其实并不愿意蒸米饭,而是和表姐琴娃商量好了,她的饭盒负责蒸饭,我的搪瓷杯负责带菜,吃午饭的时候两人交换一半即可,可这计划只实施了一周就宣告终止。首先,我是低年级她是高年级,因此总是我先下课而她迟迟未至,在堆得像山一样的饭盒大军中,找到别人的饭盒比找到自己的搪瓷杯难度似乎又加了两个等级。其次,当我好容易找到她的饭盒,开始往自己的搪瓷杯里拨弄时,四周全是不加掩饰的惊愕眼神,也不乏嘲讽和敌意,我一边继续手里的动作一边也暗自揣度,难道他们会以为我是来偷饭的么?

所以我很快就自己带米蒸饭了。下饭菜另有一个装过辣椒酱的玻璃瓶当作器皿,外婆会在头一天晚上替我做好,有时候是酸菜炒豆芽,有时则是腌制好的酒糟豆腐、萝卜干、酸豆角等,乡下人的晚餐大都只是草草,做点汤面什么的就糊弄过去了,因此鲜有炒制新鲜菜蔬的时候,这些配粥的小菜加上饭盅倒成了我的主打套餐。外婆手艺很好,所制的小菜大都鲜洁可口、风味浓郁,所以我从来不以为苦。如果实在吃得烦腻,也有改善伙食的时候。我记得学校门口的商家,中午兼卖汤菜,菜品有萝卜炖肉之类,浮着厚厚的一层油脂,五毛钱一勺。我自幼闻着猪油味就会呕吐,但似乎又被肉香味吸引了,总是踟蹰地站在一边,或许买过一两次,但记忆不大真切了。我在乡下的这段时间,零花钱极少,少到几乎忽略不计,这几毛钱对我来说是不可轻视的一笔负担。当时还售卖辣椒酱,确实适合穷孩子解馋。辣椒酱又分两种:一种极辣而量少,二分钱一勺;一种味道温和而且分量略多,五分钱一勺。我常常买那两分钱的辣椒酱,整个口腔都被新鲜泼辣的刺激充满,一年总归有二三十次,徐徐养成一副粗劣的肠胃。某一日,母亲回乡下探亲,她特意嘱咐我不必自带饭菜,她会将饭菜送来。到了饭点,她果然来了,带的炖腊猪蹄和米饭,确实是平时不曾有过的,但我也并不特别激动。高光时刻如果只有一次,那么我会默认为它从未曾发生。吃完饭后大家会陆续前往一口老井处洗涮饭盒,估计学生太多,饭盒太多实在超过老井的负荷,井水常年油污污的,也只能供给洗涮之用。

第 4 章　上学记

现在想想,那乡村小学穷得连根水管也没有,实在是心酸,但小时候不但意识不到穷,甚至还以为去井边洗碗几乎算得上是一种野趣。不过好景不长,有一天我忽然发现自己的杯中再也不是一粒粒的米饭而是光可鉴人的稀汤,回家告知外婆,她倒也没说什么,只是将杯子装得满满的,有八九分的样子,说这样应该可以蒸出米饭,可一向料事如神的她失算了,蒸出来的还是米汤。

外婆这下坐不住了,她向我详细问询了蒸房大婶的面貌,猜度了一回出身,判定是某村某镇的人,准备去拜访一下。看着家徒四壁也没什么好送的,唯有园中的一对栀子花开得正好,她就满满地采撷了一盆花朵。栀子花以含苞待放最为美丽,清水里养着也能观赏一周,所以她摘取的都是花骨朵。

她当然去见了大婶,但聊了什么内容我可不知道,只知道从此以后我的搪瓷杯里又是粒粒分明的米饭,看来外婆的礼物确然被笑纳了,而以花为贿,双方似乎都颇具生活情趣,外婆与大婶都是实实在在的风雅人。

教我语文的老师叫张兴俊,好像还身兼班主任。生得一双金鱼眼,一张蛤蟆嘴,此人动辄让我站起来造句,每一句都是这样的内容:"李恩恩是城里人"套上不同的关联词或者再加上一截话语即可。

有一天张老师对我说要到我家做家访,我回家后告知了外婆。翌日,张老师果然骑着一辆自行车如约而至,寒暄之后,坐在一张原木大圈椅里将我尽情地夸赞了一番。外婆乐得合不拢嘴,随即从储藏室里取出整整一蛇皮袋的柑橘，那柑橘个个光鲜饱满，皆是她素日舍不得吃的，以绳线捆缚好袋口后置放在张老师面前，说是一点心意。只见他客套了两句，便将蛇皮袋固定在自行车后座上，末了，向外婆道了谢，飞身上车，走了。

我问："外婆，老师做家访就是来拿广柑橘子吗？"

外婆："傻孩子，老师不来拿广柑橘子做什么家访嘛。"

那时是秋末，果实成熟的季节，所有的水果都喜滋滋地卖弄着色相，等待着主人的访客。

我的同桌是数学老师的孙子，叫陈亮，有位姓罗的女孩子似与我十分交好。但我印象最深的却是一个单眼皮小女孩，很奇怪，我至今仍能清晰地想起那张脸，扫帚眉，眼角耷拉着，狮鼻厚唇，完完全全是一张缩小的市侩妇人的脸。小女孩的家住在学校旁边，也就是所谓的场上，她对一切住在山坳山坡山腰上的同学都不太友好，不过七岁的孩子，却天然地夹带着嫌贫爱富的属性，在那个年代，这是常态，或许现在也不遑多让。我其实是超出了她的理解范围的——既住在偏远的山坡，又因一半的城市身份被老师高看，所以，她在同学中建立威望的方式就是呵斥我，前前后后有四五次之多。有一次课间休息时间，她居然走到我的座位前啐了我一口，旁边看热闹的围了一大群，我幼年沉默，不会还嘴，遑论动手，只得默默承受了。

第二学期的期末考试，舅舅过来监考，考完后我和舅舅一起去

第 4 章 上学记

食堂吃饭，不期和她打了个照面，小女孩大喜，特意停下脚步和我说话，而且照样大声武气的，全然无视我身后站着一个身板硬实的年轻男性。她实在是没眼力见儿，我看了她一会儿，忽然给了她一个耳巴子，很用力。

她的嘴角立时渗出鲜血，不多，但确实是血。我心中狐疑，觉得那一巴掌的后果不至于如此严重，却见她一面哭一面可怜兮兮地从嘴里掏出一颗后槽牙，原来是换牙呀。哈哈哈，这个牛我可以吹一辈子啦，一耳巴把人家女娃娃的牙齿扇落了。

期末考试以后谁也不会认得谁，小妞，这是你看不起的同学留给你最后的纪念。

第 5 章

乡村风物志

　　外婆和我居住的房间，算是偏房，和豢养猪羊的圈屋就一墙之隔，又兼屋檐低小，是个极其逼仄的所在。屋子有个地窖，专供窖藏红薯之用，我第一次知道这样的所在时感到异样神秘，并且得了机会躲在里面，那里头散发着一种陈年的湿气和霉气，以及人世迢迢的隔离感。我于是想着要是有人丢炸弹，自己藏得这样好是否可以得到周全。然而窖坑常常让人有窒息的危险，因为缺氧之故，并且邻村的小孩子有躲猫猫藏在地窖里死了的，外婆后来请人将地窖封死，我便下地无门了。

　　屋子大概只得十平方米，放下一张老式床榻和一口柜子，就没多少空余的空间了。

　　偏偏母亲弄来两只湿漉漉臭烘烘的动物，似鼠类而身肥，名曰海狸鼠，说养个两三年以后再卖掉会赚大钱。那时因为父亲身患脑瘤而且母亲嗜赌的缘故，我家已经败落，外婆也是很想帮衬母亲一把。她琢磨着这大老鼠这般金贵，自然不能和猪牛羊关在一起，而且名字里带个"海"，自然还得沾沾水汽。第二天，她央人在我

第5章 乡村风物志

们的卧室砌了一个大而且深的水缸,还没等干透就让这两只大老鼠住了进去,也亏得它们命大没被石灰呛死,从此在这里安居乐业。

屋子更加潮湿了,而且臭,说是鲍鱼之肆也不为过。一到夏天,潮湿闷热,且连个风扇也没有,好容易入梦,梦里也是臭的,我常常梦见自己在海滩前,望着一堆巨大的动物骨骸哭泣。

天花板低低的,说不上是什么材质,类似一种竹编工艺,缝隙较大,温度升高时会凝聚滴滴水珠。蚊帐形同虚设,总有各色蚊蠓叮咬臂膀腿肉等一切血脉充盈之地。我有一次半夜惊醒,发狠起来检查蚊帐,发现至少七八处窟窿,这样的东西,为何还要拿来用?我真是恨极了,告诉外婆每晚务必要点蚊香,务必!可是蚊香的袅袅青烟又成为另一种桎梏,外婆为了防贼每晚必定门窗紧闭,那种酷热黏腻、绝裾就义般的倒席而卧的瞬间,真是想一想都绝望。

有一晚我觉得自己已经到了忍受的极限,索性在院坝里枯坐直到深夜,不肯进屋。

其实我外公的房间是有一只吊扇的,他人又不在,本来我们完全可以住他的房间,但外婆出于一种无法言喻的洁癖拒绝睡外公的床榻,我于是也就默然了。

外婆说:"恩娃,都到半夜了,快进来睡觉。"

我说:"不,我就在外面。"

但是困意一阵一阵涌上来,我实在熬不过开始在葡萄架下打地铺,刚刚铺好寝具几乎就合上了眼皮。

冬草无咎：我的阆苑旧事

　　四周是清新甘凉的夜气，我几乎立刻就进入了梦境，但睡得很不安稳，耳边总是隐隐传来各种簌簌声，在植物丰茂的农村，盛夏的夜晚其实是可怖的，我尤其害怕蛇。那种看上去柔若无骨的生物，行动的姿态实在让人发怵，好想将每一条蛇都打成一个蝴蝶结，这样它们就不能咬人了。

　　思及于此，我腾地起身，抖擞精神地进屋了。

　　蚊蠓也是不得不提的一道风景。因为附近有堰塘，特别有利于它们的生息之故，这里的蚊子生得异常肥壮，有城市的三倍之大，一到傍晚时分，集结而来，聚蚊成雷，规模甚是壮观。我一听这声音就烦躁，恨不得立刻遁地而走。那蠓虫更是了得，个个悟了进化的奥秘，将自身的存在微缩为一个聊胜于无的黑点，发动攻击后，人类的还击根本找不到着力点，显得愚顽可笑至极，它们一个个全身而退，苦主身上却累累垂垂的都是新鲜出炉的肉疙瘩。

　　外婆有时会找来一些干艾草，弄得烟熏火燎的效用却不大。蚊子和蠓，除非它们自己愿意睡觉，否则绝没有我们的安生日子过。我后来常想，农村和乡下并非一体，它们分属两个季节，呈现的是两种生命情态。夏天的农村，呈现的只是一派烦扰聒噪风貌，而唯有金风玉露之后，才可能拥有真正的恬淡安宁。陶渊明只有在蚊蠓消匿的秋天，才猛然惊觉了田园生活的诗意栖居，因此采菊东篱下，因此悠然见南山。

　　秋天，我对生活重新燃起了信心，开始观察身边的小动物。

第 5 章 乡村风物志

鸡鸭无疑最笨。我看动物是否聪明首先看面相，母鸡披着一身乱蓬蓬的毛，生得绿豆眼、尖嘴巴，叉着两只脚走路，一走一泡屎，而且听它的叫声还十分坦然，对自己随地大小便的行为显然并不感到十分抱歉。相比母鸡，公鸡之所以显得并不十分愚蠢，只是因为善于修饰打扮的缘故，而且声音洪亮总是分外容易博得别人的好感。我家曾有一只母鸡不知何故，竟然学起了"司晨"，每天早上准时学习公鸡的打鸣声，调子是对的，但音色不对，气息也不对，是嘶哑而短促的，外婆耳朵尖，两三天就觉出不对，把它揪了出来。外婆实在不能容忍，用草索缚住拿到镇上卖了。

鸭子也笨，但是嘴巴扁，显得厚道些。鹅的话，我只见外婆养过一次，乍一看是一只加大版的鸭子，但是羽毛颜色纯净，脖颈曲线优美，这样的身段，倒映着碧波何等美丽。但它们却仗着体格优势在家里称王称霸。鹅虽然也是扁嘴，但是坚硬而且生着锯齿状的突起，它若是急了，就拧着脖子重重地击打对手要害。值得一提的是它们招数阴险，喜欢攻击下体，无论猫狗，远远看见鹅的影子无不落荒而逃，被啄上了可不是闹着玩的。

猪是彻头彻尾的悲剧性动物，因为它的肉符合大部分人类的味觉所需，而且因为它的体量，又不能享受放养的待遇，短短的一生都生活在恶臭的猪圈中，想想夏天它们该是怎样难熬啊。猪的尾巴本来就不长，又被人工切割掉一部分，如何能抵挡农村的蚊蟆？也幸亏只需要挨过一个夏天。杀猪我是见过的，真正的白刀子进红刀子出，血浆喷涌，它的哀号近似于狂喜，而且稍稍带点压抑。杀猪的精壮小伙环侍于前，对它来说，或许也是一生中极大的体面。全程并不觉得血腥，而只是解脱。

比较起来，我对牛则抱以更大的同情，一头牛几乎就是一个山野村夫一生的缩影，牛比人更纯粹。那样庞大的身躯，居然通过吃素满足自己的日常营养所需，为了努力消化这些草茎稻皮，它们努力说服自己进化出四个胃，简直退无可退，而人类仍然用工具贯穿它们身体最娇弱的部位。你见到过牛的眼睛吗？那是世界上最温柔、最美丽、最仁慈的眼睛，每次看着这样的眼睛，我总相信牛的智慧其实是高于人的，只是出于某种不可知的原因被封印了。外婆养的是一头老黄牛，黄牛面相慈厚，我喜欢。至于那水牛，生得黢黑，又有两只大犄角护头，一看就是牛魔王的原型。听外婆说有的水牛性子狂暴，会把主人顶死，我们那儿就有这样的事，因此养水牛的人家不多。

我有一次在田埂小道上遇到前面行来一对黄牛母子，心里很害怕，那小牛见了我也很害怕，直往妈妈身边躲，母牛停下脚步，意态从容，倒有些让贤的意思。我望了半晌，侧着身，踮着脚挨着它过去了，它从头到尾也没为难我。

我们当地农户家的牛，都是要下地做活的，母牛生小牛也不会得到主人特别的调养将息，就连女人生小孩也是这般，命硬你就生，命不好一尸两命埋了就是，不过这已经是外婆和阿姨们那一辈的事

第5章 乡村风物志

了。在有的人眼里，女人未必有一头牛值钱。牛犊生下来就是站着的，这孩子一生的苦难从那一刻就开始了。干不动了，主人就会把牛卖掉。我们当地的牛肉极其有名，号称"张飞牛肉"，其色如墨，中心如赤，据传最早为回族人所制，但现在是很难见到颜色漆黑的正宗张飞牛肉了。

某天外婆告诉我小六子要娶媳妇儿了，我们待会儿去吃酒，我听了很是兴奋，小六子和我家住得很近，占据了这座山的制高点。他小时候生下来有六根手指头，被他妈用细线硬生生截掉一只，虽然手指头正常了，却落下一个缩脖子的毛病。说来也怪，脖子这东西承上启下，平时看着用处不大，与人体的美观却有十分要紧的利害关系。小六子自从添了这个毛病，家里人可愁坏了，生怕他娶不上媳妇儿，幸亏天可怜见，二十岁上终于有个叫英英的姑娘愿意嫁给他。

那天的婚礼很喜庆，但我无心看新郎新娘，只对坝坝电影感兴趣，看三五个人捣鼓捣鼓，一个农家小院立刻升级成电影院，那幕布里的人打打杀杀卿卿我我兜兜转转好不热闹。现在想来必得这样热闹，才能为这对新人添气势壮声色。隔了几天我又去过那小院一次，已经恢复成平日的寂寥模样，但那新妇房间里的被褥却是簇新的，柔柔的，发着艳光，不知为何，我看了很久。

英英嫁过去几年以后疯了，乡下的女孩子总是最容易疯的。听说她平时倒也不怎么疯，就是半夜三更的必要起来唱歌，我自己是亲自领教过一回。应该是某年寒假，我和外婆相互依偎睡得正香，忽然听到屋梁上头传来一阵歌声，也不是流行歌曲，也不是山野小调，估计是自己胡乱哼的曲儿，听不清是什么歌词，但那腔调听着像给死人哭丧似的，有些骇人。我那时才知乡下屋宇隔音效果之差，简直形同虚设，当下紧紧握了外婆的手，生怕英英走将下来开我西阁门，坐我东阁床。但她果然不走了，一迭声叫着外婆起来和她应答，非常执着的样子，而且心情似颇佳。外婆没奈何，只好开腔高声叫她回去睡觉，等明天中午再来串门，如是几个来回，英英终于唱着歌远远地去了。

　　素珍和大姨父一家住得和外婆最近，他们的二女儿琴娃只长我两岁，算是同龄，所以我最爱去他们家玩。

　　他们家还有一个大女儿，名叫萧萧，比我大七八岁，那时候刚刚长成，是我记忆中最早接触的一位少女。萧萧面容清秀，唯左眼稍稍有点斜视，算是白璧微瑕。据说琴娃出生的时候，为了应付计生干部的检查，家人往萧萧的眼睛里面涂抹了许多干辣椒面儿，意思是第一个娃是有残疾的，第二个娃可以不用罚款。萧萧并不知道自己在扮演一个什么样的角色，一番扭打哭闹之后，最终成功完成了任务。计生干部应该不至于识破不了这些小伎俩，只是这种状况在乡村比较普遍，大家心头另有谋算吧。

　　等萧萧到了说婆家的年纪，父母为她定了一户人家，是个一般年纪的小伙子，留着中分，龅牙突额，并不美观，但他们俩起初相处得十分亲昵，不知为何就生疏了，闹了一场，后来那小伙子另娶

第 5 章　乡村风物志

了别人家的姑娘，萧萧则北上打工，两人的命运轨迹已然全然不同。

其实琴娃并不爱和我玩，小时候隔岁如隔山，大的总是不愿和小的玩，但是小的总是死皮赖脸缠着大的玩。琴娃最喜恶作剧，比如躲在暗处吓人，暗取家中皮蛋出去分赃，又曾将我的课本用胶水一张张黏合了，也亏她有那样的闲工夫，这开了一个不好的头，我后来上学，每学期必遗失一本书，需另行复印，劳神又费钱却是苦也！但她仍是我的明星，因为她的泼辣、灵巧均是我所没有的。她带领我满山地找地瓜，那地瓜匍匐在地表，需要仔细扒拉才能发现，生得红润润、肉嘟嘟，味道甜蜜，像一个个缩小的无花果；又曾带我挖折耳根，当地人又叫它"猪皮拱"，以冬春之际的嫩芽最为肥美，后来城市里买来的一捆一捆的折耳根，但得其形，已失其味；琴娃还会抓螃蟹，她会根据淤泥的气孔判断螃蟹的位置，搬开石头一把捉住，撕下两条大螯又放它走，说以后会重新长出来。

琴娃有时带我去巡山，她一路上可没闲着，总是这里掏掏、那里捡捡。作为一名地牯牛杀手，她每巡一次山，世界上就会多出几只地牯牛的尸体。我则喜爱七星瓢虫，七星瓢虫不但能获得一切波点控的芳心，而且它在画面中的存在感似乎比现实中更强。无论是一朵花，一粒果，一枚叶子，一滴露珠，只要在旁边放上一只七星瓢虫，这一副场景立刻变得熠熠生动起来，我记得自己的好几本画报里都有七星瓢虫的故事。还有碌儿虫，只要能捉住一只，用一根细线缚住它的头颈处，撩拨一下就能让它老老实实地推磨，可以玩上半天。此外又有松塔和橡木果，模样非常有趣，回家的时候则粘着一头一脸的苍耳刺球，倒像是满头珠翠一般。

此外，她也很有做导游的潜质，还在山脚的时候，她就指着山顶的一棵松树对我说："看清楚了，这可不是一般的松树，这叫鸡冠树，据说是很久很久以前的一位老神仙专门栽种在这儿的，它会发五彩祥光，只要看见的人就会做大官，发大财。"

我听了以后毫不怀疑。行至半山腰，她又指着一处隐蔽的大石头对我说："你看这像什么？"我看了半天觉得很像一张床，于是如实告知，琴娃点头说这就是了，神秘兮兮地说："你该认识我们村上的苗苗吧，她放牛的时候啊，嘿嘿嘿，就把牛拴到旁边那棵大树上，自己坐在这个石头床上耍朋友，听说还把裤子扒了呢，二狗子亲眼见到的。"

那时琴娃家里有一台电视机，能收看中央一套和四川电视台，平日里也有些连续剧陆陆续续地播放着，但我们却独爱深夜节目。

说是深夜，其实无关风月，再说我一个小屁孩也不懂。那时乡下流传着一种奇异的风俗，只要有婚丧嫁娶之事，必然要点播一个连续剧助兴，这连续剧大都是武侠片，以港台、新加坡等地的片子为主，感觉分外洋气，几个帅哥美女分成正邪两派，又是打打杀杀，又是谈情说爱，总之热闹得很。

连续剧会在深夜持续播放，除了点播说明没有任何广告，在那个娱乐活动乏善可陈的年代，这是令人心惊的馈赠。作为回报，我

第 5 章 乡村风物志

总会在每一集伊始将那段长长的说明阅读再三,并衷心送上自己的祝福。由于是乡镇台,信号不稳定,琴娃和我靠坐在电视机前,密切注视着电视画面,只要有雪花或白屏,立刻调整天线角度,有时则需拍拍电视机的脑袋瓜,后来看动画片,发现樱桃小丸子看电视的时候也是这般,不觉哈哈大笑。

每次在她家睡觉都是周末,差不多凌晨三点的样子就开始有人声了,那声音窸窸窣窣,仿佛自水底传来,模糊不能辨,有些怅惘的意思。我心中明知是姨和姨夫在厨房忙碌时的低语,心中却总是糊涂,似幻似真,只觉人世稼穑艰难至此,实在也没什么好想头,如此闭眼又睡,直到日上竿才去觅食。

他们是为了早日去场上占领好位置,两人各自背负着满满一背篼豆芽,一前一后,流水拿去场上卖,卖完了回家继续背,走路全靠两条腿,简直没有一点讨巧的余裕。从家里到场上来回也有七八公里,而且爬坡上坎的,每人每天都要走三四个来回,实在辛苦。

但他们自己其实是不以为苦的,做豆芽相比种庄稼来说是个轻巧活计,又能补贴家用,他们自己非常勤奋,前后至少做了近十年,直到竞争对手越来越多,实在无利可图这才作罢。

姨是个勤快人,做事爽利,歌喉颇佳,记性也好,小时候唱过的歌,中晚年后仍然一句不落。我时常央她唱《王二小放牛》给我听,那曲子一唱三叹,是空荡荡的哀凄,我总是神往,并对那放牛的王二小充满深厚的同情。

至于姨父，和大部分乡下男人一样，有些势利习气，也喜欢吹吹牛皮，一喝酒那可不得了，生平得意的事要一桩桩向人细说，别人听了几十年，早腻了，总是暗地里叫苦。外婆评价他一句"狗舔磨盘没道数"，意思是翻来覆去，没有穷尽。他最爱说表哥的不是，我则次之。表哥为素芬姨妈所出，也是离异家庭的孩子，又在农村，身世漂泊，境况其实难过，但他男孩子心性，听听也就忘了。我六七岁上父亲瘫痪，家中失势，母亲如同雨打浮萍，再没有了当初的好运气，做啥亏啥，几乎在一夜之间就沦为城市的下等公民，仓促间开始窥见生活的真相。我见亲戚们脸色不善，虽然并不十分懂事，心中其实也明了，只是有一点不解：如果因为贫穷就要受到诘难，这姨父论经济地位，其实是垫底的，如何他也来轻贱我？我当时真是想不明白。他不曾骂我一句，也不说一个脏字，只是一见我就说我的母亲是如何没出息，如何让家族蒙羞，我总是面红耳赤，眼眶渐渐蓄满泪水，然后默默离开。直到青春期的某一天，我在外婆家用固话和母亲通话，大讲这个姨父是如何当着我的面羞辱她的，本意是想让她奋发图强，却不想姨父家用的是同一部电话的内线，他把这话都听了去。

梁子算是结下了，只是大家各自心照不宣。

我母亲天生是个没性的人，没记性，没个性。这于我如生如死的不能承受之重，于她其实云淡风轻，只当我小孩子嘴硬，她像往常一样亲热地叫着"哥哥"，每次见面必买十斤好酒，在孃孃和姨

第 5 章　乡村风物志

父进城的时候为他们置办全身行头,年复年兮,不曾更改。

我觉得不忿却也不做理会,她始终不明白,一些人不会因为你对他好而认可你,而是因为你的强大和稀缺。后来听说了姨父的一些事迹,他为外婆劈了很多柴,堆放在屋外,一垛一垛的,虽然不曾给过老人一分钱,但这样的举动,也是值得书写的嘉行。一个懂得孝道的男人,似乎其他的刻薄都可以饶恕了,而最重要的是我爱外婆,他为外婆做的恰好是我不能做的。于是我写了一封信向他认错,并将他的举动大大夸赞一番,仍然是幼稚的青春期的举措,却也顺理成章。

我是天蝎座,他们都说天蝎座包含了世界上最腹黑记仇的男人和女人,其实我们也最健忘。无论遭受过多么深重的挖苦嘲讽,哪怕曾为此彻夜痛哭,也不会理会细节,只会在心中默默地为他们画一个或几个叉,如此而已。

很多人都说成年后应该学会饶恕,何苦呢,我从不懂得何为饶恕,即使当年的痛苦现在看来不值一提,或者矫枉过正,或者为赋新词,但那痛苦的化解却是对我们生命能量的消耗来得以完成的,换言之,并非那痛苦成就了今日之我,而是个人的强力意志成就今日之我,无论怎样,感激的也只能是自己。

第6章

再次进城

小学二年级，我终于又要进城了。那时有一支洗发水的广告是这样唱的："城市的人啊，和乡下的人，都一样。女孩的头发啊，都漂亮，都漂亮。"这支广告势如破竹，堪比早年版的脑白金。公司很有野心，居然想同时做城里人和乡下人的生意，但歌曲反映的时代精神，恰恰是当时的城里人和乡下人，实在是大大地不一样，这些女孩子们几乎不可能用同一种洗发水。因此所有的乡村女孩子都渴望变成城里人。

从乡下转学回来，我感觉真有些迷糊。

似乎一下子又从乡下妹变成城里人了。

学校散发着奇怪的气味，似槐花香而微酸，但并不让人放松，这香味常让我联想到一切肃然的和整齐划一的东西，紧张的、沉甸甸的、一触即发的。后来我也数次在其他小学和中学里闻到过，而大学却没有。这气味让我的神经很容易紧绷，莫名而持久。

小学同学中居然有两三个幼儿园同学，但他们都是不怎么搭理我的，就连女同学也是如此，好像隔了一年，我们似乎就从来不曾

第 6 章 再次进城

认识过彼此。

原来，在城里人的眼中，我又成了乡下人。

城里的学校和乡下的学校，真是不一样，课桌变成了单人单桌，不必和人楚河汉界；课间操、眼保健操的时间规整起来；而且上课的提示音从钟声变成了电子铃声，从此我不再是一个做早课的小沙弥。

学校没有食堂，中午12点以后师生各自回家吃饭，下午两点半之前需得赶回来。校外有不少摊贩售卖各种玩具及小吃。玩具有跳蛙、气球、水枪、飞碟之类，小孩子夏天最喜欢水枪，可以打水仗而且没有太大安全隐患，因此大人也默许。有个小贩生意最好，专卖自制的麻辣土豆丝和凉拌猪肝，用小袋子装着，五毛钱一份，我经常买。还有人卖迷你小蛋糕，调好了面糊，只管往模具里倒，不多久小蛋糕出炉，鹌鹑蛋大小，金黄色散发着甜香。学生们在一旁等着，馋得口水直流，一元钱十个，这价格我记得维持了很多年。此外还有两款极受欢迎的水果，草莓和樱桃，草莓价昂而樱桃价贱，小贩经常搭配着卖，也是一元一份的样子。

学校内部也有一个小卖部，老板很会做生意，每年快要放寒假之前，两口子会将店里不好卖的东西拿来促销，买一送一。我记得有一年是送明信片，买个一元钱的东西，老板随手送你一盒明信片，想想也划算，总之我得了好几盒"周慧敏"，一张张巧笑倩兮，看着她的笑容，也觉得有一种过年的喜气。

冬草无咎：我的阆苑旧事

既然是学校，最重要的当然还是老师，我们那时没有外语课，主科只有语文和数学，也数这两位教学老师最有权柄。但我初进城之时，印象最深刻的却是音乐和美术老师，并认为他们才是城市学校区分农村学校的标志。

美术老师是货真价实的帅哥，喜欢休闲装扮、举止潇洒，而且人也很好。我还记得有一次下了暴雨，校门口积水甚多，我人小腿短，踌躇半晌不知道怎么过去，却见他大步流星走过来，握住我右手，大力提携着轻轻松松过了走廊，完了以后洒然而去，深藏功与名。他后来教我们学国画，每人回家央父母买了毛笔、颜料、蘸盘，对着画册依样画葫芦，大都是瓜果藤蔓并鸟雀蜂蝶之类，虽然不见得好，却也回回新鲜有意趣，自己很上心。

音乐老师则是一位已经过了盛年期的美女，短发修眉，戴金丝眼镜，模样秀雅，非常斯文，照着四川话说，滋濡得很。每次看她端然坐在脚踏风琴前试音，阳光柔柔拂过，我就会想着在农村，永远看不到这样的女子。她教我们识谱唱歌，期末考试的时候由她自己出一道乐理题，然后学生需要独唱一首歌或者选段。有一回我答错了题，但她却夸我音色漂亮，最好找个老师专门学习。我听了只是不语，她也就不再说什么了。

班主任叫苟美芳，一个四十多岁的中年女子，矮胖，眼睛有点三白，腹部高高隆起，但并非有孕在身。她声音尖刻、不苟言笑，在讲台上一落座就有种黄铜镇纸般的威严，我是常常被这威严震慑

第6章 再次进城

了,吓得大气都不敢出。

其实我后来遇见的几位女班主任,都有和她一样的气质秉性,这不能不说是某种遗憾。她们的神态真是一个模子里翻制出来的,无一不是板着脸、目露凶光、嘴角下撇,说话的时候提高分贝,以此肯定自己的存在感。她们或许也曾柔善过,却被调皮的学生伤了心,后来索性戴上假面,可是久而久之,那假面已经成为她们真正的脸,再也脱卸不得。

小学老师大都以女性为主。性子平和的老师,对男生女生大体一样,没有偏袒;越凶悍的老师,对女生越是苛刻,我这种在城乡之间来回流转,又不幸成为下等公民的人,真是拿来开刀的绝好肥羊。整个小学阶段,确凿是我人生中最胆战心惊的时期,无论何时,神经高度紧绷,像拉满了的弓,那种箭在弦上的紧张和无力感,一直延续到成年。

记得我刚刚转学的时候有点摸不着头脑,考了个全班倒数第一,而且老师还要让我拿回家签字。母亲看到试卷,第一反应居然是抱着我号啕大哭,说什么这是她一生中最失败的时刻。我听了很不是滋味,努力了一阵子,期末拿了个全班第二。

然而这于事无补,我仍然是老师的眼中钉,作为一个转学生,足足有一年时间,我是在极其尴尬的境况下度过的——全班四五十人,偏偏只有我不幸成为班主任的重点关注对象。

一个老师想要整学生,那手段真是推陈出新,子女之于父母,不患寡而患不均，学生之于老师，不患罚而患不均。

不知为何，苟老师总是最容易注意到我，听写题出错，别人罚写十次我要罚写五十次；一有空就让我去办公室喝茶；打手心家常便饭。最可怕的是罚站，上课迟到了要罚站，打盹要罚站，和同学打闹要罚站，全班当然不可能只有我一个人出现这些状况，可却总是我一人，拿着课本，紫胀着面皮，默默无言地走到教室一角，站上一节课或者两节课。

至少对于那时的我，这是无以复加的羞辱，学校原来是这样的所在，它让最羞涩的孩子一步步完全丧失尊严，到最后变得木然，这样就算完成了初步改造。我那时并不知教育的因由，也不知教育的终极，只是心中笃定这辈子对老师、教室和学校的恐惧，伴随那阵若有若无的槐花香，将持续一辈子了。

事实的不幸在于，当我表现得越局促不安，那不可预知的惩罚就来得越频繁而且理所当然，比如我后来已经隐隐约约感觉到，如果情况持续下去，自己不久即将成为校园暴力的受害者。

我决定调整自己的心态，要知道任何惩罚如果已经持续一年，那么它的威力定然大不如前。罚站其实也没有什么，我无非采取了和其他同学不一样的姿势听课而已，这既不丢人，也不下作，只是稍稍有些特别而已。这样一想，身躯的柔软度立马不一样了，脑袋歪歪，膝盖弯弯，屁股也可以顶在墙面作为支点，有时甚至还能打打哈欠。终于，我成功成为班上的"老油条"（班主任语），而且

第6章 再次进城

对一切惩罚逆来顺受不再脸红,即使心理活动安排得密密匝匝,表面却不再形于色。我逐渐认识到学校虽然是一个需要严肃认真的地方,但它和自己的将来并没有必然的关联性,我待在这里,只是出于一个学生的本分。

又是一次听写考试,苟老师读了一个相对生僻的词"步骤",那时我们刚上三年级,很多同学表示根本没学过这个词,苟老师倒是有些歉疚的样子,问了句"那你们会不会写啊?"全班皆答"不会",只有我随口胡诌"会",然后苟老师立刻将目光投放到我身上,如同放大镜已经吸足阳光,灼灼到可怖。她的声音带着掩饰不了的厌恶,骂道:"就你会,你什么都会,倒数第一你会不会?"我闭了嘴,但心中已无甚波澜。那时距我倒数第一已经过去一年多了,而她只记得我最差的样子。

话说听写完成后,同桌之间照例互相检查,全班确实只有我一人正确,那天她念到我名字的时候,比平时低了一个八度。她自然不会知道,我是八岁就开始读《红楼梦》的孩子,区区步骤,何足难哉!

不久,我们被要求每周写一篇日记或作文。虽说初涉此道,但我的表现在一帮字都认不了几个的小学生中还算亮眼,也不知道从哪一篇开始,我的作文成为范文,全班、全年级、外校,积极传阅,一个本子总是磨损得不成样子才回到我的手上。后来的情况变得更加夸张,只要我写一篇作文,会先由外班、外校借阅朗读,半个月之后才回到我班作为压轴范文。

全班对我的鄙夷轻贱立刻变成了羡慕嫉妒恨，几乎只是一夕之间。

苟老师看我的眼睛也充满了柔情蜜意，声音也甜甜的，为了表示我们关系亲昵，她甚至不再叫我的全名，会特意抹掉姓氏。每次上她的课，听她几乎像是情人撒娇般呼唤我的名字，就不由得起一阵鸡皮疙瘩。因我不但恐惧老师们超出水平线的恨，也恐惧老师们超出水平线的爱。

差不多四年级的时候，我已经称得上学校的风云人物了，总有不相识的人托同学给我送来各色信件贺卡，也有千纸鹤许愿瓶之类，绑着漂亮的丝带，散发着一股工业香精的气味，别说看着还挺来劲儿。我至今犹记得一个叫"常含妹"的女孩子送给我的贺卡，是一张非常精致的四折立体贺卡，可以拼成一个音乐盒的模样，而且还能点歌，这让当时还没怎么见过世面的我大吃一惊。贺卡的原主人很细心地描述了一番对我的倾慕之情，因她的老师每周都要给她读一篇由我出品的文章，她表示："虽然不懂，但很喜欢，因为它们很深奥！"除了贺卡别致，还有一个原因是这个名字太特别，在我的想象里她又美又文静；而且眼光颇高，哈哈哈。

这样的风光持续了很长时间，记得每次搬家母亲都会清理掉足足两三鞋盒的卡片，虽然不舍，可是带着这些冗余之物，实在也不方便，只好狠心丢弃。即使对于一个小学四年级学生来说，那鞋盒

第6章 再次进城

里的荣光已经近乎无限了。

学校让我们订了一份杂志，叫作《小学阅读指南》。里面有个栏目，是专为小学生开设的，我连读了几期，心里有些疑惑起来，暗道这真的是一本国家级刊物么，怎么刊登的文章如此幼稚？其实现在看看，那个栏目的文章大都千字左右，本来也容纳不了有深度的体量，但当时我却很不屑，准备投一篇稿子试试，因为心中总是存了个比试之心。

不久暑假来临，我照例去了乡下外婆家消夏。

"消夏"两字，其实是一种美化。乡下的夏天没有消遣，只是叫人难以消受，不说别的，单单是那团队作战、嗜血如命的小小蚊蠓，就足以让人欲仙欲死。

那时外公已从北京归来，我们家亲戚有不少初代北漂，而且好些已经安营扎寨，外公原本打算找个工作干着，但后来不大习惯就回来了。老两口早几年就不再种植麦稻，却种了不少玉米菜蔬，玉米是猪吃的，菜蔬是人吃的，都要花上不少心血。像他们这样的情况，已是少有的享福之人。

玉米采摘回来，均为手工脱粒，掰一会就虎口发麻。常见外公随意蹲坐在门槛，顶着毒日头掰玉米粒。他的脸孔非常生动，曾经的俊朗还留有微弱的痕迹，酱紫色的、关节粗糙的大手碾剥着手中的玉米棒子，因为用力的缘故，嘴角下撇着，显得悲情又可笑。其实他的经济条件在乡下还是很过得去的，因为子女还算出息，他虽

冬草无咎：我的阆苑旧事

无退休金却不愁生活费，而且这玉米棒子也不过是拿来喂猪罢了。可他的表情却让我的脑海中浮现了一个为全家衣食挑着劳苦重担的人，那是一个清瘦坚定的少年，背着近两百斤的重物，艰难地在乡间小道穿行，这一趟，他要足足走上半个月，才能换来家中数日的口粮——这少年正是年轻时的外公。我常常为这样血脉里的记忆而感动了，端着水杯、摇动蒲扇坐在外公身边，他朝我温和地笑笑，说日头大，快去玩吧。

夏天虽然酷热，却常常让我感受到蓬勃的生命力，而且无法以外力遏制，我因此总觉得夏天不会有鬼。除了对蜈蚣和蛇颇有些忌惮，并没有什么特别惧怕之物。

外婆的菜园里那两株巨大的栀子花，已经长成树的模样，一到初夏，花朵重瓣叠蕊如莲花，约有小汤碗大小，且有奇香，馥郁清雅，闻之令人忘俗。有一晚月色皎皎，栀子花开灼灼，我实在感动，决定写一篇散文记录下来，取名《月中娇花》，我实在是拙于取名的人。

当我费力完成了这篇虽然矫情却也不失真诚的稿子以后，几乎毫不犹豫地将它邮寄到了《小学阅读指南》编辑部，信件开头无非是：亲爱的编辑叔叔、阿姨们，你们好，我是来自四川省阆中市某某小学的一名五年级（即将）学生，平日非常喜爱阅读这本杂志，所以自己也写了一篇稿子，希望你们喜欢……

最后用了学校的地址，因为经常搬家怕收不到回信——假如有的话。

第 6 章　再次进城

没想到五年级的时候,我们换了一个语文老师,叫作李明慧,是一个又高又壮即将退休的女老师。她不威严也不亲切,寡淡得甚至有些无趣,我对她失望之余,开始像斯德哥尔摩患者一样怀念苟老师整我的那些日子,觉得那位外表凶悍的女老师惩罚我的每一个意图都充满了神秘。而这位李老师,我与她相处的每一秒,都像《红楼梦》的后四十回一样味同嚼蜡。

某天课间休息时间,我正在吃早餐,忽然有人叫我去语文办公室。李老师递给我一封已经拆开的信件,她脸上堆笑,口里说着些祝贺之语。我定睛一看,原来是编辑部的回信,上面说,我们不相信这样一篇文章出自小学五年级学生之手,请让指导老师签名,教务处盖章,不日即将刊载。上面有编辑的签名,我还记得那名字是叶滨。

我自然是很高兴的,回去细想了一会儿,觉得应该写上苟老师的名字当作对她的一个念想,并且立刻也这样做了,但这只是我的一厢情愿。

李老师将我拉到办公室,语重心长地表示,你现在的指导老师可是我呀,不写我的名字,教务处也盖不了章。

在这样的前提下,我没有斗争的必要,一切打点妥当后写了她的名字。

从此以后,每当发放杂志的时候,李老师就非常期待起来,总说可能下一期就有我的文章了。然而不知为何,日子一天天过去,

冬草无咎：我的阆苑旧事

那杂志却并没有我的文章。

她于是变得焦躁起来，到我们小学毕业的前两月，有一天忽然在课堂上越过众人的目光，直直地对我说，你以为人家刊登你的文章，是因为你写得好吗？只是因为学校订阅了而已。

最后一月的最后一星期，我们所有人几乎已经忘怀了这件事，而那本《小学阅读指南》却忽然醒悟了似的，居然刊载了那篇一年半之前的文字，只不过另辟了一个专栏"校园文学"将它和另外一个作家的文章一起圈在里面，而不是我原定的目标专栏，末尾则端端正正署着指导老师的姓名，如同一个讽刺。

稿费三十元，并不太少，足够我订阅半年的《散文》杂志。

那年夏天我回到乡下，可能因为即将上中学的缘故，莫名感到若有所失。外婆说，不知怎的，两棵栀子花树居然死了，以后的夏天，再也闻不到这么好的香气了。听了这话，我却不难过，只觉得神异，仿佛自己也无意中做了一回《聊斋》中人物，无情有恨何人觉，月晓风清欲堕时。

第 7 章

豆剖瓜分

四岁那年我患了小儿急性肝炎,黄黄的一张脸蛋儿好不可怜,在医院里打了一周点滴也不见大好。母亲说,她那时已经准备放弃我,因为舅舅参加了一个不该参加的运动,生死未卜。如果一命可以换一命的话,她宁愿我死而让舅舅生,因我只是一个什么都不懂的孩子,而她的弟弟却是一个苦读多年且不曾享福的二十岁青年。

多年以后,当我真真切切地听到她的自白,立刻在心中为她填补了余下的潜台词:你不过是一个无足轻重的小女孩,而弟弟却是我们全家的命根。你的生命实在没有和他抗衡的价值。

但是老天看顾了我们,舅舅平安归来,而我也顺利出院。差不多从这时开始,我成为医院的常客,隔三岔五地去找儿科的杨爷爷看病,杨爷爷很慈祥,生就一副温厚长者的模样,我非常喜欢他,因此对中药也不排斥,每次都会捡一堆气味辛苦的植物标本回来,煎好药汁掐着鼻子灌下去再猛吃一勺白糖。不过后来杨爷爷过世以后我就再也没有去过那里了。

八岁左右,我回城上学,又患上极严重的肺病,开始是感冒,

冬草无咎：我的阆苑旧事

接着支气管感染，再后来是肺炎。我知道我家很穷，只是不知道具体如何穷法，因此从不主动要求家人带我去医院治疗，只在诊所抓过一两次药，其他时间全都自己扛。

冬天真是难熬啊，我开始频繁地咳嗽，从干咳、带痰，到最后吐血。从早咳到晚，没有间歇，几乎只有在吃饭的时候才能稍稍缓歇，像一个濒死之人。我感到自己的头部形成一个巨大的共鸣腔，每次咳嗽都震得耳膜嗡嗡直响，或许终有一天，我的眼珠子也会在咳嗽时被震得飞出去。生命，真是飞絮游丝一般脆弱。

周末的时候，我常常躺在床上一动不动地望着天花板，痰液里的血丝让我骇异惊恐，因为无论是在电视剧还是在各色文本中，这似乎是不久于人世的征兆。我今年才满八岁啊，怎么能够甘心！隔壁赵爷爷过世时满院的花圈一次又一次飘过我的脑海，那哀乐声似乎也细碎可闻。于是我开始痴想自己要是死了，是否可以得到这样的待遇。不过我很快否决了这个幻想，花圈应该是对赵爷爷一生的总结，他那么老，而我几乎不曾开始，简直不能算个人，因此我不会拥有花圈的，一个也没有，我必须要好好活着。

听说红糖姜水可以缓解肺病的痛苦，就自己学着熬制。放学后吃完晚饭，一个人守着锅里的一块姜、一块红糖直到天荒地老，我不知道熬制到什么程度才算成功，因此常常等得哈欠连天。喝完姜水，咳嗽的程度并没有丝毫减轻，我开始沮丧，不再对它抱有期望，然而第二天咳嗽的时候，我会再次如法炮制，因为这是我唯一可以

第 7 章　豆剖瓜分

拥有的材料,唯一可以自制的药方。

在农村我恐惧盛夏,而在城市我是如此恐惧隆冬。冬天意味着凋零、死寂、泯灭,是穷苦人家在四季轮回里最容易魂归离恨天的时令。我生于斯时,也许有一天也将终于斯时。只有长期生病的人才能精确体验到节气对身体的影响,所谓春生夏长,秋收冬藏,四季更替,一毫不爽。冬天具有承接性,是前面三个季节的累积而后发,直接关系到来年收成,庄稼如此,身体也是如此。

曾经见过一幅人体内脏图,左右肺叶像种子舒张的两片芽瓣,千丝万缕地烘托着人体。人真的很像植物,冬草一样强大又脆弱,但是幼年的我实在不知道应该做什么才能使自身免于夭折的危险,只能试探着将微茫的希望寄托于未知之神。

那位神祇有可能是电视剧里的观音菩萨,也有可能是《圣经》里面的耶稣基督。我们家里常年备着一本黑皮"圣经",我自识字以后,偶尔会翻看两页,但那内容总让我诧异,觉得不大像是本经书。后来读到《新约》,看到耶稣很喜欢小孩子,并且说:"让小孩子到我这里来,不要禁止他们,因为在天国的,正是这样的人。"字字句句,皆是迢迢异世的召唤,我不但对他生出无限的好感,而且后来终于也见到他的模样,那是一个眼神温柔的络腮胡男人,装扮虽然是异域的然而可亲,和他在一起,他一定会允许小孩子坐在自己的肩头,而且清水既然可变美酒,自然也可以变牛奶的,五饼二鱼也能吃到天荒地老,真是别无所求。

冬草无咎：我的阆苑旧事

　　观音菩萨通过电视剧有更直观的显现，她是那样慈悲，而且永远都是一副新娘子的装扮。我想孙猴子那样调皮，菩萨都不曾厌弃他，我这样乖乖的，那她一定也不会憎恶我。但是有一天我忽然自顾自地又哭了一场，因为那天我才知道耶稣因为世人的罪被钉上十字架，观音为了救治父亲自愿承受剜眼断臂之苦，原来他们也是肉身凡胎，他们所遭受的，其实比我更疼。

　　外婆心疼我，一直努力地寻找土方替我治病，其中一味叫作墨鱼骨头，打成粉末，每天服用三勺，那东西真比石灰还叫人难以下咽，可能我吃的就是石灰也未可知；又有一味心肺草，专治肺出血的，要趁着毒日头采来效用才好，为了这一味药，外婆不知受了多少罪，但也未见有奇效。老家有一棵柚子树，已经历半个世纪的风雨而能屹立不倒，结的果子其甜如蜜，她听说柚子制过以后也能治这病，每年必要剥出二三十斤柚子肉，用白糖渍了，储满两只玻璃坛。这个说起来就是柚子罐头，风味其实不坏，但吃多了仍然味同嚼蜡。如是有一年，也不知道到底哪一味药发生了效用，我的病算是断根了，后面想想可能根本就不关药的事，而是爱，是外婆的爱将我治愈。

　　父亲虽然已经偏瘫，但是康复得很不错，可以独立行走，生活也能自理，但他显然不满足于此，而是想回归舞台，重新成为一个歌手。二十世纪九十年代初期，正是各种无脑广告满天飞的时候，而且基本没有官方辟谣，不要说老人，普通后生也没有多少分辨真假的能力。父亲被各种养生信息洗脑得很彻底，从报纸的广告栏里

第7章 豆剖瓜分

买回一个又一个磁化杯、理疗仪,每一样在当时都是天价。几百块的杯子、上千元的仪器,而且,没有穷尽。

屋子里常常只有父亲和我,有时候我会因剧烈咳嗽而喘不上气,他抖着腿,厌恶地骂我一句;有时精神好些,则会向我讲述他当红卫兵的时光,尤其津津乐道于如何焚烧那些硬壳大部头书籍,或让那些牛鬼蛇神跪着破瓦片且头上顶个盆不准掉下来,真是青春恣意、挥斥方遒。有时候他会骂他的前妻给他戴绿帽,说得有鼻子有眼,也不担心我年纪小,不过那阿姨后来告诉我是父亲出轨在先,原来离婚的人都是互相推诿,没有说自己不好的。

有时候我们父女俩则相对枯坐,一大一小,都是残损了的人,没有拣选、没有召唤,眼前横亘各自命运的深渊,我担心要么被他杀死,要么咳嗽而死;他想要母亲离开以便获取单位的一大笔补助金,又担心母亲离开以后自己无人看顾,我们真是古往今来最悲哀的一对父女。由于房间昏暗,兼节约之故,家里一直用的是一只超小瓦数的电灯泡,因此屋子的陈设和他的样子总像印在油画里似的,惨然而且浓郁。

母亲那时一直处在一种神秘的亢奋中,白天停留在家的时间极少,而晚上七八点必要出门。一天深夜,她从包里取出一个厚厚的信封塞在床头柜里,并告诫我不许偷看。当然,像所有得到禁令的小孩子一样,我偷看了,那是一沓婚纱照,母亲和另外一个男人的。

此前我从未见过母亲穿婚纱的样子,我以为母亲和父亲在很久以前就相识并且相爱，因此不需要照片去证明，他们天然一体。而照片里的盛装男女联袂并肩，这怎么可以？他们这样理直气壮，倒像是真正的现世夫妻。

母亲看上去真是十足的美人。她披散着头发，脸上薄薄地涂抹了一层脂粉，蹲坐在菊花丛里笑得美艳又甜蜜，那一定是一个定格了很久的笑容。旁边那个男人穿着西服，一脸宠溺，那时他们都才三十岁左右，完全没有半路夫妻的颓然残破，任谁瞧见也觉得是一对佳偶。

不得不说，仪式感对日常生活的冲击是要命的，我此前从未见过父母身着华服的样子。他们的婚姻关系，翻来覆去只有我作为一个明证，其他的均语焉不详。而穿婚纱的母亲和穿西服的男子，如此坦荡无猜，倒像是个可昭日月的光景，父亲的存在，瞬间显得不分明了。照片有多个角度，我一张张来回反复观看，终是气到哭出来，想着父亲就在里屋，不敢大声，只低低啜泣，好似一枚未剥蜡衣的药丸，郁郁地结在喉咙无法吞咽。我已经预想过这个家最不幸的结局，要么父亲死，要么我死，可我从未想过他们会离婚，而且还是以这么秘而不宣的方式。

这个叔叔我是见过的，姓荀，算是街坊，人比较和气，但也没什么记忆点。母亲和他应该是牌桌上认识的，她那时太苦了，麻将是她排除痛苦的唯一方式，而我年纪尚小，不能理解一个女子在丈夫瘫痪后遭受的灵肉双重打击是如何致命，而只能认定为背叛和

第 7 章　豆剖瓜分

逃离。

而我同样不能理解父亲的放手，他告诉我是他自己主动提出了离婚，还母亲自由。对此，我是满腹狐疑的，父亲不是那种伟大隐忍的人，他也没有求这个虚名的必要，但是他的举动确实怪异，一般来说普通夫妻如果一方患病，那患病的总是渴望拖死另一方，这是人性的弱点。像他这样放任年轻美貌的老婆远走高飞的，还真成了小城的新闻。不过真实原因如何，几年后方略见端倪。

原来当时的丝绸厂领导曾有许诺，如果父亲不幸离异，厂里对他的照顾将会更多，还会发一笔数目不小的慰问金。不得不说，彼时企业的福利确实面面俱到，不但报销了一万元医药费，还为他成功办理了相关病退手续，让这个前员工在丧失了劳动能力之后也不至于冻饿而死，这在私企是不可想象的。

父亲的事业、肉身虽然遭遇了毁灭性重创，但是精神头恢复得还不错，他对未来似乎并未完全绝望，总觉得自己有朝一日能够重登舞台，再展歌喉。而且，随着理疗的成效显著，他的日常生活也能勉强应付，穿衣、煮饭、上厕所都不再需要别人帮助。或许他以为，仅仅凭着这些，他就能安然对抗岁月漫长。

很快，母亲确定了搬家的日子。她会带着我走，一起离开这个家。这个建议听上去很不错，我的心态渐渐发生变化，开始向往新生活的可能，虽然心底仍然不愿意他们离散，可是如果母亲一走了之把我丢下，岂不可惊可怖？随着日期将临，我的情绪开始兴奋又

冬草无咎：我的阆苑旧事

有些惴惴，开始从母亲的口里探知苟叔叔的事，并衷心希望他是一个言行合一的人，永远都不要家暴。诚然，父亲能给予我的无非只是呵斥责罚，可是一旦离开这个家，却觉得自己又被命运抛掷到另一个没有边界的莫测的深渊里去了。那几天，我在屋子里来回走了很多次，有些恋恋不舍的意思，并且再次注意到奶奶眼里凛然的寒意。她的遗像下面放着一本厚厚的和合版《圣经》，我抽出来随意翻开一页，上面说"承认自己在世上是客旅，是寄居的"。这一贯奇异的半文半白的腔调，我若有所思而无所思。

父亲和母亲看不出离别的迹象，但是已经貌合神离，她仍然为他早上熬小米粥，中午炒菜，晚上做煎蛋面，不打牌的时候，她总是那么温存体贴，只是心已经飞到很远很远。她照顾他足足两年，生意废弃了，储蓄也花光了，跑遍了大小医院，找遍了江湖郎中，连我都见习惯了各色奇奇怪怪的汤丸膏剂，作为妻子，委实仁至义尽。多么奇怪，我曾经因为他们的相爱而感到遭遇放逐的痛苦，又再次因为他们的将离而感到身世浮沉的滑稽。可能像我这样的孩子，天生缺乏那种深刻的在场感，只能顺势成为他们家庭生活的点缀，不然还能如何呢？

到了搬家的日子，母亲打包了不多的几件旧衣，和父亲说了几句场面话就带着我离开了，这一次居然没有任何悲戚，虽然我与这个家的联系被再次切断了，我的细若游丝的眷恋再也寻不到依附之所。管星街13号，或许以后只能在噩梦里相见了。

第 8 章

遇见另一个自己

我在名义上其实判给了父亲，由母亲每月支付五十元抚养费直到成年，相关细节都在那张粉色的离婚证上明明白白写着的，似乎不容置疑。女儿的户口随父亲，这样的判决自然是为了她好，至少，可以获得一个城里人的荣耀。

那时我们还不知道，城市户口很快就变得不值钱，无论是城里人还是乡下人，无论跟着父亲还是母亲，都改变不了童年命运的本质。

母亲和苟叔叔开始了正式的同居生涯。

她是一个渴慕爱情的女人，可是她的混沌无序让她无法从任何一段爱情中获益。

我以惊异的目光打量着母亲和另外一个男人的爱情，怀着一种难以述诸纸笔的陌生和刺激，但并没有敌意。原来，母亲并不是天然地就应该和父亲在一块生活，原来任何一个家庭的组合只是随机和侥幸。苟叔叔文化程度不高，却颇有闯劲，经常辗转于阆中成都两地之间，做一些钢材生意且收入颇丰。

他不久将自己的女儿蓉蓉接来和我们一起生活。蓉蓉小我两岁，留着短发，三白眼，常常有斜睨着人的感觉。这女孩的母亲作风不大好，听说是被老公捉奸在床才不得已离了婚的，孩子的抚养权也没要。或许正是因为这个缘故，母亲对蓉蓉的态度显得有些暧昧，她不是一个坏女人，也不曾打算虐待继女，可是她却总是有意无意地将这孩子的品性和她的母亲联系起来，骨子里就看她不起，一有风吹草动则大声斥骂。我对此深感不安，虽然自己也经常挨骂，可是母女的血缘之亲足以砥砺生活里的各种龃龉不堪，而蓉蓉，她是一个失去了母亲庇护的孩子呀。在经过多次观察和小心求证之后，我很快发现蓉蓉其实是一个天生媚骨的女孩：她会撒娇、工心计，而且非常识时务。此外，她还有一桩奇处，就是见到七岁到二十岁的男子都会叫哥哥，并且涎着脸主动和他们一起玩耍。这倒也没什么不对，但总让人觉得怪怪的，即使同为女孩，蓉蓉和我也是两片完全不同的叶子，彼此都无法从对方身上找到认同感。我们原本互不相识，如今却因缘际会做起了姐妹，实在很难做到真正的相怜相爱，但在某些特殊时刻，也不乏相濡以沫的错觉。某日，蓉蓉和我回家后做完作业又简单做了点晚饭果腹，左等右等没见大人回来，只好带着一肚子疑问上床睡觉。

第二天早上，两人将屋子的东西细细盘点了一次，不禁又惊又惧，家里不但没有储存任何零食，而且米面俱无，也就是说自从昨晚下了那一碗面条之后就已经宣告弹尽粮绝了。我们猜测母亲可

第 8 章 遇见另一个自己

能去了成都,可是平时的话她会留下一百块生活费,这次却什么也没有。

两人饿着肚子上学,又饿着肚子放学,好容易又熬了一天,那滋味着实难过,我忍不住又去厨房翻找了一次,终于发现半罐桂花糖,不由喜出望外,用勺子尝了一点,一股沁甜的桂花幽香直冲肺腑。我尝了尝,唤来蓉蓉,说快吃吧都是你的。蓉蓉有点感动,她应该知道这半罐桂花糖在此刻的分量,是以破天荒推让了一番才开吃,吃得非常香甜。

母亲是第四天晚上回来的,我们已经饿得前胸贴后背,原来她是兴之所至跑到成都去看苟叔叔了,也忘了留饭钱。为了弥补自己的过失还特意给我们做了一顿大餐,不过这些马后炮的效果微乎其微。

记得当时租赁的房子其实相当宽敞,但是睡觉的时候,我们三人喜欢挤在一张大床上便于聊天,一晚我忽然发现蓉蓉正在舔母亲的脚丫子,还挺起劲,不觉大惊,连忙推了她一把,只当她魇着了。蓉蓉口中呕呕有声,似乎更来劲,还一边呕吧一边说:"好香的脚丫子,我最喜欢舔了。"我高声惊问:"老妈,你快缩回去,怎么真的让她舔呀?"母亲咯咯直笑,只说:"她自己要舔,抱着我的脚不松手,我有什么办法?"或许蓉蓉是想通过这种方法获取母亲的宠爱吧,虽然有些剑走偏锋。

这件事情很快就过去了,但我为此深感不安,蓉蓉不过是个八九岁的小孩，怎么学得这么多套路，要是她的母亲在身边，还可以教导一下，可是她的母亲影子也看不见。我自顾不暇，也说不出什么大道理，就是觉得讨好卖乖已是不好，舔人脚趾更是无耻之尤，总之就是不好。

蓉蓉是那种性格很矛盾的女孩，在母亲面前显得胆小慎微，蹑手蹑脚轻声细语，努力降低自己的存在感。在外面她又疯得不行。老实讲，我不喜欢这样的人做我妹妹，这完全是两个分裂人格。唉，归根到底，我始终是不喜欢她的，和我母亲一样。

我那时其实也不甚懂事，有时候受了母亲劈头盖脸一番责骂，心中不忿就只好找个下家出气，转过脸对蓉蓉高声呵斥两声，她倒也乖觉，此时一般不会回嘴，事后我其实是歉然的，总是刻意比平时更加柔善些，不过也只限于此了。

有一次放学我走在回家的路上，看见一只流浪的小玳瑁猫一脸满足地往破纸箱里钻，身子已经进去了，毛茸茸的小尾巴还露在外面。我被那个情景触动了，觉得这猫像我自己，也像蓉蓉。其实世界上大部分的人，都在庸庸碌碌中过完自己的一生，既未见过真正的善，也未曾行过真正的恶。可是对一个小女孩来说，最无足轻重的恶意也足以引发山呼海啸的战栗，就像露在纸箱外面的猫尾巴，随便拉扯几下也会让猫咪痛得咬人。

猫咪以为自己拥有和老虎相似的外表，就会拥有老虎的力量，而事实上，她只是一只缩小了的Q版老虎。蓉蓉呀，我和你其实

第8章　遇见另一个自己

是异母同胞、镜中幻象。

作为一个名义上的监护人，母亲无疑显得有些失职，她仍然迷恋麻将和一切赌博游戏，对我们这对异姓姐妹也缺乏必要的关心和管教。明明是一张秀丽的瓜子脸，却总是柳眉倒竖、杏眼圆睁，不是在呵斥这个就是在呵斥那个，不但蓉蓉和我都怕她，就连苟叔叔也怕她。

我怕她，怕的是她的喜怒无常。上一刻还是如沐春风，下一秒就是雷霆之怒。还记得有一次她半夜回来莫名其妙给了我几个嘴巴子，原来是打牌输光了。在我们这个平均工资只有三百块的小城，她每晚输赢上千，不，她逢赌必输。我从梦中惊醒，捂着脸呜呜哭泣，只觉莫名其妙然而无可奈何。总的来说，她打人的时候并不多，但每次都会让我脱层皮，因为我顶嘴而且宁死不屈，任她将衣架子打烂一根又一根，熬到她精疲力竭为止。

母亲话多、爱排面、喜热闹，我与她则完全相反，我们之间的矛盾更多是来自性格上的南辕北辙，而她却误以为那是对她的挑衅和冒犯，因此母女关系一直都很紧张。

蓉蓉怕她。我想那是出于对继母的畏惧。小孩吃饭都爱剩饭，母亲常常命令她把剩饭吃完，不吃完不准下桌，要说这也算不得什么虐待，但她的语气实在凶恶，蓉蓉还没怎么样，我倒吓得战战兢兢，拼命给小妮子使眼色，蓉蓉委屈巴巴地一边吃饭一边抹眼泪。不过饭一吃完立刻精神十足地跑出去玩了，有时候疯玩到十点才慢腾腾回家。我很是不解,你不怕挨骂么?答:怕。那为什么老是要溜出去玩?答:因为外面好玩啊。此刻我才意识到其实蓉蓉的心理素质比我好很多,而且母亲嘴皮子厉害,打她的时候比我还少,因此这小丫头很会控制身体情绪的度量衡。直到有一次她半夜仍不归家,母亲大怒,说今晚不给她开门,让她长长记性。嘴上如此说,还是继续等了一会儿,依旧不见她回来,我们沉沉睡去。第二天早上一开门,只见门口正中盘着一堆可疑物,我惊疑不定,而母亲用一种确凿的语气说:"蓉蓉回来过,还拉了一泡屎。"

苟叔叔怕她,是因为他在母亲面前有天然的自卑感,自卑的源头是因为他的农村人身份,听上去是不是有点匪夷所思?母亲嫁到城里十来年,自以为已经完全融入城市生活,几乎无意识地抗拒着一切农村标签,包括未来伴侣。苟叔叔来自农村,谈吐粗陋、穿着土气,交往的也都是同一个圈子里的人,这些人比起那些围绕父亲身边的城里伢子,简直差得天高地远,她是总觉得自己吃了亏。不但颐指气使,有时候当着人也不给他留面子,上去左右开弓就是两个耳巴子。但她也有对他好的时候,那时候苟叔叔生意已经上了正轨,母亲的零用钱极多,经常为他置办衣装,千把块的鞋子三千块的西装,务必要把他打扮得像城里人,他们那时候的消费水平是远远超过了平均线的。

说来好笑,我父亲生病后沦为城市底层,他的朋友也不过是十八线的普通工薪阶层而已,而苟叔叔和他身边那帮下海较早的农

第 8 章　遇见另一个自己

民兄弟，个个都成了千万富翁，其中一对夫妇更是资产上亿。当然，这是后话了。

男女之间的事情，从来差之毫厘谬以千里，你以为他们无动于衷的时候，其实已经情愫暗生；你以为他们你侬我侬的时候，其实已经两下猜疑；你以为他们缘定终身的时候，拜托，这两人早已风流云散、一别如雨。

母亲年轻时情感粗砺，对人对物都缺少一种细腻和体贴，当然双亲除外。作为女儿，我只能试着将原因归结为她结婚太早，自己还是个孩子就开始养孩子，难免憋着一口气，可是她在感情方面也总是显得风风火火有失分寸。一个和她没有血缘关系的人，怎么可能一次又一次地容忍她的坏脾气呢？她是真的从来没有找准自己在亲密关系中的定位。她以为她最大的筹码，就是在这段感情中占据着主动权，她以为，自己从不爱他。

后来断断续续地听说了小三的事，是她亲自抓的现行，听说还是暗娼。再到后来，从若即若离到分道扬镳，也并没有经历太长时间。我还记得他们分手的那个场景，母亲背过身躺在床上低低呜咽，苟叔叔牵着蓉蓉的手，略有歉意而决绝地和我道别。日色西沉，父女的脸孔因回光返照格外温煦，但我知道这只是一种错觉。

母亲情绪低落了很长一段时间，很明显，她是被分手的那一个，此后郁郁寡欢缠绵悱恻，一度憔悴到脱相。我注意到她那段时间一下子老了很多，面貌体态都呈现出遭受过岁月侵蚀的松垮感，似乎一下就成了一个半老妇人。

　　直到分手后,她才意识到自己很爱他吧,可是那又如何呢?往者不可留,逝者不可追,即使一千个不舍也只能徒唤奈何了。听说后来苟叔叔还特意回来看过她两次,不是余情未了,而只是看她的笑话。

　　现实世界里的爱情,不像台本那样有贵贱,都是吃五谷杂粮的,都是要打嗝放屁的,都是带着自私的基因参与这场水深火热的,毁誉得失,外人何尝看得清楚。

第 9 章

雨打浮萍

母亲自己取的别名里有个"萍"字,她这一生的命运正像池塘里的浮萍,一直漂流、浮沉,过尽千帆也寻不到归处。

她其实真是一个能干人,天生一张笑脸,春风满面,和气生财,看起来最适合做生意不过,除了算术略差些,她干这行基本没有明显的弱点。可是后来我发现她这种类型的人其实是有着致命的时代局限性,二十世纪八九十年代的时候,还能吃香喝辣,可自九十年代中期以后,市场已经在自行拣选调节,比如招徕顾客只是一个伙计该干的事,统筹算计才是一个老板的核心竞争力,她以一个伙计的资质肩负老板之位,是以处处失利。

母亲和苟叔叔分手后,最初还是优游了一阵子,但她那时其实已经开始借贷,除了我们母女的生活费,还有做生意的启动资金。她这人受不了累,开店必然是要请人的,有时还不止一个。单论店面租赁这一项其实已经不菲,加上人工开支,其实也就没什么余裕,账目再有些出入的话,随你生意多好也是倒亏。

除了早年做过裁缝及卖衣服,她后来做过的生意包括牛肉面店、套饭店、串串店、早餐店（各种面点和稀粥为主）、毛线店、麻将馆等等，这些大大小小的馆子最终都以失败告终，她实在是不会算计、吃不得苦，又没有生意人的狠心。开面馆时，师傅们在晚上熬制了一大锅牛肉汤，成本约有三四百之数，因为香气诱人，两只大老鼠滚到汤锅里炖得烂烂的。第二天早上刚到店里，她搅动汤勺舀起一只老鼠吓得个半死，店里的师傅要留着这一大锅汤给客人，而她执意要倒，气得师傅大骂："没见过这样做生意的人，赚得到钱才是怪事！"

有时候牛肉炖得好，她尝了两块觉得香，会一块接一块地吃，将那大锅里的牛肉块儿捞得罄尽。下午的客人来，只有汤没有肉，点二两她端上三两，大大咧咧道："不好意思喔帅哥，肉被我吃光了只有面，多送你一两。"

她开的馆子因为没有非法添加物，所以味道也平平。那时已经有一些不法商家会在调料里添加罂粟壳，回头客无数，她也爱光顾，每天中午必点一碗对面商家的米线，还劝她自己的客人点。一到夏天，店里放个冰柜卖雪糕，有种较贵的雪糕叫作一把火她要卖四元，买雪糕的小学生撇撇嘴："好贵喔，前面一家才卖三元五。"她立刻以三元五卖给对方，还诚恳地表示自己的进价就是三元五，希望小学生以后再来。她做生意也像她的人一样，散漫无拘，随心所欲，比如这种较贵的雪糕，利润一共只有 5 毛，那就必须得找到价格最有竞争力的供货商，而不是靠着所谓的不赚钱来挽留顾客。更何况，

第 9 章　雨打浮萍

顾客并不知道老板这么不济事儿,他会认为所谓的不赚钱,只是拙劣的营销手段。

包括开串串店也是如此,只要别人说贵她立刻降价,但那个价格她其实做不出来,偏要勉为其难。

最好笑的是开早餐店,因为规模较大,她不但请了一位杂工,还另请了两个面点师傅,男的做花卷馒头,女的捏包子。这店生意还颇兴旺,但是开了一年仍然坚持不下去,终于树倒猢狲散。可那位捏包子的女师傅我平日唤作王孃的,不久盘下一间小小店面专卖牛肉包子,勤勤恳恳亲力亲为,包子味道也不错,皮薄馅大、肉汁充盈,几年后居然成为我们当地的著名小吃。

母亲并不适合干餐饮,但她却在此行业蹉跎了很多年。我跟着她一路辗转,也略略见识了些行业怪象。比起这些流水的店铺,她的赌徒身份才是最让我揪心的一件事。

母亲的好赌,我估计也有部分的遗传,因为我外公就是一个好赌的惯家积年。

农村老汉都喜欢玩长牌,我至今仍不知道它的规则,但牌面上所画的人物却煞是好看,有西游红楼三国之类,线绘彩描、酣艳风流,我有时会拈一张看许久。这长牌对妇女年轻人儿童均无吸引力,不知为何能够牢牢锁定老年群体。但见几个老汉一落座,架势一开长牌一推,可以打得昏天黑地日月无光,比小学生打游戏还疯狂。我外公生平最喜赶场,也不买东贩西,就是为了打牌,几十年来耕耽此道，坚持不辍，想有无数心得体会不足为外人道。他是病到走不动路，也要让晚生后辈用摩托车驮着去场上大战三百回合的人。

不过我记忆中有一幕场景却很有意趣，应该是我十岁左右，某个夏日的午后，因为已经连下了几天雨，地表泥泞不堪，我呆看屋檐出神，突然见到外公领着三个老头鱼贯而来，四人皆竹杖芒鞋，又戴着斗笠，看上去都有点古貌苍然的样子。中有一人，白发长髯，浑如一棵老松树。他们四人走进堂屋分宾主坐下，二话不说就开始打牌，外婆则忙着给他们添茶递水，又急急去厨房安排吃喝，荤菜则是一块老腊肉。外面雨声潺潺，柴火锅里腊肉咕噜咕噜，四个老头吆五喝六，这喧哗声里别有一种静好。

估计母亲从小接受了这种耳濡目染，已经埋了一颗种子在隐蔽处，以至于她后来长到二十多岁，忽遭变故，茫然无依，终于彻底迷上赌博。

赌博这种东西确实是抓住了人类的致命弱点——贪婪，输了想赢，赢了以后想再赢，反反复复没有穷尽。我母亲赌运又差，赌瘾又大，偏偏赌品奇佳，只要输了，无论多寡，那是一诺千金，绝不含糊，所以很多赌棍都盯上她，甚至联手起来一个坐她上家，一个坐她下家，把她整治得真是秋风扫落叶一般。她当时心里面也有些知觉，但再次相逢的话，却并无芥蒂，一笑泯恩仇。是以她无论去哪里打牌都很受欢迎，人人都道她超可爱。

母亲打麻将，偶尔也炸金花，输赢极大，每晚都是数百上千，

第9章 雨打浮萍

有时甚至是三千块往上。高峰期一天两场,下午两点至六点,晚上八点至十二点。打牌回来,也和那战场回来的人一样会简单汇报一下战况,说得比较多的是今天平和,平和的意思就是她大约输了百把块。偶尔也会说,今天手气不好,那至少输了上千。

打牌上瘾的人确实是一个特殊群体,各个都中了三尸脑神丹,只有牌桌上的那一百零八单将才是让他们神清气爽的解药。母亲当年做布匹生意的时候,其实略有积蓄,但她不善理财,家中变故后又几年麻将下来,已经不知欠了多少外债。不过俗话说,虱多不痒,债多不愁,她的心理素质倒是一直很好。

起初我并未关心家里的经济情况,那时的小孩子很单纯,只要交得起学费,吃得上饭,闲暇时有书看,对孔方兄根本不会多瞧一眼。但是有一天我放学回家,钥匙一转,门一开发现整个家忽然空了,空了,空了,正所谓环堵萧然,室如悬磬,刚买不久的冰箱洗衣机都没了,电视机也没了,床也没了,柜子也没了,连吃饭的小茶几也没了。嗯,就连外婆刚去乡下定做的几个木头凳子也没了。我首先怀疑的是小偷进门了,只是心里疑惑,这小偷怎么不挑食,而且还是个大力士?

那天我没做作业,一直枯坐等到母亲归家,原来是她打牌输了,手头没有现金,只好拿家里的东西抵押赌债。从那天起,我们在租住的房屋里,再没有置办过任何家具家电,因为再也买不起了。只要房东能提供一张床,一张桌,一张椅就已心满意足。

但母亲并未稍事收敛，仍然一得空就打牌，后来穷到吃不上饭。外婆眼见不忍，只好偷偷摸摸从乡下背来大米面条干酸菜干萝卜之类，让我们糊弄着过日子。早中晚三餐，皆是酸菜稀饭、酸菜干饭、酸菜面，我不喜酸菜，她却喜欢得紧，每顿饭都吃得格外香甜，我于是也不好说什么。这些碳水丰富的食物，不但没让我们母女俩掉膘，一个二个反而生得圆头饱满，也不知道到底是缺营养呢，还是营养过剩。总之我心里是愤愤的，觉得白担了个虚名。

一天我正在家里做作业，忽然闻得一阵奇香，连忙使劲嗅了嗅，确定是炒花生的香气，再一看原来是房东老爷爷正在为他的孙子孙女儿炒花生呢，那翻炒中的花生油脂迸发，阵阵奇香简直勾魂夺魄，我定力低微，强忍半晌，仍然败下阵来，但那时是青春期，实在不好意思向别人开口，只好请外婆代我向房东老爷爷讨点花生米。

老爷子很大方，给了很多，约有大半斤之数，估计他也觉得诧异吧，这年头居然有这么好吃的房客。其实我并不知道老爷子是一个什么样的人，因为他常年待在厨房里面，每天都忙着煎煮烹炒，而且每次都会做很多，且吃的每顿饭都是剩饭。房东邱婆婆很凶，所以老爷子其实是个妻管严，他们两口子当年都不过五十有余，却寿命不永，第二年老爷子就走了，又隔一年邱婆婆也走了，吵吵闹闹一辈子却一前一后做了幽冥之人，岂不让人感慨。

母亲其实比我更馋得慌，她本来就是肉食动物，一天不吃肉都总觉得有所亏欠，熬了这一两个月，简直听见别人说个肉字就口水

第 9 章　雨打浮萍

直流。她的伙食其实比我略好一些，因为打牌的时候可以打牙祭，但现在她穷得光溜溜，两肩担一口，也没人叫她打牌了。她老老实实坐在床上，翻看我几年前不知从哪里买的一本食谱。

那食谱是专讲重庆火锅的，图文并茂，分外解馋，她一边看，一边念："好吃不过牛肝肝，好吃不过马肺肺，在我们重庆火锅里，这两样食材是不容错过的美味。"这句话似乎把她肚子里的馋虫撩拨了好几下，于是她咽了咽唾沫又念了一遍，念完后做恍然大悟状："你这本书真是太有用了，我今天才知道原来牛肝马肺也是能吃的，马肺我们这儿没有，牛肝倒是有，还便宜得很呢，一两块钱就可以买一大坨，我明天去买点回来尝尝。"

我们家里想必一两块钱还是有的，因为她第二天真个买回一大坨牛肝，牛肝涮火锅的话，需要片成纸一样的薄片，烫熟，再蘸以秘制干碟，这才滋味浓郁。但她是准备拿来炒的，毕竟做了多年餐饮颇善烹饪之法，这一块牛肝她也不敢怠慢，特意准备了料酒老姜大葱等去腥之物，但是等她好容易料理完端上成品，那盘炒牛肝仍然粗劣到难以下咽。

浪费老子的表情啊，她仰天长叹。

外婆将这一切看在眼里，笑得差点要断气。但我知道外婆的笑其实是有眼泪的，第二天趁着母亲不在，她将我拉到跟前，在一个箱子里摸索了半天，摸出一个纸包，将那纸包打开，里面是一方手帕，再将那手帕拆开，原来里面是叠得整整齐齐的三张百元大钞。

她说这个钱我原本是不准备动的,但现在还是要动了,给你们娘俩割半斤肉回来,唉,要是你妈少打一点牌,我们也不至于这样啊。

现在想来,这三百元估计是外婆当初留给自己的棺材本,但当时却不甚了然,而且我从小对钱财有一种超出自身阶层的洒然,就算摆在眼前,只要不曾指明是给我的,也绝不会多看一眼。外婆身上的钱是从来不防备我的,但这三百块包裹得如此郑重,想必还是有个缘故。

那天中午果然有素有肉,有饭有汤,算是难得的丰盛了。母亲和我风卷残云地吃了一回。后来洗锅刷碗时她忽然连说不对不对,我听了也很疑惑,只问到底有什么不对,她说,今天怎么有钱买菜呢?快说,你们两个到底谁有私房钱?

我没好气地说,你都一年多没给我零花钱了,也没早饭钱,我怎么可能有私房钱?她于是立刻将目标锁定了外婆,又开始施展她那一套专哄老年人的手段,软磨硬泡,胡搅蛮缠,左右开弓,外加各种保证承诺,没一会儿工夫竟然将外婆剩下的二百八尽数收入囊中,一溜烟儿去找牌友了。

毫无悬念,那二百八当晚就输得干干净净,我估计还有欠债。外婆伤心地哭了一场,我们全家又过上了早上吃酸菜稀饭,中午吃酸菜干饭,晚上吃酸菜面的生活。

母亲一直是外婆最疼爱的小女儿,从小就娇惯,她得意的时候别人也没什么话说,可是一旦落魄,别人的话就难听得很。有一句

第9章　雨打浮萍

不怎么难听，但出现频率极高的话，叫作"卫护的鸡儿不长毛"，这句话不但被用来形容母亲也用来形容我，听了二三十年，耳朵都快长茧了。因为我们母女俩的无能，也实在连累了她老人家，她是那样一个骄傲的人，但老年时在乡邻面前却几乎丧失了话语权，只要当她试图发表意见时，别人立刻就会说是啊，是啊，和你家幺女一样，就让人不省心。

可是母亲仍然有让人深爱的理由，她有天生的英豪气，磊落大方，富有正义感和同情心，愿意对她所见到的一切孤寡贫弱之人伸出援手，就连在等车的时候都愿意为行李沉重的人提一会儿箱子。我常劝告她这样不可取，如果对方的箱子里装的是毒品就完蛋了，她却仍然故我，幸亏现在等车的时候并不多。此外母亲最值得一提的应该是她的孝顺，相比大多数乡村女孩对父母的程序化的孝道，她无疑是一件真正的小棉袄。她几乎记得父母在春夏秋冬的所有喜好，且在自己经济许可的范围内给予最大程度的满足，而这一切都只是羊羔跪乳，心尖尖上自发的一种态度。对于别人她可能只是一个散财童子，但是对于父母来讲，这个孩子已经永久地俘虏了他们的心。

外婆其实大可不必来城里和我们挨这苦日子，虽然当时农村的条件也并不太好，但毕竟散诞自由，吃饭喝水也不花钱。她是实在心疼我们，生怕我们母女俩断炊，这才偷偷摸摸背着粮食来城里。为什么偷偷摸摸呢？因为她怕外公看见，也怕别的儿女看见，外公看见了，虽然不一定会说什么，但心里一定是不痛快的，如果被别的儿女看见，则免不了又是一顿数落。

所以聪明如她，想好了一个中转的法子，素日里将省下来的米面一点点攒起来，大概有一背篼了，就背到场上相熟的人家里去存着，再过十天半月要进城的时候，就一路打着摇摆手轻轻松松走着去赶场，这样别人就知道她是没有背东西的，待到了那户相熟的人家，客车一来，司机就帮着把背篼拎上去了，简直神不知鬼不觉。

外公虽然也疼母亲，但实在做不到像外婆那样纯粹。他年轻的时候是生产队长，虽然没有钱，但是有权柄，如今年老，又没有养老金，却还有好几个花钱的嗜好，一分一厘切切于心也是容易理解的。其实据我的观察，农村男人大多情感粗疏，对于自己的妻子儿女，行动既无痛惜，言语也不温柔，但是他们对父权夫权的维护倒是代代传承，无师自通，是标准的宽于待己而严于待人。人人都道外公最疼幺儿幺女，可是幺儿幺女小时候合力从堰塘里捞出一尾大草鱼，欢天喜地扛回家，做好后他居然一个人将鱼吃得精光，连鱼汤都舍不得分儿女。那是困难年代，有一口鱼汤喝都可以夸口三个月。人人都道外公最疼我，可是直到我十八岁的时候，他还会向我的碗里默然查看良久，最后说，你外婆偏心，你碗里的浇头比我的多。虽然他面带微笑，但我知道他是认真的。

第 10 章

何 以 家 为

一直以为我是一个对家的地域坐标没有概念的人,家无关平方无关位置而只是一种关系,我们和一些人多多少少地发生着某种关系,因为侥幸或者不幸有着血缘之亲,如此而已。

可是在十八岁以后的漫长时光里,我无数次在梦中因为拥有了一处立锥之地而狂喜。有一次是拥有了一座可以折叠的房子,里面只可容纳外婆和我两人,转身也不可以,但我们仍然开心到相拥而泣。还有一次是在梦中好容易租赁了一处房子,居然紧挨着一个露天公厕,每次出入都掩鼻而行,需要穿过公厕才能抵达内室。另外则是一所位于一条阴暗小街的神秘屋宇,里面的陈设已经残破且已多年无人居住,我却知它是属我的,因我有它的钥匙,但是要找到此屋却极是艰难,需闭着眼以手摸索,穿过一个又一个暗障,末了还要报上屋牌号才能抵达。这地方我至少梦见过三次,且细节越来越丰富,经历也越来越离奇。

这梦寐中无法遮掩的潜意识啊,至少让我知道,我所渴望的家中之家,其实是需要一个具体的地域去承载安放的。

冬草无咎：我的阆苑旧事

除了管星街 13 号，我接下来的居所配置的也是那种传统的土厕所，位于一栋建筑物的侧角，地势低洼、雨天积水、蛆蝇遍布、恶臭熏天，还有各种难以名状，以至于我每次上厕所都提着一颗心生怕滑倒，如果在那里滑倒，就差不多滑到地狱里去了。这厕所常常让我对生活充满了挫败和无力感，似乎它就是生活的全部真相，想想一个个生着五官四肢好端端的人，如何会排泄出这等浊臭之物？动物的粪便，大都因缺少水分而显得干燥，自然成形，驴粪蛋子、牛屎饼子都并不会让人觉得太过恶心，要是屎壳郎过来处理一下，盘得圆嘟嘟光溜溜，更是妥妥的可以入药的样子。人类自称什么万物之灵长，这排泄物想也是诸臭之冠者。难怪古人认为要破妖人妖术，首选黑狗血和金汤这等腌臜之物，泼将出去才能祛除幻象——因为这就是用最真的真实去对抗那虚无之物，焉有不成功之理？

除了这土厕所，我对居所的要求简素到极致，一桌一椅一床而已。然而，我们总是定不下来，总是几乎时刻准备着搬家。有一次搬到一个地方，尚未安置妥当，不知为何房东忽然拒租，挨了两夜蚊子咬，又灰溜溜地搬走了。

最开始我们还能租一整套房子，后来只能租小小一间。十平米甚至五六平方米，后来外公也来和我们同住，但我们没有余力多租住一间，只好租了间较大的房子摆了两张床又隔了一张窗帘遮羞。

那时候母亲外出打工了一阵子，虽然赚了一点点钱，但这个钱主要是拿来还债的，于家用无益。外婆和我相依为命，平日里克勤

第10章　何以家为

克俭，多来一个人，吃穿用度其实更为艰难。过了一个星期，她悄悄和我说："你外公从来不顾赡我，现在看来他也不会顾赡你们娘俩的。这次他来，卖了家里两头大肥猪，还有几百斤的麦子，都是我在家出的苦力，如今卖了现钱，居然一分都不给我们家用，只是过来白吃白住，好狠的一副心肠啊。我还以为他过两天才会提这个话，现在看来也是不可能了。"我不知道该说什么，那时候环境闭塞，根本也没什么赚钱的渠道，外婆于是去市场上拿了很多蒜头回家，每天在家剥大蒜，剥得十个手指头都秃了，一斤可赚5毛钱。

外公则是每天吃了早饭就悠然出门了，看戏、吃茶、打牌，还有一些不方便讲的营生，直到傍晚才慢慢踱着步回来。城里对他的吸引力主要是有戏班子可看戏，又有牛肉臊子面可以吃，这两样在我们乡下俱是没有。

外公外婆都是与我此生羁绊最深的亲人，他们只是各自选择了不同的生活方式，一个是享受型，一个是忘我型。虽然外公于我免不了细微之处的伤情，但他对我的好，是毋庸置疑的，而且既然外婆已经给了我这么多，我又怎么能向外公再去索取呢？

他们真是一对天造地设的怨偶，我以前只道他们是性格不合，因此一见面就骂骂咧咧的，而且骂得很难听，后来年纪渐长了几岁才发现性格不合只是双方最无关紧要的矛盾。

他们的核心矛盾是钱，或者说对钱的掌控欲，虽然侥幸也有一两个学业出众的儿女，但其实赚的钱并不多，赡养也不得力，尤其比不上那些出去包绿化当工头做生意的乡下后生，他是难免心里面有怨怼。

不过我后来了解到，普通乡下老人所需要的赡养费其实真的不多，二十年前的孩子每月给父母五十块，一年给五六百，也就心满意足了。照理说他们得到的生活费已经远超这个标准，可是外公外婆两人，其中一个生活水准较高，另一个想从牙缝里抠点养孙女儿，他们的矛盾是不可调和的。

每次儿女汇来生活费，夫妻俩不是欢欢喜喜去兑汇票，而是南拳北腿较量一番，因为外公每每想独吞，而外婆坚持对半分，总也吵得不可开交，然后就有些推搡起来，外婆年轻时身高就不足一米六，年老后更显瘦小，而外公年老后也有一米七二的样子，这两人打起来完全不是一个量级，每次都是外公得胜，但外婆则会将事情原委告诉儿女，让他们主持公道：外公将钱全部拿去，完全不理会家用，乡下的电费和闭路费比城里还贵，想吃点肉，置办一些物件，都还是要花钱的。外公只好心不甘情不愿地上交另一半生活费，而且总会克扣一点。

有一回我在老家玩耍，表哥也在场，恰逢一张汇票寄来，外公外婆立刻又开始新一轮的争吵。我最烦人吵架，立刻躲得远远的，准备去半山腰坐一会儿再回来。但那天我心神不宁，出去了不到半个小时就往回走，隔着远远一段距离，就听见二老的争执辱骂之声。刚到家，就见外婆头发蓬乱，满头满脸全是鲜血，两手艰难地举着

第 10 章　何以家为

一只木凳趔趔前行，似乎正准备掷向前面的外公，她神情可怖，身上的血丝丝缕缕地滴落，在院坝里形成一条刺目的血线。

而外公神色惶急，正抱头鼠窜。

我大惊，赶紧上前一把搂住外婆，不知道她到底是因何受的伤，而且第一时间也没有想到是外公下的毒手。

她看见我来，似乎稍稍有点泄气，顺势慢慢放下手中的木凳，口里念叨着外公的名字，高声咒骂不绝："我把你这个砍脑壳的长年，赶婆娘的负心汉，挨千刀的黑心肝，今天我是活不成了，可惜没能叫你抵命。不过你等着，我做了鬼也不能给你好日子过……"我这才知道竟然是外公行凶，眼见那木凳上血渍斑斑，有的已经氧化变色，显然正是凶器，这木凳是乡下叔伯手工制作，用料扎实，有四五斤重。我又悲又痛，惶急不知所措，也幸亏外婆此时仍不慌乱，先叫我打电话给村医，再让我扶她去床上躺好。这时我才注意到，外婆的伤口来自额头靠上接近发际线的位置，而且并不只是一道口子，也不知道深浅，里面的血浆仍汩汩地流着，因为平躺的关系流势开始放缓。

据外婆说，她这头上流的血应该有一碗，我估摸着也不差，幸亏村医很快到来，又打破伤风针又包扎，倒是麻利得很。外婆平时精明得像鹞鹰，那天也是三魂去了七魄，躺在床上，只是一息尚存。

我又陆续打了电话，母亲很快赶来，几位姨妈和舅舅也陆续从外地火速赶回，一溜排在床前，等着外婆嘱咐后事。

冬草无咎：我的阆苑旧事

外婆这两日水米未沾，靠注射的葡萄糖维持身体机能运转，她躺在床上，脸孔侧向我们，神色肃然，我也只是站在大人身后，听着她一一念过众亲的名字，都是让人好好生活的话，轮到我，则是叫我好好学习，要听话。我平时和外婆感情笃厚，但那天竟没有掉一滴眼泪，外公不敢近前，一连几天都躲在厨房里，蔫头耷脑的，估计他也料定外婆这次情况凶险，自己脱不了干系。

谁也料不到外婆这次再度劫后重生，而且她以前头部有淤血，经常恶心晕吐，这一回居然以毒攻毒，轻松了不少，也是个意外之喜。原来外婆年轻时，也被外公下过两次死手，都是抓着头发，死命往地板上磕碰，她坚定地用了一个动词"du"，说外公抓着她的头，一连du了十几下，好毒辣的心肠。我后来查了查，这个du字当为顿字，有用力又有停顿之意。结发夫妻，血腥暴力至此，我简直不忍卒"闻"。

问到底是何原因，外婆以前总也不说，后来才知道无非是为了那些烂桃花，再后来每次听别人说乡下人老实善良，我的心中就未免呵呵。所谓的老实善良，无非只是笨，城里人、乡下人概莫如是，且乡下人法律意识普遍淡薄，若是惹急了他，一发狠就直接把人弄死埋了就是。

我以前有个同学，有一天她的奶奶忽然失踪了，而且是做农活的时候失踪的，家里人苦苦找了两三天，影子也没发现，后来这事儿就不了了之。半年以后，她爷爷说要带儿孙见奶奶，结果直接把

第10章　何以家为

一家子领到当初做农活的那块地上。原来那天做农活的时候，爷爷和奶奶起了口角，老头子一怒之下，一锄头将老婆钉死了，他也不着慌，又用锄头掘了一个坑，直接将凶案现场变成墓地。家人也无可奈何。

外婆常说自己命硬，命不硬的话，都不知道死了多少回了。都道乡下女子眼皮子浅，只知一哭二闹三上吊，却不知那是她们苦难人生里不多的反抗方式，而外婆从来没有采取过任何决绝的手段，她不害别人也不害自己，她做的只是自保。

自从遭了这一番大劫，虽然外婆的身子骨还硬朗，终是挨了过来，但她的心已如槁木死灰，对外公不再抱有任何期待。痛定思痛，她拿定主意，对儿女郑重交代说要和外公离婚，希望他们不要阻拦。

此刻外公外婆都是快70岁的人了，平时又生活在农村，四周多有嚼舌根的人，要是他们果真离婚，肯定会成为方圆百里的笑谈，但儿女们这次竟格外贴心，他们纷纷表达了对父亲暴行的批判，居然没有任何劝和之语。

那段时间，外公一直言辞闪烁、行动鬼祟，他似乎感应到外婆放弃自己的决心，开始焦躁不安。我想，他是不愿离婚的，倒不见得是出于对外婆的愧疚和残存的爱，而是更现实的养老问题。五个子女将外婆团团卫护，而他却孤立无援，这势必将影响以后的红包肥瘦。他虽是做过村干部的人，但退休后并无养老金，一切用度皆出自子女自发的周济孝敬，一旦离婚，总归有些不方便处。

如此对峙月余，外婆居然兵败，主动说不离婚了，众多小辈虽然惊异但也表示赞成。我暗暗猜度外婆语气，悟出了两层意思：一个是她始终有些面皮薄，觉得离过婚的身份实在不好听；二者外公近日大献殷勤，着实也对她灌了不少迷魂汤，连称呼都从直呼其名改成了妹妹，也难怪外婆招架不住。

外公这一辈子虽然亏欠外婆，但他对儿女还是不错的，该凶的时候凶，该温柔的时候也很温柔，鼓励儿女们读书，认为这虽然不是唯一，但却是最好的出路。他的幺儿考了三次大学，幺女读了三次初三，这在当时是不多见的，等闲城里人都做不到。想当年，他一定是一个顶天立地的父亲，虽然稍稍自私了一点，但这个形象仍然是伟岸如松的，我一直认为母亲拥有比我健全的人格，也和这个父亲有大大的干系。

如今，外公外婆和我同处一室，我真怕他们再次大动干戈，幸亏外公上次被儿女们集体数落以后，气焰不似先前嚣张，在屋里待的时间也并不多。

外婆则向我全面地展示着生活的智慧。

家里的坐式电风扇年久失修，脑袋蔫蔫的，风只往地上吹，外婆立刻用一条绳子将它重新捆扎，调整角度和改变风向。煤气灶坏了，她也要亲自看一看，看了半晌说可能是这里面的污垢太多了，火石打不着，找出一张砂纸过来摩擦了一会儿，再打，火苗簇新。又有一次我们租住的是楼房的一楼，厕所不知道怎么回事儿，老堵，

第10章　何以家为

要知道掏一次厕所的费用还是比较贵的，外婆挨家挨户上门，让大家分摊一点，可不想楼户们的态度都很强硬。外婆回家后，略略思忖，去附近搬了一块石板紧紧地压在马桶口上边，果然没多久就听二楼三楼发出的惊声尖叫："厕所堵了，屋子里要水漫金山了，快点去叫人。"

外婆对我说，这里的邻居都不好，房东也不好，没有提前说，我们把这半年住满了就搬走。外婆心怀慈悲，最是善良不过，住在乡下的时候，每隔十天半月就会拿一把镰刀去路上割断新长出来的荆棘和草根，怕小孩子摔跤，怕骑自行车的摔倒。她住在城里的时候，也会力所能及地帮助邻居，所以她无论在哪里都非常受欢迎，每次搬家都有人洒泪相送。她以前从不做损人利己的事，所以这回算是比较狠的一次还击，我完全可以想象那些楼户们的牙尖嘴利、口无遮拦。

接着我们搬去礼拜市街，邻居有一位女裁缝，是个哑巴，会裁衣服裤子锁针边儿，面容也很和善。听院子里的人说，她是嫁了人的，但结婚不上一年，老公却和她的表妹私奔了，哑巴有苦没处说，娘家人也怨气大，怪她找的男人是个孬种。没办法，她只好进城过来打工，顺便寻访男人和表妹的下落。

哑巴平时只会咿咿呀呀，虽然生意也勉强做得，但并没有其他人和她说话，毕竟我们这小地方的人可没几个会懂哑语。不过出乎我意料的是，外婆不知怎的居然跟哑巴聊上了，我放学回家时晃眼见过一次,她和哑巴两人并排坐着,似乎正在热烈交谈,都是一副眉开眼笑的样子,不觉有些发愣。

我问外婆,你什么时候学的哑语?

外婆说哑语是啥子哦?没学过。

我更是惊奇,那你怎么和哑巴聊上的呢?还挺起劲儿的样子。

外婆很为难地说,哑巴说话不是会比画吗?你用心看手势不就会了吗?

外婆非常心疼哑巴,虽然我们家条件也差,但她偶尔做点好吃的都会端一份送到裁缝店里去。那哑巴阿姨也感念她,特意量了她的身材,做了一套齐齐整整的夏装送过来,我看着两人推让的场景,也觉得她们彼此情深义重。

以前常见古人形容女子冰雪聪明,我总觉得是谬赞,因为无论男女,只要教化得宜,都会聪明一些的。可是在外婆身上,我领略到"冰雪"二字的特别之处,这里有一种先天的、本原的、无须教化的智慧,是性灵里带来的一种巧劲儿,男子身上似乎很难见到这种得天独厚的秉性。

凡十余年,搬家二十余次,这小小的城,犄角旮旯都布满了我们的信息素,而这并非我们所愿。

每次搬家,最心疼的总是外婆。我要上学,母亲或上班或外出或不愿费心,每次搬家都是她老人家赶过来帮衬着,那些破烂家什、废铜烂铁总是零零碎碎地交割不完,至少要雇两辆板车才能搬运得

第 10 章　何以家为

罄尽。她总是怕别人拉走了似的，紧紧护着那板车一路飞奔，有一次还摔了一跤导致胸部骨折，彼时她已经年近七旬，骨质疏松，如何经得起这一摔？而她居然咬牙坚持着，挨了月余实在吃不消才告诉我们，后来倒是立刻带她去了骨科医院，虽是庆幸没留下后遗症，只是这样的如海恩情，此生如何得报？

外婆后来总是说，她这一辈子原本没什么可怕的，现在却有了一样，那就是搬家，提起这两个字都眼皮发麻。

搬家确实是对人的巨大耗损，那琐碎之物就是过往点滴所积的凭证，每一次清点，似乎都是挑灯看剑、梦回昨日，而人生的体量有限，禁不起这样的反刍，那样会吐的。

按照故事的发展脉络，我原本应该自然而然地成为断舍离的一个忠实拥趸，可事实却大相径庭，我成了一个有着严重恋物癖的人。童年或者少女时期存留的种种残缺遗憾，必须通过一生的疯狂购物来治愈，看着它们累累地堆放在房间，不穿不戴也是一种满足。

第 11 章

传承之罪

父亲乃是孤儿与孤儿的产物，精光光一个净身子，我和他的联系如此单薄，是真正的游丝一缕，如要斩断，何需刀剑，捏死一只蝼蚁那么大的力量就足够了。

而母亲这边的亲戚，虽也有对我殷勤爱护的，但大体上仍然残酷，当一个人、一个家庭堕落至城市的底层，亲戚会让他们见识更加丰富多彩的人性。

其实我不该对此有所埋怨，因为或许事实上我已经足够幸运，毕竟，在惨淡的成长岁月中，得到过素菲姨妈强有力的庇护。她早年远嫁北京，一直过着简朴到令人心酸的生活，然而她对母亲，远远超出了一个普通大姐对妹妹应尽的情分，在金钱和情感上给予了幼妹长达二十年的持续支援，几乎是古典式的长姐风范。

在母亲流连牌桌的日子，我有好几次的学费都是素菲姨妈帮我筹措的，尤其是在初中时期，她所提供的经济支援是真正的雪中送炭，我无法不对此感激涕零。记得十六岁那年我做了一个梦，梦见自己在乡下玩耍。忽然，一个人跑来对我说，你二姨死了，我无动

第 11 章 传承之罪

于衷,又一个人跑来说,你舅舅死了,我也没什么反应。再一个人跑来说,你妈妈死了,我有些伤感,但仍然举止如常。这时走来一个黑衣人,他一字一顿地向我宣告道:"你的素菲姨妈死了。"

我绝望了,并在涕泗滂沱中醒来。

那时我常想,滴水之恩,当以涌泉相报,那么涌泉之恩,又当如何报答呢?

不过我很快就知道了,嗟来之食没有那么好吃,今生无论我报答还是不报答,已经付出了代价——就像素菲姨妈,无论她是否能够得到回报,在付出的那一刻,也已经得到了补偿。

经济上的依附,让我自然而然地丧失了话语权,连做游戏都只能被动成为接受惩戒的那一方。比如扮演学生或犯人,背负着双手,连做二十个青蛙跳。

每次去北京,总是要和一大家子一起吃几顿饭,过程可谓触目惊心,不知他们何时兴师问罪。

素菲姨妈的女儿最喜欢在饭桌上痛述我母亲的罪过,似乎这位小姨的罪孽要以千刀万剐来惩罚,而我则理所当然地承受着连坐的酷刑。多少次我张口想要辩解,然而历年所受到的恩惠结结实实地封住了我的嘴。这位表姐语气坚定地陈述,她母亲汇出的每一笔款项,都是背着女儿和老公干的,除了明面上的,背后还不知道有多少呢。

既然你们都不知道有多少,那我就更不知道有多少了。饭桌上的我背负着数量不明的债务如同背负着一只薛定谔的猫,在众人的环视中掩面抽泣,似乎我每来一趟北京,就是为了一次次成为一个无耻之徒、众矢之的。

基督徒因认罪而遭遇恩典,我则因遭遇恩典而意识到有罪,且这罪还是传承之罪,神说:"恨我的,我必追讨他的罪,自父及子,直到三四代。"人间已有人代司神职。

看着我这个忏悔的罪人,几桌亲戚们感觉已经吃完开胃菜,开始制止我哭泣并且推杯换盏起来。毕竟,这么好的天气,这么好的氛围。

以前我从未想到过,接受别人的恩惠,原来也会成为无妄之灾,因为这恩惠需要不断剥离那恼人羞耻心,承认自己的贫穷、懦弱、无能、低人一等,而且这是基因里镌刻着的。贫穷之于人,如不能升华为某种内驱力的东西,那么它就将永远成为创口、负累和亏欠,世间之物,唯有贫穷销魂蚀骨。

真正春风化雨的爱,只能在故事里出现。

在越来越深刻地意识到自己在家族中的地位后,我确信全世界最在乎我的只有外婆,我握住她的手问,我是你最喜欢的孙孙么?

她语焉不详,只说手心手背都是肉。

我失望了,如果我不能成为她的最爱,那么,几乎不可能成为任何人的最爱了。我的乳名是两个恩字,据说这个名是外婆给我取的,而她的名字则是一位外国传教士为她取的。也许这个名字对我

第 11 章 传承之罪

来说就是一份遥远的礼物，一份生而有之的恩典，也许我只能成为那未识之神的最爱吧。

其实，我自幼年时就生出一种疑惑，为何一样是许愿，别人的愿望就能成真，而我的愿望却全都泥牛入海，不曾实现。幼年的我于是立刻开始了逆向思维，许一个与自己初衷相反的愿望，但我等来的仍然是失望，因为只有失败阴暗会成真，成功光明都与我无关。后来我才知道，原来愿望并不关正反的事。

我后来甚至讨厌过年，过年前后，外公外婆作为大房和二房之间，会有一些人情往来，无非是互赠一些腊肉豆干红薯干之类，双方半斤八两，其实谁也不曾吃亏，但可能谁都自认为吃了亏，年复年兮，也就那样过去了。有一次我也在场，见亲戚为我母亲准备的礼物是四个豆腐干并两块腊肉，那两块腊肉上面居然精巧到没有一丝瘦肉，肥腻到令人作呕，而且颜色黄浊得古怪，一股哈喇子味儿，应该不是新鲜熏制的，而是隔年的存货。外婆于是试探着问母亲，你今年难道没给他们钱吗？母亲愕然道："给了呀，我再穷见到他们每次都要给两百元，你知道的。"外婆将那腊肉看了半响，忽然哽咽："娃啊，你要争气啊，你要争气。"她反复念叨着这句，再也说不下去。

过年时总免不了挨家挨户吃几顿，我其实非常怕这个。他们都提前打好了招呼，言辞恳切，一番盛情，不去的话显得不识抬举，但是去了之后，要么吃饭前，要么吃饭中，要么吃饭后，总有和我同席的孩子被陆陆续续叫出去，不说我也知道在干什么，发压岁钱呗。压岁钱这东西也是人情往来，我家已经破败到让他们感到没有回本的希望了，因此总是远远地避开我，又做出一副鬼头鬼脑的样子。其实他们与我算隔得有些远了，大可不必如此，因为就连我母亲的兄弟姐妹，也无一人给过我一分压岁钱呢。我起初也曾耿耿，但后来也很快释怀，这些人情债，其实也都没那么容易白白承受的，如果他们给了我压岁钱，而我母亲并没有适时地回报，那我日后岂不是还要回报他们的子女？简直冤冤相报，这样其实最好，一别两讫。

第 12 章

劫后余生

阴差阳错,我进了保宁中学,这个学校体量较小,只有初中部,但教学质量却不错,至少在当地有口皆碑。

不过我的班主任王老师明显水平较差,是位女性,约莫四十年纪,短发,高颧骨突眼睛,瞪眼的时候倒是极具威慑力。她教历史,不要说什么独出机杼,就连照本宣科也做不到。我现在犹记得她当年带给我的震惊,唐朝大臣杜如晦她居然可以堂而皇之地念成杜如梅,何香凝念作何香疑,此外还有种种谬误不一而足,有时我会在下面小声逼逼,她其实也心虚,立刻就纠正了。我不懂的是,教书不易,但念字很容易,为何不查查字典呢?

英语老师是一位刚刚毕业的年轻女性,名叫李冬梅,娇小美丽、皮肤雪白,我对她印象颇深,是我历任老师中外形之最佳者。数学老师和历史老师年纪相仿,也是个厉害角儿,女儿和我们一般年纪,只是在别班。数学老师姓曹,风格凌厉然而教书认真,虽然我不擅长数学,最初倒也学得马马虎虎。语文老师姓陈,五十多岁了,已经到了快要退休的年纪,身兼副校长之职,德高望重,生就一副慈祥长者模样，脸蛋圆圆，淡眉疏目。他真是一位好老师，在我潦倒的求学生涯中，以一人之力拉高了"老师"二字的上限，说他是慈父恩师都不为过。

陈老师对我们其实有点无为而治，没什么检查测验，家庭作业也不留，他其实是对每个学生的人生有更深的忧虑，觉得与其现在纠结于课本，不如为我们确定一种人生理想，他总是郑重地说："我不指望你们成才，只希望你们成人。"对我们这些十八线小县城的普通孩子来说，成才既遥遥无望，成人亦未必可期。毕竟只有一小部分会继续求学，而大多数在念完初中就直接走向社会，如果不学好，甚至可能直接影响社会的治安。

他的口头禅是一句烈士就义般的口号："你们要站起来像个人，倒下去是一座碑。"我们总是在台下轻笑，因为大家那时的年龄还理解不了这样的宏大叙事。站起来像个人又如何？像个狒狒又如何？反正一样的吃喝拉撒。倒下去是座碑又如何？是个土墩儿又如何？反正已是渺渺茫茫。我们笑的其实是陈老师身上的这股散发着强烈时代风格的憨劲儿，现在已经不合时宜了。听说他家祖上三代都是教书先生，想来家训也是如此。

陈老师的学历说起来并不算高，高中毕业后函授本科学历，不过这在同时代中已经算是拔尖的了。他当年刚刚高中毕业就被我们当地的二龙中学抓去做高中老师，不但教学成果出色，更是以德感人，许多学生对他终身执弟子礼。其中有两个男生，念完高中以后

第 12 章　劫后余生

去部队当兵，居然各自都有一番奇遇，一个做了乘龙快婿，一个则屡有战功，如今都到了普通人难以企及的天花板了。他们都挺念旧，几乎每年都会抽出时间接陈老师夫妇过去玩一阵子，师生情实在令人羡煞。

陈老师最初教初中的时候，其实是很不情愿的，初中生大多只是一些刚刚发育的小鸡崽，不服管教事儿又多，人格发育也未完成，很难和成人平等对话，只能以暴力威慑或镇压，而这是他最不愿意做的事。他认为这样的施暴过程残酷而无聊，可是如果他继续待在二龙中学的话，就不能回城照顾自己的妻女——那年师母怀孕，斟酌再三，他最后还是妥协了。

陈老师的板书很漂亮，字体方正，一如他的为人，上起课来举重若轻，不拘泥于细节，而且他有一种谦卑，堪称真正的君子风度。我后来鲜有遇到真正谦卑的人。就算他们嘴里说些客套谦辞，那眉梢嘴角也总是在期待你更高级的马屁。陈老师的谦卑本质上是对语文教育的怀疑和语文课本的不自信，比如阅读理解，他总觉得这种题型很荒谬，但凡学生能答出一点两点，他觉得有理都给全分。

他会在每节课花五分钟到十分钟的时间为我们朗诵一首诗或者一段美文。他不体罚，但是那些过早发育的男生却也不敢在他面前放肆，因为他不但有菩萨低眉也会金刚怒目。三年来，这位可敬的老师真心做到了一视同仁，无论优等生还是差生，他所耗费的时间基本均等。

冬草无咎：我的阆苑旧事

即使如此，我依然是他最心爱的学生，没有之一。他发现我，真是发现一处矿藏的惊喜。

其实现在想来，陈老师似乎并没有教给我什么写作的技巧，因为文章其实是一个人的先天秉性，后天可以润色修饰，但却无法改变气象神韵。但是他告诉我，文章写好了就放在那儿凉一凉，不要老想着改，矫饰太多反而不美。

当时学校有校刊，每期必有我的文章，他每次拿来给我看，翻得满手都是新鲜油墨，比我还兴奋，但是他说："仅仅只是校刊，怎么能够呢？"于是他又帮我穿针引线。彼时我们当地有一本小小的刊物，叫作《阆中文学》，每期必有我的名字，但是他仍嫌不够，自掏腰包帮我投了许多稿子，均铁牛入海。这事我原本并不知道，是后来他无意中说起才得知。

我自己后来想想，那些初中写就的稿子确实并没有太多值得刊发的迹象，一则是我初中的时候已经不大读课外书，笔力纤弱；二则困苦的家庭生活，让我的文章也变得穷酸相。我那时不但不读经典，也没有太多机会读青春小说，而我的经历让我对这些纯爱言情全然无感，甚至失去想象的自由，我知道自己的文字一定并不像陈老师说的那样好。

但后来侥幸获得两次奖项，一个是南充的二等奖，一个是本市的一等奖，陈老师非常激动，每次一定要举行一个小小的仪式，才把证书和奖金递给我。他一定是想要我记得那一刻的荣耀和郑重，

第12章 劫后余生

可我却只记得他的眼神，一个学生，一辈子被老师用那样的眼神看一次也就够了，他已经用眼神选择我做他的继承人。

果然，第二天他就带头称呼我为"大师姐"，张口闭口"你们的大师姐今天又如何如何。"简直得意非凡。

某一天他从窗外经过，看见我站在座位上，只当正在接受惩罚，注视良久，又看到班长和学习委员二人均站着，百思不得其解。我当时是副班长，各科成绩均佳，唯数学偶尔会马失前蹄，所以他只当我数学没考好，但班长和学习委员二人的数学成绩一向稳定，不知为何竟与我一起受罚。于是他走进教室，很关心地问："怎么回事啊？你们两个数学也没考好吗？"

数学老师尴尬地笑笑："这回题目难度大，每班只有两三个80分，我们班是他们三个考得最好。"

有一次陈老师问我，长大后想做什么？

我本来想说当作家，那时候的作家对我们来说还是一个很神圣的职业，但不知怎的却说不出口，因我对自己的未来没有信心，对命运女神的眷顾也没有信心，因此只推说不知道。

他说，以后一定要当作家，要当最好的作家，不然我就不开心。

我震动，然后默然。

他说，你用过的作文本，写过的稿纸，甚至试卷答题，废铜烂铁我都给你收着的，等你以后成了大作家，再回来向我要。

在接下来的一次作文考卷里，他没有为我批改分数，只写了如

冬草无咎：我的阆苑旧事

下一段话："在老师有限的教学生涯中，有幸能有一位学生，将来蜚声文坛，这就是我此生最大的幸福。"走笔至此，忽然有点哽咽，亲爱的陈老师，你还好吗？这么多年过去了，我仍然没有能成为一个真正的作家，我始终只是牙牙学语，始终只是蹒跚学步——多么遗憾，我未长成，而您已老去，不知道何时才能向您讨要我当年的那些碎影流光呢？

　　初二上学期，我们仍然像以往一样穷着，而小城的冬天仍然像以往一样酷寒。我是最害怕这样的天气，肺疾蓄势待发，胸腔里像滚着一个欲吐不吐的炸弹，随时都要喷薄而出，那情形真是狼狈。外婆将做饭的蜂窝煤炉搬到卧室，聊以取暖。有时她会在煤炉上放置一只搪瓷杯煮一只醋鸡蛋，醋可消毒，鸡蛋可解馋，总之不坏。

　　卧室朝向不错，容易通风，且有两扇大窗户，外婆在入睡前会特意打开窗户留一道缝，而蜂窝煤炉则安放在床头，离我的鼻孔不过咫尺之隔。

　　某个意义重大的夜晚，我梦见自己在海上漂着，心中无喜无悲，身下一片浮浪碎末，没有方向感。不久，斜前方开始隐现一点金光，仿佛在发出召唤，我的心头有小小的振奋，一心想朝着那金光游过去，不但调整了方向，而且动作有所加快。眼前金光离我越来越近，简直畅快无比，正在此刻却冷不防被人在后脑勺连砸三下，砸得我一佛出世二佛升天，转瞬之间，剧痛立刻从头部袭来，而且呈收缩状，一浪比一浪强烈，我在呻吟中猛然睁开了眼且几乎立刻就知道

第 12 章　劫后余生

了自己的险恶处境，冷汗至鼻尖涔涔而下，因为身体已经无法动弹。

煤气中毒！我的脑海里火速闪过曾经浏览过的相关小册子，但是所有的自救法则，都没有讲过不能动弹后应该怎么做。

这屋子里一氧化碳的浓度想必已经十分可观，我只知道自己时间不多了，要么死要么生，完全在我接下来几分钟或者数十秒之内的决定，每一步都不能出错。

由于无法侧身查看外婆的情况，只好胡乱叫了她两声，此时我才注意到自己的唇部肌肉完全打不开，几乎只能发出喔音，但没听到回应，心下更急，又再次试了试，全身仍然不能动弹，唯有臀部肥肉甚多，似乎被一氧化碳荼毒得不甚厉害，尚有余裕做小幅度移动。细细思量床身颇高，如果我能顺利移动到床边并滚下去，那么身体重量带来的反作用力，将会让我麻木的四肢稍稍得到缓解，没准儿可以有力气打开窗户。

想到此处，我立刻凝神静气，将全身的力气集中于臀部，再以臀部为支点缓缓向床边迁移，可以说每一厘米的做功都殚精竭虑，也不知几时来到床边的，只觉得狂喜忐忑齐涌心头，那生机一下子陡增了数倍。

自由落体运动完成后，麻木的肢体有所松动，我乘势积蓄全身之力，拖着一个不服管教的身子挪向窗户，又歪着脖子颤巍巍打开了窗闩，原来外婆睡觉前忘记开窗了。我心中叹息。一瞬间，力气尽失，但是鼻观面目都觉清凉起来，夜风非常清冽，脑子也清明，我倚着墙角，只感到种种后怕，想着要不是做了这个梦，明天就是我们婆孙俩的忌日，被房东看到不知会惊骇到何等模样，以后屋子也不好出租了……又想到幸亏床身较高，如果我们今天打地铺的话，必死无疑。再转念一想如何就穷苦到这种地步，一张电热毯也就几十块，却几乎搭上两条命，穷人的命，可真是贱如草芥。一时间心神震动，半晌瘫坐不动。

空气流通中，外婆也开始呻吟起来。我重新起身打开房门，身体沉重如铅，脑袋也似乎顶了一个大铅球，阵阵剧痛袭来。我开始呕吐，吐了半晌走到院中，又倒了下去，索性躺在地面上，望着夜空出神。

寒冬的深夜，就是一只巨型冰柜，但我在这生死关头走了一遭，浑身滚烫，正需要降降温。说实话这样的以天为庐地为席，我生平经历得并不多，我也从未以这样的姿态观察过夜空，它在静默无声中成为永恒，而我却只是一个微茫的生之存在，甚至不配仰望它的永恒，谁能想到它也会善待我呢？都说天地不仁，但今夜它却明明白白地让我做了一条漏网之鱼，只能在心中暗道一声侥幸了。

耳边开始传来附近早餐店压面的声响，是单调的轰隆声，冬日的清晨听来别有一种不忍。这些做小吃的人家有可能只睡了两三个小时；还有卷帘门开合的声音，身体有病的老人打着响亮而持续的嗝，仿佛是一种呼召，我也用力咳了几声。寒意开始侵袭周身，身体渐渐有些不胜，于是我慢慢从地上爬了起来。

第 12 章　劫后余生

进了屋子,晃眼看见外婆仍然紧闭双眸,脸上是一种晦气的紫绀色,想来自己的脸色应该也好不到哪里去,我突然着急起来,又走到院子里默默向天祷祝了一番,希望外婆可以立刻恢复健康。

我那时年纪尚小,一片至诚,并不知道处于浓度相同的一氧化碳当中,一个发育期的孩子所受到的伤害比大人尤甚。当时我知道外婆比我严重,看她虽然慢慢醒转过来,但呻吟不绝,眼神涣散,实在无可如何,只得取了一个苹果慢慢削了皮,分成小块置于碗中,又扶她侧卧着,喂了几块苹果。外婆近年来除了苹果已经没有什么嗜好,但她显然并没有吃出苹果的滋味,只是在锻炼唇部肌肉而已。过了好一会儿,她终于长长地出了一口气,慢悠悠地庆幸道要不是乖孙的话,自己早已命赴黄泉。

在我们这个小地方,冬天动辄听闻煤气中毒的传闻,大部分是乡下人家,城里的也有,稍稍少些,而且大都是留守儿童。就在去年,刚好有一对乡下老夫妻来城里照看两个孙子,也是出于节省,没有电暖设备,屋里燃烧着一盆炭火,终夜不熄,哪知燃烧不充分,四人均死于煤气中毒,两天后才被人发现。外地打工的父母得知这个消息后不知何等悲痛,但生命如流萤,逝者不可追。就差一点点,外婆与我,都去做了那流萤了。

不一会儿眼看着到了快要上学的时间,我没有请假,背着书包,咬牙忍受着头部剧痛,居然仍像往日一样去上学了。作为一个优等生,没有轻易请假的习惯。

其实到了学校我是后悔的,疼痛一直持续,是那种快要胀裂的疼,完全无法集中注意力,几乎在浑浑噩噩中度过了一上午。

中午用餐的时候我才注意到饭菜是苦的,想想早上喝的水也是苦的,一边暗自疑惑一边草草用毕就去休息了。

这情况约莫持续了半月,饭菜才终于开始有滋味。外婆的状况似乎较我轻,三天后就大大缓解。在整个期间我没有向任何人求助,虽则是个人的脾气秉性,却也看出学校、老师的关怀,始终极其有限。我不愿开口,免得徒劳无益。

此后的日子,没有可纪念之处,期末成绩我约莫四十名的样子,名义上是中下等,其实已经算是差生了。不到一学期,我从班级第二名跌落到四十几名,心中惶惑哀恸不解其因,却也隐隐预感到以后的成绩将会更差。

我对抽象事物的理解能力已经溃不成军,没有空间感可言,记不住细节,记忆力也变得奇差——除了在文字上面还依稀保留着某种语感,所有学科都学得含含糊糊,语焉不详。

新学期开学的时候,班主任发动全班换了一次座位,我和同桌的校草分开了,当时也没有想太多,但后来才意识到,因为已经沦为差生,她觉得我是不配和年级第一的校草做同桌的,至少在她的眼中,那确凿是一种福利。

此后有一轮班干部评选,我心中了了,准备统统卸任,本来我也不稀罕这劳什子班干部,但班主任告知是民主投票,这势必要再

第12章　劫后余生

遭受一次羞辱，因为这是公开判决的方式。果然，我就看着她一笔一画地把我的名字写在黑板上，再重重打上×。

过了两天班上要颁发优秀三好学生的奖状，往日一同竞技的几位同侪纷纷上去领了奖。颁奖的是陈老师，他紧紧攥着最后一张奖状，说这是优秀班干部的奖状，你们有推荐的吗？算了不用你们推荐，我推荐。他很快念出我的名字。此刻，他其实比我更激动，面部潮红、语音发颤——就像老师从来把我的荣光当作他的荣光，也把我的屈辱当作他的屈辱。没有人敢反驳他的意见。

我面无表情地上台领回了自己的奖状，以手扶额躲避来自讲台的视线，泪珠滚滚而下。

这是陈老师给予我的最后一次的高光时刻，我会记得。

从那以后，我就，我就认认真真地做起了差生。

做差生真的挺无聊，列位老师站在讲台前嘴唇翕动，细碎如金鱼，我则端坐着神游天外，偶尔瞟一眼，如观默片；又见他们讲至开心处手舞足蹈，真如杂耍的猴子一般精神爽利。

不过虽然成了差生，有的老师对我似乎尚存一丝怜悯。教数学的曹老师对学生要求很高，也喜欢打板子。某一次我也不知考了多少分，估计三四十分吧，和其他二十多名不及格的学生一起接受惩罚——竹笋炒肉丝即打手心。她打起人来，可真是又狠又准，来势凌厉，似乎把空气的重量也一并加上了，我远远看着，心中其实有些发怵，却也只能强打精神硬着头皮上。轮到我时，她却只轻轻碰了一下手心就叫我走，厚此薄彼得太过明显，我有些羞惭，对她说："刚才太轻了，重新打一下吧。"她微笑，比刚才稍稍使力，却仍如隔靴搔痒一般。我心中只是骇异，陈老师的偏爱可以理解，是因为我作文不错，她一个教数学的，何以也对我手下留情？我的数学可是诸学科之最弱者。

后来才知道我当时俨然小城名人，数学教研室对我也有所耳闻，曹老师的丈夫同为数学老师，居然还是我的粉丝，这个世界的起承转合，总是出乎预料。

但我随即迎来人生的至暗时刻。

政治老师南好幽默风趣，在当时很受欢迎，这人平时比较关注我，说什么一翻校刊就爱找我的文章看。有一次上了一节政治课，需要默写一大段内容，眼看着许多人交卷走了，我心中着慌，更加努力奋笔疾书，却总也写不完。南好走至我跟前，轻声嘱道："到我办公室去写吧。"我听罢收拾好纸笔，依言跟他走至办公室。找到位置坐着又开始写，写完了就交付于他查看。

哪知此人目光闪动，居然以手覆我手。我只是愕然，稍稍回缩，但他居然更加放肆，为了维护我身为作者的自尊，只能暂时略去不表。那情景回想起来真是骇异绝伦，我惊怒交加，呆如木鸡，甚至也不知躲闪退避，幸亏只得须臾之间，便有人进办公室，要知道这是一处公共办公的场所啊。

那南好缩了手，假惺惺问道："吃饭没有啊？来，拿五块钱去

第 12 章　劫后余生

吃碗粉。"我怒气冲冲地答了一声："吃过了！"转身离开，心中羞恼愤恨已极。

　　回家思量了一晚上，实在不知道以后还有什么幺蛾子，辗转反侧还是准备告诉班主任。好容易等到合适的时机，我终于开口，毫不隐讳地说，希望班主任转告南好，以后不要随便乱摸我们女生，尤其是，尤其是……我本来想再加上一两个确切的身体部位，嗫嚅半晌终是说不出口。

　　班主任露齿而笑，意味深长道，老师摸学生，是爱你们的表示啊，就拿何某某（前同桌）来说，我摸他一下，难道就是性骚扰吗？不要想多了哈，你们政治老师不是这样的人。

　　我呆立半晌，不知如何回复。又过了几天，再次上南好的晚自习，这人仍然梳着汉奸头、缩着脖子、面容红润、意态悠闲，趁着大家温书的时候，他走到我面前，从容说道："下了晚自习后到我办公室来一趟。"我的新同桌亦然是一位男同学，他不怀好意地看了我一眼，而我不动声色地接纳了这目光，又转而一字一句地对南好道："我不想去。"说罢不再看他。一贯的敏感多思让我在即使是表达强硬态度的时候，受到的屈辱也比那被拒绝者更甚——不对，那被拒绝者或许根本就不知屈辱为何物，我只是他随机挑中的猎物罢了。想起那些同样处于发育期的女同学，一股说不出的怆然之情游走在我的五脏六腑。

　　这位老师可是教授政治的呀，如何能做出这等事？那一沓沓教科书和参考书到底感化教育了谁？读书难道不是为了知晓礼义廉耻的吗？我在一次次的诘问和反思中对"读书"二字简直彻底厌弃起来。

　　和一个亲厚的女同学走在回家的路上，我比以往愈发沉默了许多，多么讽刺啊。一年前，我在回家的路上给她传授学习心法，一年之后，我们已经半斤八两，我再也没有可教她的东西了。

　　日子一天天过，很快中考，我落榜了，这结果于我并不十分意外，但对我家人的打击很大，他们总觉得是分数搞错了，又觉得我不争气，各种精神虐待和语言羞辱。母亲说她真的对我很失望，原以为我长大后会出落成一个新疆美女，会考上最好的大学，会少年成名，比韩寒还出风头，不料却这么没出息……"没出息"三字在我们四川大多属于调侃，而不是一句陈述，父母对孩子失望到极点，而且已经无可救药，才会用"没出息"三字盖棺论定。如此简单如此粗暴，这三字几乎否决了我的今生……多么遗憾，我无法按照她的意愿生成，真的，我无能为力。

　　曾有一次，我试图寻找自己的价值，我问外婆，我的平安健康重要，还是学习重要？外婆几乎是立刻回应，当然是学习重要。说罢撇嘴扭过头，她轻微地表达了一下自己的不高兴。而我心如刀绞，几乎立刻就萌生了死志。

　　前面说过了，我的家乡三面环水，很容易就能找到滨江之所。在那个漫长的暑假，我无数次、无数次地在此处徘徊，回想以往种

第 12 章　劫后余生

种,又幻想他们知道我死了以后,一定会号啕大哭,那么我的价值就终于在那一刻体现了。可是,另外一种假设又再次让我心头紧缩:假如他们不哭呢?

如果他们觉得我是一个彻头彻尾的失败者,一个蠢货,甚至不值得他们为我鞠一把同情之泪,那又当如何?正是这个假设,让我每次都决然地回头。

我一直知道自己的存在是有意义的,虽然我不知这意义将体现在何处,却几乎是怀着先验的乐观,但在一次次求死的试验中,反而试图通过自我毁灭获取脆薄如纸的亲人之爱,借以证明自己的价值,简直倒为因果,愚蠢至极。同时我亦隐隐知晓:即使深厚绵邈如外婆的爱,也再不能安放我的灵魂,我将彻底自由、彻底孤独,暮暮朝朝,一生如是。

那天,我随机走到一个音像小店,打算买一盘磁带,我说,最好每首歌都好听的,店主说,那你听听黄家驹吧。我将磁带拿回家装进复读机,果然该励志的励志、该煽情的煽情,首首都好听。可惜此人已经作古,我每每念及于此,总不免悱恻缠绵。无限感伤,甚至难过到哭出来,低低呜咽着怕人察觉。为他一人所流的眼泪简直已经耗干我的库存,总之此后再也不可能为一个人流那么多的眼泪,因为此后我的人生再也不可能像此刻这样无助且毫无怜悯——除了那来自逝者的歌声。

不久他们开始讨论我的未来,有一家职高听说我以前发表过不少文章,愿意让我免费入读。外公虽一毛不拔,却口头支持让我继续读书。家人合计一番,终究筹措了一笔学费让我读了议价高中。

他们将我送入西风中学——是学费较为低廉的缘故?我就这样安静地走入了自己的炼狱。

第 13 章

传闻中的奶奶

父母虽然已经离婚,但他们并非我所想象的恩断义绝。家里但凡烧了好菜,母亲都会满满地盛上一大碗给父亲预备着,她始终记得他不会挑鱼刺、不吃鸡皮,都是收拾得干干净净才送过去。

我有时候也会送,但速战速决,不想拖沓,因我在心底对这个屋子的主人产生了奇异的感情——那是对陌生人的怜悯。他的越来越佝偻的身形、越来越涣散的眼神,甚至越来越荒腔走板的声音,已经辨不出半分生病前的影子,更像一尊并不生动的邻家老汉的形象,虽然相熟,却与我非亲非故。

有一次他一定要让我留下来吃饭,而且态度非常坚决。那是一锅用电饭煲做的蒸米饭和一碗看不出食材种类的炒菜,当然,还有我带的一碗腊猪脚。我推辞了很久,但他不肯放人,用那只残余的异常有力的手掌牢牢箍住我的臂膀,倒是个瓮中捉鳖的光景。此刻,我忽然感到一阵心酸,他在生病前几乎从不下厨,生病后做的食物也没有任何安全保障,或许除了我,这世上真的不会有人来吃他做的菜吧。

我坐下来，扒拉了两口饭，又吃了几口菜，虽然说不上是个什么味道，但并不是霉烂之物，我心道：他们天天说我老汉做的饭会把人毒死，看来有些夸大其词了……正想着，喉咙开始一阵干呕，胃里的食物失重似的开始往口腔倒灌，我心知不好，立即跑出去处理并且溜之大吉了。

又有一次我和他并肩走在大街上。路人纷纷注目，恨不得个个将眼睛黏在父亲身上，好像是在看什么戏耍的活物儿。我心中着恼，恨不得挨个问候他们祖宗，偏还有人不识好歹地贴上来涎着脸问："这是你老汉儿娃？"我怒极反笑，喝道："与你何干？"说完搀着父亲准备离开，孰料他脚底打滑，差点绊倒，一瞅鞋带松了，我只好俯下身给他系鞋带。

这双鞋又脏又臭，说是从垃圾堆捡来的我也信，由于左脚畸形，他穿不得新鞋，只能穿旧鞋，那鞋带已经污浊到看不出颜色，其中一只打了死结，我于是也依样将松散的另一只打上死结。

这双鞋、这个人，这么精赤条条地暴露在阳光下，身上的褴褛污秽无所遁形，真是一种残忍。

我那时也很穷，穷到吃不起新鲜猪肉和蔬菜了，在最该补充蛋白质的时候，吃得最多的居然是外婆从乡下带来的风干酸菜，切碎了煮稀饭或者蒸干饭。我因此并没有考虑是否应该送他一双鞋，只觉得他的畸零和我的贫穷一表一里使人惊心，这青天白日的无形的酷刑，在众目睽睽下带来尖锐精准的疼痛，分分寸寸痛剐着皮肉。

第 13 章 传闻中的奶奶

他有些过意不去的样子，口里一迭声说着谢谢，我将他送至屋内，稍事安顿，忽然发问："你以前为何那样苦待我？我到底有什么做得不好？"

他以一贯的含糊企图蒙混过关。

我不依不饶："你有两个女儿，你对老大可不是这样的。"

他的神色于是变得非常自然："就因为你是老二，连着两个女娃子，我都绝后了，不怪你怪哪个？"

他待我不好的原因，我曾猜测过无数可能，甚至考虑过自己也许并不是他生物学上的女儿，却从来没有想到是这个原因。虽然我所在的地域只是四川的一个十八线小城，但是风气还行，男娃女娃都是一样读书，平日里也没有听说过重男轻女的故事，甚至此之前，我只在故纸堆里看见过"重男轻女"这个词。

一瞬间，我真的想用世界上最恶毒的语言挖苦眼前这个摇摇欲坠的瘸子：你这样的人还想有儿子？是能给他留存款呢还是给他买房子？他在学校里会因为你而受到羞辱，他在家里会自卑到天天想自杀。当然，最惨的是他成年以后，大概率没有女人肯嫁给他，他将和你一起终老，他的骨灰将覆盖你的骨灰，而尘土将湮灭你们的名。

如果他高大、健壮，可以承受语言的风暴，那么我会毫不犹豫地痛斥他，可是眼前的这个男人卑微地站在那里，甚至不及我高，脸上是一副麻木又带点滑稽的表情，像女人的半永久妆容，面对这

冬草无咎：我的阆苑旧事

张脸，我的一切语词失去了喷薄而出的欲望，宇宙如死。我默默走到奶奶的遗像前，用手拂了拂她的脸，那上面是厚厚的一层尘埃。

奶奶是个孤儿，她在幼年时被一位好心的澳大利亚籍传教士收养，很自然地成长为一个基督徒。

她被重新赋予名字，也被重新塑造了灵魂，但我知道她的心仍然是孤独的。

一个人的内心世界是会投射到她的脸上的，面部的线条、色彩，甚至五官的组合方式都会反映着她的情绪的幽微变化。奶奶的面貌生就一副凌厉的骨相，眉骨和鼻骨突出，眼窝深陷，总是一副看上去忧心忡忡思虑过多的样子。她的过于异国风味的长相在当时非常不讨喜，至少我小时候别人都告诉我，你的奶奶是一个丑女人。

她虽然拥有了上帝之爱，但人伦之爱的缺失，仍让她的心有所欠然。我总想着，或许她读《旧约》的时候比读《新约》的时候多，不然不会有那么压抑、执拗，甚至带着疯狂意味的眼神。传教士是个好人，不但教给她做人的道理，还教给她谋生的技能，甚至为她安排了婚姻。对方也是一个孤儿，堪称真正的门当户对，他们很快成亲，嫁妆仍然是传教士预备的。

这位可敬的传教士名叫贝永光，是一个将自己的一生奉献给上帝的女子，在这里不用细说她的贞烈和虔敬，因为没有一颗赤子之心，是不可能迢迢万里奔赴异国的，相比同时代女性尤其是中国女性，她的生命已经得到极大程度的舒展和自由，至少不必老死于旧

第13章 传闻中的奶奶

式家庭的樊笼。她怀着全然的信心和慈爱，陆续收养了不少女童——这些可怜的孩子原本不过是乱世的蝼蚁，但是只要能平安长大，总会有一技傍身，日后谋生有望，不必依靠男人吃饭，在婚姻中相比传统的家庭妇女更有话语权。

当然这是最理想的情况。可现实总是有各种纷乱。

奶奶几乎是雀跃着走进了婚姻，或许她以为，她和她的另一半会因为彼此的孤儿身份将心贴得更近，比常人走得更远。

然而她丈夫的轻怜蜜爱只持续了不到半年就离家出走了，不但有了其他女人，还有了一个私生女。而且此后他再没有回家。

奶奶应该是恨透了爷爷的，所有被抛弃的女人都会将铭心的爱转换成刻骨的恨，因抛弃这种行为本身就否决了爱，也瓦解了她作为女人的自尊。后来爷爷早早地死在朝鲜战场上了，尸骨无存，虽然私德有亏，毕竟也算是一个英雄。

她的生活一如婚前清洁，白天上班晚上读读《圣经》，可喜腹中有了新生命，这个世上终于有了一个可以长久陪伴她的人。

她生了一个非常漂亮的儿子，像是用上好的美玉和冰雪做的，比安琪儿更柔顺，比精灵更有人间烟火气，她于是觉得自己结婚的唯一意义只是为了迎接这个儿子的到来。

她后来受了很多苦，唉，其实她受的苦一直比旁人更多，甚至当她怀着身孕的时候，大冬天还被人指派下水田去打捞一头猪崽。

这个女人，没有父亲母亲，没有公公婆婆，也没有丈夫没有朋友，她的奇异的容貌和信仰，让她成为一只栖息在人群中的孤鸿。

所以她肚子里的孩子甚至没有一头猪崽子珍贵。

后来孩子渐渐长大了，但是针对她的恶意一直没有停息，再后来被打成右派停发工资写检讨，每天只能分到一个红薯。

她跪在地上捡起别人丢掉的红薯皮，将其一一收集起来，饿了就吃一片充饥，怀里的红薯她还要带回去喂养自己的孩子呢。

好容易熬过来了，她被重新分配到丝厂，再后来孩子接替了她的工作，那时她还很年轻，但时日已经无多了。我想知道晚年的她是否心态平和与人为善，但是从来不喜欢替人美言的江婆婆很直率地说："我在院子里养鸡有点臭，她直接给我毒死了两只。"我惊愕："是抓了现行么？你怎么知道是她？"

江婆婆简短地反问："不是她还有谁？"

言下之意，似乎还有其他事迹可供佐证，不知为何我并不觉得这一桩公案全然不可信。基督徒只是一种身份标签，并非一种道德准则，更何况这件事也不见得可以上升到道德层面进行讨论。奶奶应该真的是一个性格孤僻不好相处的人，因为她从没有被这个世界温柔相待过，除了那位传教士。

其实，父亲当年在做知青的时候，曾经偶遇过一次命运翻盘的机会。那年，沈阳军区前往四川招兵，他们听了别人的推荐，特意去看了父亲的演出，最后找到他说，他们刚招了一个东北小伙，名叫蒋大为，音色不错，但比起父亲还略有不及，希望父亲能和他们

第 13 章 传闻中的奶奶

一起回沈阳。这样的机会，对当时任何一个人来说都是天降奇缘，何况父亲本身的履历也并非清白无瑕，摆在面前的出路也并不多，万万没想到能遇到这样的好事，他几乎激动得快要发疯了。

然而他随即迎来原生家庭的当头棒喝。

常年寡居的母亲，总不免对儿子产生病态的依恋，儿子不但需要履行人子的职责还需要扮演她精神上的丈夫。她与儿子的羁绊，比这世界上一切事物的联系更紧密更深厚。因此，当父亲得到这来之不易的机会时，她感到的不是欣慰喜悦而是背叛和挑衅，死活不放人。

儿子最后留下来了，恨恨的，一辈子余怒未消，一辈子心意难平。

奶奶不上五十就故去了，由于父亲舍不得花钱买墓地，骨灰盒一直留在家里。后来隔了多年，外婆托人取走骨灰盒带回乡下，找了块地埋葬了，才算是入土为安。

想起小时候的自己经常在奶奶的遗照面前哭哭啼啼，总以为她能和我共情，现在想来却不一定。她那么爱父亲，当然会以父亲的喜乐为她的喜乐，以父亲的憎恶为她的憎恶。我是被他们母子俩彻底放逐的人呐。

我不能像父亲一样让她感到圆满，却只会让她始终牢记生命里的残缺和欠然，就因为同样的生为女人，身为下贱。或许，她会比父亲更讨厌我也未可知。

父亲没有像奶奶一样成为一个哀艳的等待者，他成了那个让别

冬草无咎：我的阆苑旧事

人等待的人。换言之，他复制了他的父亲，两次失败的婚姻加上甚嚣尘上的私生子传闻，果然，日头之下无新事。

小时候总以为是自己不好，所以得不到他的爱，后来慢慢长大了，才知道，这个于我有着血脉之亲的男人，是寡情到连自己也不愿意顾惜半分的，他实在是没有多余的东西可以分赠给别人。

小时候我读葛朗台的故事，从不觉得那是艺术的夸张，而只是生活的写实。就我来看，我父亲这个形象远比葛朗台更饱满，完成度更高。

他的铿吝举世无双，他的邋遢超乎想象。小时候听他讲过一个关于"肮脏俱乐部"的故事。说有个人每天心心念念想要加入传说中的肮脏俱乐部，于是就写了一封信。大意是说，我是个不爱干净的人，自以为符合你们俱乐部的条件，斗胆毛遂自荐，为了表示诚意，我这封信就是用擦屁股的纸张写的。然而这个人还是没能如愿，因为对方负责人告诉他，你也太爱干净了嘛，我们俱乐部的人上完厕所从来不用纸。

这个笑话确实很好笑，反正我是牢牢地记了很多年，但是万万没想到有朝一日它会进入三次元，这要命的魔幻现实主义。

不过值得一提的是，讲这个故事的时候他还没有生病，对自己的悲剧性未来完全没有一丝先兆的觉醒。那时他虽然不甚讲究，但是稍稍打扮一下就非常精神，他属于那种剑眉星目的长相，面部骨骼立体优越，加上一把好嗓子，在我们这个小城一直是风云人物般

第 13 章　传闻中的奶奶

的存在。

病魔何其可怕，进一趟手术室的时间就可以让人跌落神坛。

母亲后来常常一次又一次感叹："要是你老汉做手术的时候就走了，那该多好，我会记他一辈子，而且记住的是他最帅的样子。"

如果说他的邋遢还有一个楚河汉界，天生铿吝的脾性倒是一以贯之。

他们那一代人，都是苦过来的，但是仍有人豁达大度，仍有人扶危济困，因此我不相信这是时代强加于人的性格特征，而只能是个体差异。

对父亲来说，孔方兄真的太珍贵了，我不知道他是何时起将这身外之物看得如同心肝脑髓一般。即使在他最风光的时候，听说也是个一毛不拔的主儿，只是那时候并未惹人嫌憎，因此并不缺社交。

作为他的女儿，从来不指望他会为我买任何玩具、零食、绘本，就连每天接送我去幼儿园路上吃的早餐，费用都是母亲给的。现在想想，幸亏当年母亲的生意略有起色，不然我的幼年经历，无疑将会更具戏剧效果。

但我已经默默养出一种捉摸不定的心态。五岁时去小伙伴家玩耍，他取出一袋奶粉为我冲了一大杯，真的是奶香浓郁，雪白乳脂自带母性的天然亲近。我问，你一直喝这个吗？他回答一直。什么时候开始？断奶以后。几岁断奶？一岁。

我于是很生气，这世上居然还有一岁才断奶的孩子，而且还能

冬草无咎：我的阆苑旧事

一直喝！我于是立刻让母亲买了一袋奶粉，过了几天趁着没人在家干吃了两口就将奶粉全部倒入洗衣槽，拧开水龙头冲得可起劲儿。后来他们问起，我只说奶粉被耗子糟蹋了，像我这种老实人，偶尔说说谎可信度极高。

从小到大，父亲在我身上的总投资不超过一百元。这笔巨额资金一共有两部分，分为一元和九十九元。其中的一元钱，是某一天下午我陪他跑了全城办个什么证件，路上恰逢一个卖草莓的，他为我买了三颗草莓，这件事太不寻常了，我一直在记忆中搜寻关于他买草莓给我吃的前因后果，总觉得那个黏腻的夏日午后包含着一个无法示人的诡诈。剩下的九十九元则是我念初中时干的蠢事，参加一个所谓的征文比赛得了一个所谓的优秀奖然后花九十九元买三本获奖作品集结册。这其实是骗局，但他居然很意外地看中这种名誉，帮我付了账。

这件事我确实想了很多年，直到前两年才想明白。这区区九十九元钱，并不是零用那么简单，他是为自己买了一个肥皂泡。因为无论他变成什么样，内心始终残存着一丝对文艺的向往，唱歌也好写作也罢，可能对他来说都是对庸俗日常的超脱，就这个意义上他或许会以为我是他的道友，因此终于慷慨地向我捐赠了这笔善款。

第 14 章

西风中学

"先前满有人民的城,现在何竟独坐;先前在列国中为大的,现在竟如寡妇;先前在诸省中为王后的,现在成为进贡的。"——耶利米哀歌第一章第一节。

也许这并不是炼狱,而是一所破败的荒城,我的城门凄凉,我的祭司叹息,没有人记得它的荣光。

西风中学,在我们这个小城算是一个万年老二吧,生源硬件和阆中中学不能比,但体量又比保宁中学略大。旁边有一条笔直开阔的马路,唤作"西风路",也不知它们谁为因果。

按下其他不表,此处先说一个人,此人姓宋名小红,是不是颇有清丽婉转之致?那肯定是个女孩子。错,此人是一枚憨憨胖胖的糙汉子。估算了一下他彼时的年纪,其实不大,约莫三十岁上下,奈何那身形加上秃顶,再配一副大黑框眼镜,说他五十也有人信,且又生得两腮下垂、嘴如秃瓢。此人冬季穿一套人造皮夹克,可三四月不换;夏季则有两三套 polo 衫,可半月至整月不换,身上常年散发着一股酸腐腌臜味,人称"酸菜"。

冬草无咎：我的阆苑旧事

酸菜教语文，喜滋滋兼任了一个班主任，带的还是重点班，似乎也颇有些自得。平日里对学生说话，他都是以鼻孔里出气作为应答的。他似乎刚刚习得了某种权谋之术，努力让人透过他的寒酸衣着及气味感受到那业已炼气化形的威慑力。有时我冷眼旁观，发现他对同事也做不出半分谦和礼让的样子，冷着一张黄胖面皮，多以"哼""哈""嗨（四声）"等语助词完成对话。同事们倒也自觉，火烧眉毛也不敢拖堂占据他的上课时间。

公平一点来说，高中的其他几位老师都很不错，教数学的白平老师，个子不高，但讲课认真，平日也不作妖；教英语的王建文，是个斯文书生模样，平日也称得上勤勤恳恳；还有一位教历史的杨凡，人品有待商榷，但还真有些吃饭的本钱，讲课大都按照考试重点来，可谓亦步亦趋，我虽然没甚兴趣，但是对大部分同学来说，碰到这种老师也是一种幸运。另有一位教地理的老师，生得黑而壮，头发约有寸许，双眼明亮、声如洪钟，若是遇到不懂的问题拉住他，定会细细地给你讲上半晌。这是一位罕见的极富生命力的师长，可惜因为不是主科，我已忘却他的姓名了。此外还有教授物理课的胡琪涛老师，身姿挺拔、面目舒展，给文科班讲课也颇耐得住性子，有的公式怕我们不懂，会不厌其烦地解答数次，讲台上的仪态风度令人心折。

回想起来，如果没有酸菜的话，我的高中生涯其实是可纪念的，但没办法，谁叫他占据 C 位呢？

第14章　西风中学

酸菜实行的是白色恐怖战术，全班人人自危，噤若寒蝉。他极力营造一种不可撼动的权威感，但是那条露在外面的红色内裤、喷到前四排的唾沫星子、上课时抽的香烟以及问候学生的脏话都在不断消解这种权威。我们觉得他可惧，完全是出于本能的退避和远离，这是怎样一个人哪！肮脏、冷漠而且凶残，如同不知名的来自地下世界的怪物，或者千手的水螅、盘曲打结的恚怒的蛇，散发着黑暗濡湿的气息，和他同处一个空间，呼吸的每一秒空气都是令人窒息的。

他视学生的快乐为洪水猛兽，而作为学生，最正常的快乐无疑是周末放松休息，我们是没有资格享受这个福利的，因"酸菜"平生最喜补课——寒假过了大年初一就完了，大年初二即开始回校补课；一个星期可以休息四个小时就可以了，星期天晚上照常上晚自习。如果他真是为我们好，也就罢了，可他的目的显然并不在此，他的目的是收取补课费——永不枯竭的补课费，寒酸如我，不得不一次又一次思考读这个高中的意义，我想我就是来交补课费的，除此以外，百无一用。

像我们这样的班级，当然是不允许谈恋爱的，可是没想到班上居然有一对苦命鸳鸯，被酸菜拿来试刀了。

这两人平日里出双入对毫不避嫌，好得简直蜜里调油，没多久被人举报了。这也没啥，我们班六十多个人里被安插了十多条眼线。酸菜一开始并没有打算放弃他们，因这两人成绩还不错。很奇怪，这种情况下不是应该双双表态立刻分手好好学习么？他们倒似乎有

冬草无咎：我的阆苑旧事

电视剧里殉情的决心，表示即使死也一定要在一起。酸菜从开头的口头警告到中期的请家长以及最后通牒，完全属于程序正义，我是没话说的。虽然没甚交情，但是眼见着两位朝夕相处的同学被开除学籍，还是有点物伤其类的意思。我想，他们这种反常的举动其实也是一种反抗吧，自毁似的反抗。

后来听说他们过得并不好，两人结婚后经济情况日益捉襟见肘，男方父母出钱帮助他们开了一个小店但生意不佳，没多久店铺倒闭双方分手，终于结束了一场长达七八年的虐恋。

不过经历了这一出闹剧，同学们变得更胆小了，只要酸菜一进教室，每个人都在不自觉地控制自己的呼吸节奏，真能听见绣花针掉落的声音。

酸菜很喜欢调换座位，每月一次小换，每学期两次大换。小换是交换行列，大换则是依据学分排名。由于我班教室位于四楼，靠窗的行列尤其安全，靠走廊的行列则战战兢兢，因酸菜最喜窥伺，常手握保温杯站在走廊边一动不动地暗中观察，时长可达一刻钟之久。他有此好由来已久，听几位早已毕业的学长说，以前的窗户没这么矮，却也难不倒这位前班主任，常常自备板凳踩着高跷窥伺学生，我题短句云：窗高腿短，岂奈我何？自带板凳，任意腾挪。

酸菜在带我们这一届时已经很体面了，无须登高望远，只需随性翩然而至即可，但见那枚硕大光滑的脑袋如同安装了几只吸盘一般，紧紧贴着窗户，上课窃窃私语的、看小人书的、打瞌睡的简直

第 14 章 西风中学

无所遁形，统统被点名拉出去打板子写检讨。有一次我下午打盹，但姿态颇费猜疑，以手托腮、双眼微闭，肢体微微摇动。后来有人告诉我酸菜在外面凝神观察许久仍无法判断我到底是醒是睡，只好"哈"了一声，我侧头瞟了他一眼，酸菜问："你刚才是不是在打瞌睡？"我一听就知道他拿不定主意，徐徐答道："闭目养神了一下而已，你看我像睡着的样子吗？"比起伏在课桌上口角流涎的诸位同侪，我确实看起来很正常。酸菜无语，默然离开了。

又有一次上历史课的时候，我觉得有些困乏了，无意中转头望了一下窗外，但见一枚巨大的倒梨形头颅和我脸对脸、眼对眼，鼻毛清晰可辨，似乎还带着一抹诡异的微笑，一瞬间脑子短路，只觉白日撞鬼、骇异恐怖已极，也没来得及细想，喉咙中就发出一声惊天地泣鬼神的惨叫，须知我音量又足、尾音又长，这一嗓子颇有响遏行云之效，讲台上的老师和全班都听乐了。酸菜自己也好没意思，讪笑着离开了。

酸菜其实也不是一无是处，他如那建筑巢穴的鸟雀，有事没事就出去衔些枯枝、草叶，拔些其他动物屁屁上的茸毛，努力为我们班级多置办一些家什。先要买什么大彩电，好，同学们凑钱；又要买什么影碟机，好，同学们凑钱，过了没多会子又要买大型录音机，好，同学们凑钱。这些东西摆放在讲台的一角，堆积成一个实体的块垒，平时也没甚用处，只有下午到晚自习之间，约莫有一个小时的闲暇可以供同学们看看 VCD。不过好景不长，大约一个月后，酸菜以影响学习为由，找了几个男生将这几样大家伙一股脑搬回家了，也好，家什们终于名正言顺。

我们家那时极穷，能交学费、补课费本已艰难，又要忍受每月数次的杂费，简直心力交瘁。交费的各色名目不一而足，有交十多块的，有二十多的，我记得有一次他说市政府要修什么滨江路，强迫我们每人交了五十块。那时的五十块，可以吃五十碗凉皮或者三十多碗牛肉米粉。全班无一人拒交。

酸菜形貌猥琐，生就一个和他一般模样的女儿。女生有时聚在一起窃窃私语，讨论这女孩子长大后是否嫁得出去，但大家后来很快听说酸菜已在成都置办了一套别墅，或可用于嫁妆，便又识趣地闭了嘴。

然而这些其实也都没什么，我最受不了的是，他居然在期末考试之前强迫女生服用避孕药调节生理期。须知我们又不是国家级运动员，需要参加奥运会或者世界锦标赛——那样的话每 0.01 秒的成绩都事关国家荣辱，亦可改变个体命运，而区区一场期末考试，服了这药又能提高几分？我觉得自己好委屈，比越王勾践尝粪问疾还要委屈，这个世界到底怎么啦？怎么就没头没脑堕落到如今的卑微境地，面对一个如此不堪的人类，却不能放手甩他两个耳巴子。

有时候，我也对自己生出一种深重的怜惜，每日听课神游天外，一沓沓试卷也不想做，任青春韶华就这样静默无声地虚度了。我原本是求知欲极强的孩子，就算脑子不大好使了，也还是很愿意听听

第14章　西风中学

历史掌故、读读古籍典章，但我既不喜欢他们讲课的方式，也忍受不了这铁桶般的樊笼，终究，我是什么都爱不起来的。

其实我也看不起班上的几个所谓优等生，他们的资质都太平庸了，甚至远远比不上我初中时的几位对手。真正的优等生除了整体成绩优异，还应该有一两科之别有会心者，这个东西其实不足为外人道，它是个体在漫长而隐秘的学习过程中逐渐领悟的一套自在法门。只有这种超高段位的胜出，才可能塑造一颗卓尔不群的心灵。而且只要曾经拥有这段经历，哪怕以后去流水线做苦工，你仍然卓尔不群。

至于这班上的差生，当然算是我的同类了，他们于我，是养在玻璃瓶里的金鱼，虽然生动也只是观望。不过有时身临其境我也替他们发愁：作为差生，上课常常心不在焉，因此时间最多、顾虑又少，最适合干点坏事刷一下存在感，偏偏待在这里啥也不让干，真是灭绝人性啊。这个班级的差生是我所见过的最老实的，绝少打架斗殴之事，无非看看小说打个盹。有个男生倒是胆大，他坐最后一排，因喜欢一个女明星，买了她的海报简直爱不释手，偷偷贴在墙上，平日里刚好以身体掩护，哪知某日不巧上课打盹，趴在课桌上睡得香甜，头上刚好显出一副半裸女体来，被酸菜瞧见一阵好打，半月都蔫蔫儿的。

不过还好，我正儿八经地结识了一个女孩子，学生时代最要好的一个朋友——萱萱。

萱萱身量娇小五官清丽，肤色不深，穿粉色则清新可喜，穿蓝色则暗黑蜡黄，我常嘲笑她是一张行走的色彩测试卡。成绩和我一般无二，因此座位相邻。她喜欢我的文字，我喜欢她的慧黠。常常在课间休息时间听她点评美人，时有妙语，可恨年深日久，即使当初切切于心的，也都忘怀了。

不同于我的上课神游，萱萱喜欢上课看小说，尤好言情，当时时兴做一个巴掌大的小小开本，三五万言的样子，两节课即可干完一本。学校旁边有好几个租书摊，她这样的学生正是摊主的目标客户。我初中时喜欢周末租借卫斯理的书看看，到了高中反而意兴寥寥。一则彼时心如死灰，每晚收拾着一副残躯入睡，梦中都是一派末日景象；二则因为憎恶酸菜的缘故，对语文、作文等渐生厌恶，上课时走神、闲暇时枯坐，更遑论上课看小说。

萱萱已经练就一套极好的功夫，别人偷看，是将课外书置放于大腿，驼背低头、目标明显，就被酸菜撞见请去办公室喝茶。她可不一样，要么将开本较小的书伪装成工具书，要么将厚度较薄的书直接覆盖课本，又兼她看书的模样正经，没有几年道行的还真发现不了。不过她也真是胆大包天，居然敢在靠近走廊坐的危险时刻仍然照常营业，被酸菜逮了一个正着，从此不幸成为重点关注对象。

萱萱是农村的孩子，目前虽处于城市化进程中，也和我家一样是底层，我也是后来才意识到原来这个班级大部分是农村孩子，倒是没有明显的攀比之风，也颇有几个性格敦厚些的。有一次酸菜发

第14章 西风中学

了一张表格让大家填写地址电话，我家是租住的简陋民房，根本没有电话，因此填写了乡下外婆家的电话。这表格被旁边一个女生拿去细细查验，她倒是很激动的样子，拔高了音量说道："你们看，她作为一个城里人，家里居然连电话也没有，这个电话号码是农村的！"一番话说得我脸皮发烧，这女生是城里人，而且平时和我关系也不坏，江湖险诈，这一辈子最好都不要住校。

萱萱喜欢喝纯牛奶，喜欢奥黛丽·赫本，我喜欢喝酸奶，喜欢黄家驹，我们约定，如果有一天我们会爱上彼此所爱的，那么就将会成为一生的挚友。

那时候外班有个女孩子，名叫云云，她也不知从哪里看了我的文字，托人转达了一下倾慕之意，表示想要和我做朋友。彼时酸菜早已对我进行全面封杀，而上高中后我连命题作文都是草草，但好像仍然在几本娱乐刊物上发表过几篇胡话，无非是我爱家驹我爱 queen 之类，现在实在也不好意思提及。云云喜欢扎马尾，骨骼纤细而皮肉丰盈，我和她聊天后觉得这姑娘不错，就立刻介绍她和萱萱相识了，二人倒也是一见如故，我看了很喜欢。

我们三个后来经常聚在一起聊天，大多是晚自习的空当。校园环境单一，却在操场的一角有一处因树木浓荫形成的天然帘幕，正好说些女孩儿的悄悄话。云云有一段时间颇为暗恋所苦，原来她也是单亲家庭的孩子，母亲带着她改嫁。新家庭有一个哥哥，是个斯文清秀少年，而且很宠她，好吃好玩的都留给她，若是妹妹有麻烦

冬草无咎：我的阆苑旧事

也一定会帮她出头。不知不觉中，云云发现自己已爱上哥哥，但是哥哥却只是把她当妹妹，并没有别的想法。

我和萱萱第一次听见这种新鲜事也很来劲，但我们也不知法律上的哥哥和妹妹能否结婚，云云撇撇嘴："我们又没有血缘关系，当然以后能结婚。"听她这样一说，萱萱立刻将言情小说中的各种撩汉手段传授于她。

下一次我们见到她的时候已经是半月之后，她瘦了一大圈，一直哭唧唧，原来哥哥已经有女朋友了。我们劝慰了半晌，心里也都如失恋了一般，但见星星无色、月华无光，嘴上虽是说着勉励的话，自己心中也不大相信。

不过好在最后她终于走出来，而且还祝福了哥哥，这是后话了。

每次和云云见面，都是天南海北地聊天，只是不聊学习，因我们三个都不爱学习。聊天的过程大抵是轻快的，像一叶轻舟，虽然偶尔也曾被牵绊，或是被浅滩的小石子硌得慌，却总归是欢畅无忧的。但这次却使我感到异样的震动，想想这女孩子对她的哥哥的爱，无望而深情的，并且人生中也几乎只能拥有一次，似一枚标本一般，妥帖地安置于青春的纪念册中了。虽然每次见面只得十分钟，但那已是我对"校园"二字最纯真美好的回忆，这回忆将支撑我余生的岁月。人生，真不是靠那些连缀成片的记忆群落活着的，而是靠着那些分秒、片段，甚至瞬间。

第 15 章

再 次 撕 裂

母亲经人介绍,认识了一个男人熊老五。

正是生活在熊家的那段时间,我对阆中的节气或者说温度有了刻骨铭心的体认,至少,那冬天,一定比人心更冷。

熊老五比母亲大七八岁,形象彪悍,不苟言笑,法令纹打着深深的褶子。此人年轻时也是丝厂职工,后来下岗,倒是不知道靠什么谋生活,或是打打零工吧,我倒是常日见他在家。此人有一个儿子,就唤他作熊小二吧,比我大四五岁,样子倒不难看,没念书没就业,也不知在忙些啥。

母亲那时没有经济来源,也不曾外出打工,带着我跟着这男人度日,日子艰难得很,平日的饭菜也简素,偶尔做一道荤菜如炖牛杂之类,半斤的量可以足足吃上一个星期。第一日吃肉,第二日的残羹剩汁再煮上一块豆腐并几片青菜,第三日以此类推,母亲还一迭声地夸这男人会过日子。

这男人倒是有房子,平房,约有九十平方米,格局并不方正,屋内高低交错,三室,我得了一间单独卧室。每日上学经过熊老五的卧室，里头总是传来低沉的鼾声，整个屋宇似乎都在轻微地呼吸震动。这鼾声，说实话让我感到莫名可怖，想着母亲终日要陪着这样一个人，不免为她难过。

我那时处于叛逆期，心头如同活死人，表面却是怼天怼地，说话也冒失，母亲时时想要打我借此树立权威，而这男人的爱好就是撺掇她打我。

而她也真的拿着这男人替她准备的一根巨型棍棒，时刻准备捶我两下子。

可恨我那时已不复童年时的壮胆，常被这棍子唬得魂飞魄散，挨打时恨不得就要给她跪下，却也换不来半分心软。不过有一次挨打时我却侥幸逃得快，飞奔到自己屋中，紧紧锁闭了房门，心中暗自庆幸。

耳中却清晰地听到那男人嗐嗐怪笑着对母亲说道："她以为逃得了？笑话！这里是我的地盘。来，这是我的备用钥匙，给你，看你的行动了。"说完是他从钥匙圈上取钥匙的声音，一旁是我母亲唯唯诺诺的声音。

但另一个温和的声音却说："爸，人家母女之间的事，你就不要插手了吧。"

这是熊小二的声音。

后来这一干人等就没什么声音了。

似乎是安全了，然而我却压着嗓子，小心翼翼地在屋里低泣着，

第15章　再次撕裂

我和她本是一条绳上的蚂蚱，如今既已经落到这种不堪的境地里，羞辱我也就相当于羞辱她，难道她真的已经愚蠢到这种地步了吗？或者她也只是单纯地想要教训我？但这番奇耻大辱，我将终身牢记着。

又有一日，我发现熊小二吃完午饭后准备出门，似乎往中厅的柜子里塞了一本书，一时好奇就去查看了一下，却是一本无头无尾的黄色小说，翻开的那一页通篇都是性爱描写。我立刻将那本书取出给母亲看，声音里有掩饰不住的得意："这小子看黄书，你是不是该收拾一下他？"母亲微笑着，淡淡回道，他这个年纪看些黄书也正常。我听了几乎当场石化，要知道我挨揍的原因仅仅只是顶嘴或者回家不想做作业之类，这小子看黄书居然屁事没有！于是我不但深刻地意识到了我和熊小二的身份地位性别不同，而且母亲以往的所有责罚也因为失去了正义性而变得一文不值了。岂止如此，我甚至开始对她有所鄙夷。

熊老五此时其实已经迫不及待地想要撵我走了，以他锱铢必较的性格，必然渴望省下我嘴中的每一粒饭。他常说，你的户口不是跟着你爸么，为啥又要赖着你妈？我那时身份卑微，心思忐忑，又不敏于行又偏偏讷于言，只能回报以沉默。

我骑的自行车也是他家的旧物。我所在的城市极小，以往上学都是步行，而他家却住在城边，上学要骑二十多分钟的车。那车是男式的，高大笨重，刹车也不灵，冬天的肃杀清晨，没有任何御寒

冬草无咎：我的阆苑旧事

防护的我骑着这车如同赶着一头偷来的驴，摇摇晃晃、脸如刀割、心如刀绞。原来，世界上有这样一种冷，它穿过毛孔，钻进骨头缝里，然后滋溜溜在心脏表面打上一个个密密的洞。我与世界完全相通，而且从里到外，没有丝毫遮蔽之物。

一日清晨，我照常骑着这车上学，双手扶着车龙头如握冰锥，不大听使唤，拐弯时不慎和另一辆自行车撞了一下，唬得我立刻下车查看。其实问题不大，无非掉了点漆、铃铛也不响，而且我的手掌和膝盖也破皮了。回家后熊老五却很快发现端倪，指尖戳着我的鼻子厉声责骂，但见他目露凶光、鼻翼翕动，几乎立即要动手打人的样子，我提心吊胆受了半日辱骂，原本害怕得要死，不知为何却忽然松弛下来，反手用力将他的手掌拨开，骂道："你个死王八，老子不会再来你家。"说罢转头就走，心里其实有点后悔，我原本打算装出一番云淡风轻的语气打击对方，却不巧顺势而成了一个歪嘴冷笑，倒是个小小遗憾。

走着走着，我开始跑，可能母亲也在后面喊过几声吧，我不知道。我只知道，逃离一定是正确的——真是太荒唐太可笑了，我受自己父亲的凌虐也就罢了，凭什么受这个龟孙的气？同时我亦为母亲感到悲哀。从何时起，她就变成了风中之草，水中之萍，在婚恋市场上，几乎完完全全地丧失了议价权？找的真是一个不如一个，女子看来只有发奋自强，只有自己做巍峨耸立的磐石，做根系发达的乔木。

那晚很冷，我一个人在街头漫无边际地游荡，直到十二点也不

第15章 再次撕裂

知道何去何从。我们这小城,冬日里晚上八九点以后就冷冷清清的,更遑论凌晨。街上一个人也没有,偶尔有汽笛声,也只显出一种空旷的寂寞来。昏黄的灯火,似乎是鬼故事的打光板,隐约只见满街的幽灵垂首而立,似乎在排演一个更加瘆人的剧目。我忽然感到害怕起来,这害怕和汹涌而来的尿意一起,简直不知如何是好,思忖了半日无头无绪,后来却蓦然想起琴娃在学校附近租借了一间小小阁楼,或可去找她暂借一晚。

我搜索着模糊的记忆来到阁楼所在的那栋小楼,扯着嗓子干叫了几声,心里也没底。幸得她复习功课较晚,睡得也不甚熟,没一会就应声,而且趿着拖鞋去找房东托他们开了门。我尾随琴娃沿着木台阶拾级而上,心中居然是逃出生天的感觉。推开门,但见那阁楼虽然只有窄窄小小的五六平方米,此刻也无异于天堂了。

不过此刻我倒来不及感叹许多,立刻要求尿尿,琴娃取出一个塑料袋,我调整姿势小心接着,尿了半日才得干净,顿觉神清气爽,好似唐三藏在那化身池中换了一副躯壳一般。罢了又将袋子牢牢系着,半置于一个晦色容器中,只待明日一早再去处理。

此刻大约已经是丑时,窗外无星无月,想想自己也是一个花季少女,但别人可以仰望星空,而我的生活里却只有屎尿屁,老了以后连回忆都是臭的,不觉又是愀然。

过了两日琴娃将我的遭遇告知外婆。外婆不忍,又开始琢磨着进城,她将家中事务打点妥当,猫狗也托付了人,就立时进城来找

冬草无咎：我的阆苑旧事

我了。

　　她很快在武庙街赁下一间房。这里的房子，现在属于古城的保护建筑了，当时却是贫民窟，一千即可赁得一年。不过外婆手上一向是没有余钱的，她是将素菲姨妈给她的赡养费用作房租了。虽然日子过得颇为惊险，但能够重新和外婆在一起生活，这于我已经是一个爱的奇迹了。

　　母亲后来也没能继续和熊老五在一起生活。她天性豪放，绝不甘心做一个贫妇，更何况这熊老五一身蛮力，岂是好相处之人？其后不久，母亲打点行装去了成都，成都于我，虽然并不遥远，可也并不亲切，但那终归是个闯天下的好地方，我知道她始终是要去闯一番自己的天下，不然总觉得不开心。

　　话说我们的住所旁边，有一处颤巍巍的两层木楼，住着一个赖老头，年有七旬，举止荒疏，我疑心他的肩椎腰椎都有毛病，但好歹行走无恙。赖老头的卧室位于二楼，里面养了一盆十几年的老茉莉。这老茉莉吸收了这许久的日精月华，已经长成一棵颇具规模的树，它是自带打光喷雾效果，晴光映雪，含烟泣露，随时去看都是一副意态缠绵的样子，比起外婆家里的栀子花树又是另一番风韵。我不但惊异这小小的盆栽怎么可以长得这么好，也惊异于赖老头对茉莉花的痴爱，他将这花养在卧室，就是为了方便每天爱摩赏玩，整个夏天都要与它为伴，少一天也不可以。

　　赖老头有一本万年历，平时主要是看看婚丧嫁娶、黄道吉日，

第 15 章　再次撕裂

但是有一次我表哥过来玩，听外婆说起来就临时起意，让她问问赖老头是否可以帮他看看祸福吉凶。赖老头应允了，翻了翻万年历，随即面色凝重，说你明年将有牢狱之灾。外婆一听很是愁苦，问可有破解之法，赖老头摇头说他不知道。

表哥那段时间也是爹不疼娘不爱，早早辍学去武校习武，鬼混了几年，找工作也是千难万难，他来我们这里其实也是为了打牙祭，但当时的条件实在寒碜。外婆照例去市场上买一只猪肺回来，在水管下翻来覆去地将它冲洗，直到血管里的脏物尽去，形成一只白肺，又用沸水滚过，切成条状，用菜油干煸了再加二荆条一起翻炒，虽然不登大雅，其实滋味不恶，至少表哥和我都是不嫌弃的。

第二年他去广东打工，与人合伙果然被骗，身陷囹圄，长达五年，惨不可闻。外婆每每提及表哥，感慨之余，总是喜欢多念叨一句，赖老头说得就是准啊。

我这时才意识到，外婆其实很迷信，但想想自己也是经常求神问卜，我觉得自己已经失去了指责她的资格。但我还是隐隐觉得，表哥这一番劫难，一定有一个内核的东西在发挥功用，而不仅仅只是预定论。

接下来，我们又去下星街赁了一处房屋住着，不久，外公也来和我们同住。这里的房子，都是单家独户，私密性很强，但是房屋的材质却让人颇费猜疑，我有一次仔细查看发现是泥墙糊的草席，如果不幸失火的话，这一片很快都会烧得精光。

冬草无咎：我的阆苑旧事

  邻居周老太与我家仅一墙之隔，咳嗽喘气都听得一清二楚，她的儿子儿媳年纪很轻，约莫二十出头的样子，刚刚生了一个小宝宝，平日里是周老太在看顾孙儿。

  有一回不知怎的，外公开始谵妄起来，每天说着胡话，晚上睡觉也不关灯，只说一个白面书生在他床前坐着，手里还拿着一本书，只要一关灯，书生就进前要索他的命。我每天被外公吓得毛骨悚然，问题是他根本意识不到我的恐惧，他甚至看不到我，只说在他面前晃来晃去的是一个鸡毛掸子。这样闹了半月，外婆也被搞烦了，转身去庙里面请了一位师傅过来驱了一下邪，我也觉得这个时候举办一个仪式是很有必要的，有心理安慰的疗效。孰料第二天出门，还见周老太半躺在街边的摇摇椅上打盹儿，一副自得其乐的样子，结果晚上刚回家就听说老人家已经没了。原来她儿子早上在屋内叫唤老母不应，心中生疑出来摇了半天也不醒，这才发现不知何时老母已经驾鹤西归了。

  而外公竟火速恢复正常，硬朗一如往昔，问他是否还记得床前坐着一位白面书生，他也不记得。后来问了周老太的儿子，他说母亲一直有心脏病，早上起来不巧犯了心梗，这样也好，走得没什么痛苦。

  这两件事情其实也只是凑巧，但外婆却疑惑了很久，总说那位白面书生是不是进错了门，跑到隔壁去了，她为此心怀愧疚，还特意去给别人烧过几回纸钱，这才略略心安。

第 16 章

学渣的反击

　　一个差生的高中生活，其实无足道。她眼中所见的一草一木、一砖一瓦都和昨天没什么两样。试卷上的习题，多一分少一分也没什么要紧。各位老师如果要求占一节课或者请一天假，也不会影响她的心情。

　　差生也有差生自己的节奏。

　　老师装扮停当，舞着水袖，扭动着莲花身姿，摇头摆尾而来，分明是一位青衣小旦，没有乐队伴奏也能咿咿呀呀地唱上一个时辰。"原来姹紫嫣红开遍，似这般都付与断井颓垣"，唱腔凄绝，偶尔还抛来一个幽怨的小眼神，差生在台下看得痴了。

　　不好，这小旦并非梨园子弟，乃一邪教女魔头乔装改扮，预先服了解药，舌根处含了一枚千锤万凿丸，据说这丸药是当年江湖第一神医自太古神山中偶得了一根七星索命藤，炼制七七四十九天而成，专能收集凡人魂魄。你看这女娘，启朱唇，动玉齿，唱的也尽是些蛊惑人的戏文，将那药气幽幽送将出来，端的要人性命。

　　差生心念电转，立刻自封了几处大穴，垂首闭目，一面默习师傅多年前教授的心法一面运功与耳边魔音对峙。

"李恩恩你给我出来！"

咦，难道师傅他老人家已经练到第九层归元大法，成功出关特意来接我了吗？想到这里，我虎躯一震，双目微启，按捺不住内心的激动朝窗外望去。

一枚熟悉的、戴着黑框大眼镜的梨形脑袋隔着窗玻璃贴在我的脸上。这哪是师傅？明明是地狱里来的牛头马面，还咧嘴吐着红舌头冲我笑呢！我打了个哆嗦，过了半晌才想起是酸菜，只好硬着头皮出去了。

照理说，身为差生，上课打瞌睡被抓了现行应该羞愧难当才是，可我没有，不过略微有些遗憾而已。眼前这人，不会让我联想到正义权威等一切正面的东西，因此无论在任何情况之下都不会自惭形秽。我敢说我望着他的目光甚至略带审视意味，不就是打手心么？真不怕，怕的是那种绝望到让人窒息的高压，怕的是师道崩塌。

他的每一个毛孔散发着酸腐和铜臭气，他的每一个行为都可叹可鄙。多年来，我也从未写过关于他的只言片语，做了他的三年学生，只当是做了一场噩梦。可是，我惊恐地发现，噩梦没有尽头，在我已经高中毕业多年以后，仍然在梦中一次次回到当初，重做那个心如死灰的高中生。

这里的学校、老师、同学与我没有半分缘分，我们终将在各自的岁月流沙里涂抹彼此的名。

第16章 学渣的反击

但这一切并不是毫无纪念之处。

高二时，班上来了两个实习老师，一个姓廖，教物理的，我不大关心；另外一个姓唐，教语文的，我也不大关心。

这两个男生说起来也不过比我们大四五岁而已，叫他们一声老师已自吃了暗亏。那姓廖的因为是学理的特别害羞，在台上讲完课便一溜烟跑了，跑回教研室批改作业。而姓唐的年纪不大，气场倒颇足，有些像个老手。

我对他所讲内容也毫无印象，不过有一次作文课人人奋笔疾书之时，他却走到我跟前，盯着作文本瞅了半晌，我心下恼怒，用手捂住本子不让他看，此人倒也识趣，立时离开。

其实我倒也不是针对他，不过习惯成自然，无论手中写什么，被老师盯着总觉得后背发毛。后来这位老师开始频频提及我的名字，上课提问时亦时常以目光鼓励探寻，我甚至为这充满希望的目光而难过。曾几何时，当我还是优等生，也多遇老师这种目光，作为学生，那是短暂的和老师心意相通的时刻，灵犀一点就要呼之欲出了，而如今，如今我却是来凑数的。

但这位姓唐的老师不管，又开始作妖，让我们写周记。每周上交一次即可，想写啥就写啥，不知道其他人写啥，在我这里只有一个中心思想，我爱家驹。

某一次晚自习有人叫我，说唐老师叫你去一下。

去哪儿？

数学教研室。

我满腹疑团,实在不知道这位葫芦里卖的什么药,而且教语文的干吗驻扎在数学教研室啊,数学这玩意儿比我家的亲戚还折腾人。想归想,脚下还是不敢怠慢,三步两步走到教研室,我靠着门暗中观察,果见唐老师在内,上前打了招呼,只觉对方面色平和、气息正常,也自略略宽心。

他拿出我的数学试卷,好像二三十分吧,反正惨不忍睹,要知道我们现在可是 150 分制。这样说吧,如果选择题多呢,我可能会多考那么几分,如果选择题少呢,那就没办法,惨剧是免不了的,而且最可恨的是我的运气一向不太好。大题我是从来不做的,不大不小的题偶尔能解答一两个,靠的还是初中的底子。

"你怎么能考这么点呢?"他问。

"我只能考这么点儿。"我回答得也很实诚。

"数学很重要啊,一定要好好学习!"说了一堆。

"我走了,要上课了。"

"等一下。"

他犹豫了一下,从背包里拿出一张 CD 放到我手上,说:"送给你。听歌可以,但是也要好好学习啊!"

那是一张黄家驹的精选专辑,白底黑字,还是比较有品的。其实彼时我已经拥有多张家驹的专辑,但多是磁带,精选集听多了,开始寻找更冷门的歌曲、solo、demo 带。但这张 CD 是来自一位

第 16 章 学渣的反击

老师的礼物啊，我的心无法不为这个事实震动。在乡下上小学时，外婆特意邀请班主任来家中摘橙子，我还记得他的自行车上堆放了两个鼓囊囊的蛇皮袋的样子，心酸又好笑；附小念书时经常也要送老师各种礼物，水果影集什么的不值钱但也必不可少。初中高中倒是没有了，反而是初中的陈老师给了我很多无形的礼物。而现在，一个实习老师，却送我最爱歌手的 CD，因他以为这是我最想要的——无论如何这是花季雨季里可记录的一笔，虽然他并不知道当时我的家中并无 CD 机。

过了没多久，实习结束，两位大男生都要离开了，到了最后一次分发周记的时间，又像往常一样，他将周记分成四等份，交给前排的同学，让他们自己查找传递下去。等分完了，却没有我的份，于是我举手："老师，没有我的呀。"

"喔，我忘了，"他好像真的很抱歉的样子，"那你上来拿吧。"

我于是上前，准备从他的手里接过周记本，但他却将那本子紧紧合着，示意我要同样紧握书口，防止里面有什么东西掉下去似的。我虽然不解却也按照他的样子将那周记本攥着，只听他低低说："带回家看。"搞得神秘兮兮的。

后来我果然回家看了，那周记本里附着四页信纸，写的是一些殷切鼓励的话，那字体颇大，端方正气，倒真像好人的手笔。是的呢，信里也说他发誓会做一个好老师，最后他说："惊彩绝艳，就那么喜欢这个词么？在我看来，你才是真正的惊彩绝艳。"

冬草无咎：我的阆苑旧事

　　如今看来，这只是一个夸张到已经失态的词语，而当时，我却真心热爱到骨子里。因为再平庸的人生，也会在少年时代，渴望惊艳一个人，或者被一个人惊艳——而那就是全部，所有，一切了。

　　这位唐全周老师，来自四川宣汉，他后来真的做了一个好老师，好班主任，这故事如我所愿。

　　实习老师一走，那种落花微雨般的闲逸氛围很快化归于无形，炼狱之门重新开启。我常常觉得自己被泡在一桶高温铅水里，皮肉焦黑，灵魂已被灼烧四分之三，而且还被豚鼠啃食。在这样的氛围中待久了，心态也逐渐发生变化，从起初的恐惧战兢，中期的忧思伤怀，到最后的睥睨随性，"老师"二字在我的眼里变得越发不值钱，对他们再也没有敬畏之心，真的，装也装不出来。

　　现在回想，我所厌恶者，唯酸菜一人而已，但当时由于世界观的坍塌，我无意中对老师们判了一个连坐之刑。那时要么是高二下学期，要么是高三上学期吧，某一节英语课我不但没交作业而且态度傲慢，王老师直接对我怒吼了一声："滚出去！"我犹豫了一两秒，甩手将书本扔在地上，快步走出座位并打开教室前门，用脚"砰"地把门给带上了，心中真是畅快已极。

　　外面空气清新，我出去随便找了个办公室，寻了把升降椅坐了一会儿，心想老子做了这么久的怂包，真是够了。从今天起，我想怎么着就怎么着。不过当时我棋差一着，居然不小心进了语文组教研室，眼见着酸菜手持保温杯而来，不禁有一瞬间的蒙圈。

第 16 章　学渣的反击

酸菜将我打量一会儿，疑窦丛生，问道："你在这儿干啥？"

我心里暗叫了一声苦，稍稍稳定了心神，答道："告状。"

"告谁的状？"

"还不是王老师，最近也不知道他是否为了评职称的缘故，精神好得很，一会儿整这个，一会儿整那个，想要出成绩也不是靠这样的办法呀！我跟你讲，除了我以外，待会儿还有人要来告状，你最好劝劝王老师，让他收敛一点。"此刻我虽然仍然略略紧张，但语气舒缓，脑子清爽，只因这时已不再将对方看作魔高一丈的对手。

酸菜轻轻松松地放我回去了，没想到居然这么容易过关，我得意非常，准备以后就按照这个路数来。

第二天的英语课，趁着同学们写作业的当儿，王老师走到我面前跟我道了歉，说那本扔在地上的课本是他捡回来放回课桌上的，而且当时他已立时后悔，不到两分钟就打开门查看发现我已经没影，最后他还说了一句："老师也是为了你们好。"这一句话立刻将我感动，我几乎立刻决定洗心革面重新做个好人。

但我已经变得不那么好了。在一次作文课上，好像有个题目是《我的老师》，我兴之所至，写了一篇关于数学课白老师的文章，颇多挖苦嘲讽之语，且又大肆批判了一番，通篇有理有据、头头是道，兼以坊间传说加自己观察所得，拿去当批斗的檄文也未尝不可。我其实并不特别讨厌白老师，只取一个"一石二鸟"的意思，让其知道我的厉害，更重要的是让酸菜不至于肆无忌惮，我敢批斗老白就敢批斗他，老子现在谁都不怕，大不了回去读职高。

酸菜没有提及这篇文章，我以为此事已经不了了之了，不过没几天，某个晚自习的休息时间，忽然有人告诉我说，白老师让你去办公室一趟。看来酸菜定是将我这篇作文拿给白老师看了，希望他将我好好收拾一番。切，好一招借刀杀人哪，我好怕怕呀！

几乎是怀着莫名的兴奋，我小跑着来到数学组教研室，找了把椅子一屁股坐下，准备仔细聆听接下来的一番教诲。

但白老师正视着我的眼睛，没有说什么大道理，只是问了一下我最近的生活学习情况，又说如果需要帮助的话，可以下课后问他，他是很愿意为学生解答问题的。我讷讷回应两句，简直找不到体面的说辞对答，因我已经放弃数学了，或许早就放弃，而且放弃的不只是数学。

那天我很不开心，事实上在我去教研室之前已经做好和他对打的准备，之所以写他，也是考虑到他身材矮小的缘故，干起仗来我不至于吃亏，而且我是女生，旁边的老师应该也没脸过来加入战场。可是，最后的结局实在大出预料，我对这位自己并不很了解的老师生出一丝歉疚之情。

雄心壮志，刹那间冰消雪融。

从此我也倒没心思和老师们对着干，只是遇到酸菜，虽然仍旧免不了生理性厌恶，却能应答如流、张口胡来。比如后来我每天上学都是卡着时间去，就算迟到也不慌张，走在校园里一派闲庭信步。

第 16 章　学渣的反击

某日恰被酸菜瞧见，喝道："上课已经迟到了，还走得这么慢！"我几乎立刻应答道："哎哟，对不起哟，不小心崴了脚，螺丝拐疼得很，我也不想这样啊。"说罢我本来打算造作一番，扮得腿脚有点不方便的样子，后来想想没必要，仍只是懒懒散散地站着，歪着头驼着背，浑如一枚放松的弹簧。酸菜没法，只好说："那你慢点嘛。"便径直去了。

那时候离高考不过数周，酸菜已经没有心思管教学生，而我已经彻底丧失了斗志，各科老师散发的一沓沓试卷和复习资料像是一堆堆没有流通价值的宝藏，我心痛然而无能为力，下课后不想再多看一眼，更遑论熬夜刷题。我像一个垂暮老人回忆着自己头脑清爽的孩童时代，有时候甚至感动到落泪。

一切都不会再有，而那曾经拥有的，将会成为亲切的怀念。

到了高考冲刺阶段，我的屁股意外地坐不住，三天两头想往外面跑，要么请假、要么逃课，虽然仍免不了写检讨请家长挨板子之类，却也一定要将这些作奸犯科之事一一都干一遍才甘心。我这家乡阆州，自古乃山川形胜之地，藏风聚气之所，春夏之交，景色是非常宜人的。不过，虽然目成五色，我的心情却并不十分爽快，好似一大伙人正在做游戏，大家都玩得刺激又开心，而我却已经预先被巨大的离心力甩了出去。白天已经郁郁，晚上更觉伤感，走到滨江路边，想起自己三年前在此处徘徊的样子，弹指之间，一如梦幻，如此好山如此月，竟不能慰我半分风尘。

第 17 章

觉醒之日

好容易混到高考,我答完考卷立即溜之大吉,拜托同桌有空就帮我填一下志愿。原谅我虽钟爱这片故土,却不能忍片刻之须臾。外婆也收拾家什回乡下老家去了,除了锅碗瓢盆之类,另有一个书柜。那书柜早已残破得不成样子了,因是舅舅留下的,她总也舍不得丢弃。多年前这书柜里曾有一本舅舅当年的笔记,字体清健,用词考究。少年心事,忧国忧民,对此我曾生出短暂的钦羡。二十世纪八十年代的学生,到底和我们不一样啊,转念想到酸菜和他居然是同学,其人当年也未必就没有一番豪情壮志,如今却是这一副貔貅嘴脸。尘归尘,土归土,终究是没有什么可感慕缠怀的。

其实同桌小可爱帮我填的还算不错,我分数寒碜,除了英语及格以外,文综一塌糊涂,数学羞于启齿,语文更是考了七十分,相当于四十多分的样子。她选了成都一个地段很不错的专科学校,不久被西华大学合并,阴差阳错成了西华的学生。话说我们当年那个班,整体考得也不好,好像只有两个一本生,加上二本三本也不过十几人,三分之一均表示要复读,虽然似乎应该礼貌性地表示一下

第 17 章 觉醒之日

遗憾，但其实当时我很高兴。

毕竟，万物守恒再一次得到验证。由于对酸菜个人以及其所教学科的极度蔑视，我自愿放弃了自我价值中最灿烂的部分，停止写作几乎长达八年之久。如果世间真有一间第八号当铺，那当铺的主人在我身上早已悄无声息地拿走了属于他的典当之物，至于报酬，或许是命运将以痛苦引领我有朝一日的涅槃吧。

由于走得太过仓促，很久我才发现自己已经失去了萱萱、云云的联系方式，但亦随即释怀，人生聚散如浮萍，如果有缘，或许会再相见。

母亲在成都太升南路做手机批发，生意已经大有起色，她让我挑一款手机拿去用，但见柜面里一水儿的手机玉体横陈，真是水货与行货齐飞，山寨与国产共色，看了一会儿居然兴味索然，选了一款诺基亚。想想一年前我还因家中没有电话而被耻笑；想想二年前，看着精品店的可爱的小挂件，觉得要将这玩意挂在手机上，真是不可想象的奢靡，转眼它居然像土豆疙瘩一般任君挑选了。

大学生活节奏舒缓，白天上上课，下午三四点放学，周五则只有半天课，到了楼下租几张影碟回家看韩剧，晚上则必要戴上耳机，听上半个小时的电台节目《午夜末班车》，那音效实在刺激得很，不过听多了人会变得神神道道的。

有时候也去书店买书，买的都是漫画书，最爱敖幼祥的《乌龙院系列》，另有一些日漫，实在是很好看。日漫情绪细腻，看完只

冬草无咎：我的阆苑旧事

觉天光日色、街边巷角都开始有情起来，我总是一边看一边感叹：没有漫画的人生真是不完整啊！

周末逛一下伊藤、吃几串章鱼小丸子，或是玩玩街头投篮什么的，日子也就这样过去了。

故乡逐渐远离，而成都已正在成为我的第二个故乡，这里有更加新奇的世界、更多的机遇、更有趣的人，但我并没有觉得自己的人生将会得到大的提升或是改变。十八年的时光，足以过滤掉那些微乎其微的可能性，因我已经意识到自己生来平凡，也终将找一份平凡的工作，嫁一位平凡的丈夫，生一个平凡的孩子，或许，这已经是最好的结局呢。

学校的图书馆是我爱极了的地方，不为学习，而是为了看杂志。其中的《环球荧幕》，那是我生平所见质量最高的电影杂志了。另外图书馆中还有许多明清小说，里面所记桩桩件件，俱是奇诡绝伦。

这些书着实为我打开新世界的大门，暗道大千世界，果然无奇不有，实在值得细细观摩，每日去得越发勤快。那图书馆里的人，原本也寥寥，就算去了，也没我这等专心致志，从开馆学到闭馆的，因此图书馆的管理员——一个可爱的老头子对我颇有好感，有时会主动和我聊聊天。据说他的儿子是个酒糟鼻，而且鼻子上生着密密麻麻的黑头，我想了想，也和他一起表示难过，然后他又说："我儿子好像很爱他的鼻子，吃的水果都是和鼻子长得差不多的，草莓

第17章 觉醒之日

西瓜火龙果之类，除此之外啥都不吃。"我道："那也不见得，也可能是他吃多了草莓西瓜火龙果，鼻子才长成那样。"他听了以后也表示赞同。

除了图书馆，学校于我乏善可陈，不过食堂也还好，两块钱可以吃一份冒菜，不够的可以加三毛钱的米饭；二块五可以吃两荤两素，而三块五就可以吃一份很不错的砂锅炖鸡米线了。食堂的饭菜不但价格相因，而且味道非常不错，即使下午没课我也是在学校吃午餐的。

学校有个老师叫李辉，戴枚铂金婚戒，开一辆白色帕萨特，来去如风，倒是第一次向我展示了城市中产的样子。

由于是走读生，我对这学校依然不够了解，也不大想了解。大家都是智力成绩差不多的孩子，以后的路，也大体可以窥测，更何况在这样的学校里，也不可能交到什么挚友。有时想到萱萱，我会感到一丝愀然，她的高考成绩和我大体一样，但是报考的学校挺有意思，是位于南京的一所特殊教育学院，以后出来可以教那些有残疾的孩子读书。她曾强烈建议我报考同一所学校，据说从这里毕业应该比较容易找到有编制的工作，可我想也不想就拒绝。三百六十五行，我从未想过自己以后会做老师，倒不是因为成绩差生了惭愧之心（事实的荒谬在于——一开始就甘心情愿做老师的孩子，大部分都是成绩中等偏下的学生），而是我对老师这个职业的所有好感都被酸菜那样的人放在研钵里粗暴地捣碎了。

冬草无咎：我的阆苑旧事

在世界观逐渐形成的青春期，这是一个如何令人心碎的打击。刚刚进入大学的那段时间，我以为我将很快忘记过去，忘记那些酸涩的眼泪与自虐时唇齿交错的咬痕，事实却很快证明，这是不可能的。对我这种人来说，童年和少年时的经历将伴随一生，它们在梦里一次次重演或者轻微变形，只留下一个悬而未决的结局等待我的下一次光临。

虽然无意识通过梦境向我传达了种种幽微的内心世界，但现实中的我已经习惯自己的庸庸碌碌，并且失去对未来的想象空间。我完全不知道以后会干什么、能干什么，社会是否需要我这个螺丝钉，那么就摸着石头过河，走一步看一步吧，草根出身的孩子不都是这样的吗？

鬼混了一两年，不久我开始了自己的初恋。

他很想做一个有钱人，那就叫他Richard（理查德）吧，此人是个土生土长的成都崽儿，戴眼镜、身量高瘦，政府职能部门合同工，特长为英语专八。

理查德长我几岁，估计也是单身久了，变得异常耳聪目明起来。那天我们在一个英语角遇着就简单聊了一会儿天，后来我说时间不早我要回家了，他立即问，你怎么回？我说坐公交车啊。不知何故他居然立刻判断出我没有男朋友，通过短信伏低做小一番，很快我们开始交往。

他比较注重仪式感，每到周末就去学校接我，去预订的餐厅吃

第17章 觉醒之日

一顿大餐，再去看一场电影，顺便再去商场里买一大包零食让我带回家，顺序规整得如同作息表，每次都丝毫不爽。他工资不高，也幸亏那时物价低，一番折腾之后仍勉强有余裕。

理查德并非恋爱老手，事实上当他说我是他的初恋时，我也立刻相信。在逐渐频繁的接触中，我发现他情商极低，这样的评价其实简单粗暴，而且显得评论者很刻毒——事实上，气质相近的人更容易在人群中发现彼此，我与他是本质上的半斤八两。理查德性格还算善良，总是一副没有遭受过社会毒打的样子，说话像个黄口小儿一般，我由此猜测他与同事关系不佳，而且事业上也难得有比较醒目的发展。其实一个男子的闲适懒散有时也不失为一种魅力，可他的家庭条件虽比我家强些，却也不容许他可以有这样的逍遥。

而事实上他对我也怀着同样的担忧，因我的前途不见得会比他更光明。有一次他告诉我，他的理想是出国，希望我好好学英语，以后他会来接我，争取移民美国。这段话信息量极大，我闻弦歌而知雅意，立即表示积极支持他出国，至于以后的事以后再说。

回家后考虑了一会儿就向他提了分手，我自幼时即已看了不少话本小说，这种每天闹腾着要远游的男人，后来无一不做了负心人，何况我又不爱美国，干吗要任由他摆弄人生。一番辗转反侧，居然也洒了几滴眼泪。毕竟是初恋，无法不伤感，可我不愿做一个为爱恨情仇痴缠一生的女子。世间之事，唯男女之爱最是要人性命，若困在其中，此生定无他望了。唉，要那么多起承转合干吗？若是认定了，就好娶好嫁，若是不对劲，就好聚好散。我与他，说起来谈了三个月恋爱，其实也只得周末见一次，没有浓得化不开的柔情蜜意。若是分手，数月之间，便连名字也记不清楚，岂不干净。

但他却殷殷地找上门，各种痛哭流涕，每日对我和母亲短信轰炸，我那时自制力不强，也从未见识过男人的这种手段，不到半月就已缴械投降。他的父亲是一个小小工头，人很和善。母亲则是家庭妇女，有一所小小房屋收租，做的饭菜简单却可口。周末的时候就带我们去成都周边玩，三人行很是奇妙。

他的母亲生娃晚，对他极是溺爱，更何况理查德自幼身体弱，即使三伏天气，冰箱里取出的食物也要放上半个小时才能入口，母亲对他仔细一点，原本无可厚非，可是有一幕情景把我吓到了：那天我们正在他家吃饭，理查德忽然说起自己肚脐以下的最要紧处患了湿疹，母亲殷殷垂爱之余，居然立时褪下他的裤子上药。在那之前，我从未见识过如此亲昵的母子关系，当时虽不知妈宝男为何物，却直觉到这以后将会是一个非常难处的家庭，趁着还不曾泥足深陷，应该做出些决断了。

有一日我忽然告诉理查德我得了乙肝，他震惊至极，再三询问我是否骗他，我只说没有。他抱头坐在街边长凳上，只一遍遍地说："妹儿啊，我妈只有我一个，只有我一个……"那时，我刚得知一

第 17 章 觉醒之日

位平时走得比较近的女生是小三阳患者，忽然生出促狭之心，也想捉弄一下他，不过出乎预料的是，当我看着他哭，再没有心疼怜惜的感觉，因为我看到，那痛哭的眼睛对我是厌恶的。两人仓促道了别，无情无绪的。

后来他发来短信说分手，我也不难过，回他到此为止吧。这大概是我人生里的第一次作，但一点也不后悔。

可是接下来又发生一个变故。

由于常年情绪低落、郁郁寡欢，我的脖颈中生了个甲状腺瘤，这应该是一年前就有的，不但影响美观，而且吞咽东西也困难。四处求医问药，一面忐忑一面也自觉好笑：人真是一种奇怪的生物，有时活得好好的忽然自己想死，一旦出现头疼脑热，求生意志却比任何时候都强烈。实不相瞒，医生宣告病情的时候，我看他真如手持生死簿的判官一般，只怕他嘴中吐出一个不好的字。

很幸运腺瘤是良性，当时医生推荐一种所谓的美容手术，通过两乳和胸部开刀切除肿瘤，不会在脖子上留下疤痕。可手术完成后我看那创口极大，缝合得也粗糙，不觉心凉了半截。可后来细想那形状，倒像是个十字架，众人各自背负自己的十字架，而我却在胸口烙着，作为一个不灭的戳记直到生命的末了。

出院后仍是前胸后背上了夹板，回到家中躺了月余，每日也不看手机，迷迷糊糊地醒了复睡。理查德后来又上了一次门，小孩子一样叽叽喳喳的，仍只是问我是否骗他。

冬草无咎：我的阆苑旧事

　　我实在没有和他吵架的力气，只得承认骗他，他大喜，一下班就带着零食过来看我。其实我们聊天的内容并不多，大多时候相对无言。他的父母并不知道我们的分分合合，还殷切地期盼我们结婚。

　　我想起自己曾为他买了一件卡其色西装，他穿着那件外套去美领馆面试失败，居然懊恼地说是这件外套带给他霉运。我当时大大地愕然，原来人与人之间的交往是如此困难的事情，终有一天他或许会将所有的失败推脱到我的身上。继而我又想起他们家那可怕的母子关系，如果真的和他步入婚姻，除了漂浮无定的出国梦，婆媳关系也将成为大难题，这个家庭对任何一个女孩来说，都无疑是一个虎狼之穴。

　　虽然我对他也真心感激，知道我没有一技之长，只好努力帮衬指望能提升一点学历聊作将来微茫的希望，可这不足以让我赌上自己的一生啊。士之耽兮，犹可说也，女之耽兮，不可说也。我和他，或许都没有爱过对方，只是两个条件普通的年轻人小心翼翼地试探彼此而终归免不了失意而已。

　　不过一年时间，前前后后我们已经分手五次，这心意浮动的男子啊，不是我所恋慕的。

　　2008年5月12日下午2时左右，我像往常一样乘坐53路公交车从学校回家，车子行驶至跳伞塔附近，车身忽然开始剧烈地颠簸起来，众人面面相觑，只见司机一脸凝重地下车查验，街道上的

第17章 觉醒之日

行人则卖力飞奔,道路两侧的高楼大厦也显得不同寻常,不断有人尖叫着逃逸,惶惶如丧家之犬。我反射弧较长,难道这里有恐怖分子投放炸弹?司机上得车来,神色略有些惊惶,有些不确定地说:"好像是地震了,你们想下车就下车。"果然有人陆陆续续地下了车,我的心中仍然暗自疑惑:公交车里还是比外面安全吧。因此岿然不动。

车子慢慢行至终点站,一出车门,觉得周围的空气是不大寻常,空旷处皆是成群结队的人,男女老少都有,他们神色焦虑,手中拎着手机和包,一副末日降临的模样。

此时手机已经无法拨通,有人开始一遍遍拨打某个号码,脸色逐渐变得可怕。有人高声骂娘,有人安抚着不断啼哭的孩子。焦虑如病毒蔓延,让这个不寻常的春末变得毛焦火辣。

附近小区开始断断续续地播放广播,原来真的是地震了。地震!那时我并不知道自己其实一直生活在地震带附近,还当它如海啸一般,和内陆地区毫不相干,哪里料到它就真真切切发生了!哆哆嗦嗦地回到屋子里,入眼皆是散落的杂物,原来地震让屋子里的一切陈设都移位了,就连那笨重的电视机都跳了几跳,腾挪了好远一段距离,洗手间更是一片狼藉。还没来得及清理,又一浪余震袭来,厉兵秣马、来势汹汹,我不待细想就背着包连滚带爬地下楼了。

可恨我家住在六楼,正是古语所说的"只恨爹娘少生了两条腿",

冬草无咎：我的阆苑旧事

下楼的时候一直打颤，使不上劲儿。整座楼宇都在呻吟发抖，我甚至觉得它几乎立刻就要咳嗽了，想要把我这个异物咳出去。第一次，我对城市的建筑物产生深深的恐惧，它们绝不像平时看上去那样仅仅只是泥塑木雕，而是凝神屏息、冷眼旁观，必要的时候给你当头痛击。

好容易下得楼来，母亲正在不远处等我，我看了她半晌，只觉比往日分外可亲——毕竟，这偌大的成都，与我血脉相依者仅此一人，有她所在的地域，就是我的坐标。母亲的脸上蓄满一个大大的笑容，搂着我往双楠广场走去。此刻是下午五点多，街上人头攒动，大家都不敢回屋，生怕又遇到余震。我们漫无目的走了很久，也是困倦得不行，只好再次折回去。

我家靠近菜市，平日里也算得上熙熙攘攘，好吃的店面也很多，最重要的是这些店面都是平房，在这个紧要关头占据了绝对优势。母亲建议吃鱼火锅，我也赞成，反正经了这一吓，肾上腺素分泌过多，正好吃些重口味的压压惊。楼下这家鱼火锅平日生意就不错，今天更是火爆，看来很多人和母亲打着一样的如意算盘，店老板喜笑颜开，脚踩风火轮一般，生得四只胳膊八只眼睛全场滴溜溜转。我那时就觉得开店的人都不是等闲之辈，只要生意好，他们从不惊惧自然灾害，心理素质确实比普通人强大许多。

及至夜深，我们有些支撑不住了，打着哈欠回了家，居然并无异动，一夜无话。

第 17 章　觉醒之日

但是余震并没有结束，理查德的父亲建议我们两家人翌日起前往大慈寺打地铺。那晚无星无月，我们各自带了简易睡具前往大慈寺集合。

众人坐着聊天，似乎很热络的样子，我不但不想和理查德的父母聊天，也不想和他聊天，在这场空前的致命灾害面前，我觉得自己和他们并不太熟。过了一会儿，一个平日相厚的姐姐给我打来电话，她是都江堰人，昨天刚刚经历了一场生死浩劫。昨天她像平常一样，来到离家最近的一个网吧里上网，平时她都去二楼，可二楼爆满，她只得在一楼的门口处随便找了一台电脑坐下来。下午 2：28，随着屋宇震动，二楼成了一楼，一楼成了地下室，网吧里面少说也有百来号人，但跑出来的只有门口的网管和她两人。她一边哭诉，一边撂着狠话："我要嫁人，我要马上嫁人，我要马上找个亲得下嘴的男人嫁给他做老婆，呜呜呜，太恐怖了。"

同样是面对大灾大难，为什么有的人想要嫁人，而有的人却想着分手呢？我看了一眼理查德，他在露天状况下居然睡得很安稳，以后他可能也会找到一个和他一样坦然无猜的女孩吧，也会睡得这般好。细看他的脸，我发现自己似乎从来没有将这张脸看清楚。我大概是好奇，探身前来以手指试了一下他的鼻息，这气息我也并不熟悉。认识这个人一年多了，陌生感却越来越突兀，我从小就觉得父母陌生，但他们与我至少还有血脉相连，是我今生摆脱不了的羁绊，而作为一个没有血缘的未来伴侣，相处一年都没有什么亲近感的话，还是让这段感情消失如春梦无痕吧。理查德，我们不是一路人，因此终将陌路，祝你余生幸福。

第二天我重新向他说了分手，而且强调了这是最后一次。他似乎对我的套路已经谙熟于心，先是立刻答应，三天后开始短信轰炸，我告诉他我不但已经删掉他的电话号码，而且已经删掉了QQ，对我来说，这已经是最决绝的离别，他终于懂了，愤愤然挂了电话。此后我们就真的相忘于江湖了。转眼十年，纵使相逢，也应该不相识吧，这真是最好的结局。

第 18 章

染血之殇

汶川地震的发生虽然只是一瞬,但许多人的命运却已经永久地重置改写了。一位母亲的牌友曾经声泪俱下地告诉我,以前逢着过节团年,她家的亲戚可以坐满两桌,现在连半桌都没有了,而且她还是个失独母亲,现在唯一的嗜好就是打牌。

地震之后,一向勤劳乐观的四川人都开始学着放松自己身上的发条,动不动就是一句:"想开点嘛,地震一来啥子都喔豁了。"这话拿来又劝自己又劝别人,简直百试百灵。母亲想开了,已经戒赌的她再为冯妇,输赢比地震前还大,每天都打了兴奋剂似的;我也想开了,开始操练写作技艺,并在某门户网站开了博客,连域名都是"We are one together"(万众一心),以此纪念"5·12"。弃笔多年,语词荒疏,总觉得有些力不从心,但也管不了那么多,写就是了。

后来我在某杂志社找到一份记者的工作,虽然工资不高,好歹也能练练笔。每天采访写稿,摸鱼,喝奶茶,吃冒菜,日子开始变得悠哉,看看周围的人个个神光内蕴,泰然自若,仿佛自带了一套

冬草无咎：我的阆苑旧事

避险结界，我有时也不免惘然，觉得自己好像并不曾经历地震，那只是一个噩梦罢了，或者一个妄想。就这样来到第三个年头，有一天我无意中在《华西都市报》上看到一则广告，说是川汽集团在搞一个地震三周年的征文，有心参与者可以跟随车队亲自前往汶川深度观摩。我于是立即打电话报名，工作人员的反馈是参与人数众多，他们会进行拣选。我一听就没当回事儿，因自己从来就不是那个幸运儿，但三天后他们又回复说我得到了一个名额。

当天的车队规模不小，浩浩荡荡百余人，同行有不少资深摄影师和前辈记者。一路上听旁边的马老师说，地震后她多次过来采风，却从未碰上过大晴天，即便设备精良，也不曾拍到什么好照片。实在是咄咄怪事。

我们的首站是绵竹汉旺，眼前都是废墟，我知道废墟之下掩埋着无数不幸人们的枯骨，远远看来，就像是夹带着无数动物尸骸的潮水，白沫翻卷，而且似乎没有尽头。

我第一次这样近距离地观察一座座已经坍塌和正在坍塌的房屋，已经坍塌的，形状愈来愈接近原材料，偶尔可见裸露的钢筋，像是残损的内脏；还没坍塌的，大片的剥落和触目惊心的裂纹如同被千刀万剐之后残存的骨架。有不怕死的人正在狠命地挖着什么，也许是钢筋，也许是一些值钱的器什，失去了家园的人们总是希望能找回一些属于自己的东西吧。不过，在这些货真价实的危楼旁边，总让人为他们的安全担心。

第 18 章　染血之殇

　　广场非常安静，前来参观的人们发出窸窸窣窣的声音陪衬着它的孤寂和空旷，所以即使我只是站立在广场的一角，也感觉自己矗立在整座城市的中央。空气中昆虫振动翅膀的声音显得格外清晰可辨，越来越多的蜜蜂蜂拥而来，它们嗡嗡叫嚣着，霸道地占据着广场的空间……如果没有人刻意做养蜂生意，我很难想象蜜蜂会如此集中地涌现，空气饱含水分，因沉重而有下坠的冲动。这一切，恍惚之间似乎有了一些微妙的不便明言的意味，我的脑子有丝丝缕缕的念头开始飘过。同样，我也注意到麻雀，这里的麻雀好像数量也极多，它们自顾自地叫着，声音很大，听上去有些古怪，我搜尽枯肠，只寻得一个词来形容：不卑不亢。

　　广场的钟楼永远停留在 2:28，为纪念那些地震中不幸罹难的人们，但时间的流逝从来不会因为任何人的一厢情愿而终止。在这里，人类荒芜了，所以动物便格外活泼，再过若干年，假如大地之母旺盛的绿色重新覆盖这座废墟之上的城市，那么，关于人类文明，是否将成为遥远的回忆呢？

　　离开汉旺，我们前往北川新城。新建的楼房看上去像是一座座小别墅，仿欧式风格，有的还有尖顶。建筑物气派，映得整座城市也格外精神，如同草莓花托上簇拥的无数朵小花，单看也是美，紧巴巴地挤着也还是美。

　　接下来是慰问时间，尽管我很担心我们所谓的慰问其实是对当地人的打扰，也只好硬着头皮上了。

冬草无咎：我的阆苑旧事

第一户人家我们只见着男主人和他的母亲，母亲独自躺卧在内室的床榻上，一扇裸着的木门悄然洞开着，正对着客厅，虽然不知道她是否生病还是因为别的原因，我总觉得她这样的姿态有一种冷冷的拒绝，所以也一直没敢进去。男主人约莫四十开外，一副老实巴交的庄稼人模样，随行的一位摄影大哥问了他几句话，他神情张皇，吐词也比较笨拙。无奈，摄影大哥把我们的宣传海报递给他，请他再做一次刚才做过的动作，他迟疑了一下，还是颤巍巍地照做了。

第二户人好多了，也是位老大哥，但非常健谈，据这位老兄说地震后经常接受采访，练就了好口才。他住的房子户型小巧别致，两室一厅，五十多平方米，供四人居住，住房是廉租房性质，两毛钱一平方米，一个月也就十块钱，他告诉我们安置房则是五百块一平方米，虽说条件好了，但没有庄稼种，又有一个患了风湿病的老娘，外出打工也不便，实在有些进退两难，希望政府再想想办法……另外，他自己经营了一个小卖部，也希望我们照顾一下他的生意。我一面选购商品一面佩服他的口若悬河，暗自惭愧自己并没有本事把他的苦处上达天听；一面羡慕他滴水不漏的生意头脑，一面又觉得他还蛮有心计。总之，这是真实的，有血有肉的人，而不是符号化的灾民。

随后，我们启程前往老北川。一路上，绵延起伏的群山像是被神祇抽离了颜色，沉重的云团也衬得它们黑黢黢的。对比着巍峨的高山，我们浩大的车队看上去如同行动迟缓的蚁群，渺小得不堪

第18章 染血之殇

一提。

到达北川地震博物馆接待大厅外，天色放晴，太阳显示出睽违已久的热情，我的脸被晒得发烫，还在懊恼没来得及做防护之际，天色又很快黯淡下来。非但黯淡，还开始起风，凉意沁骨，众人纷纷回车厢取衣物，不过三五分钟，复又热将起来，才不过一盏茶工夫，乍冷乍热，没病也得捣鼓出病来，这北川的天气委实邪门得紧。

所谓的地震博物馆，正是以前的北川老城，它的受损是毁灭性的，比之汉旺、汶川都要严重得多。俯观整座城，满目疮痍，到处是堪与比萨斜塔比肩的建筑，或前倾，或后仰，好像随时都会歪下身子睡过去，有的建筑物像是突破了某些力学原理，整座高楼被削掉头、掐掉尾依然不倒，空洞的门窗如同龇牙咧嘴的怪物好不可怕。道路旁，白色的小纸花凄然缀满枝头，流着残泪的香烛一字排开，无尽的哀思依然在空气里流淌。可以想象，这片悲情地域从此将再也不会有新生和欢笑了，以疼痛残损的模样被永久定格。有的人很幸运，他们获救了；但还有许多人，他们在大地母亲强硬的拥抱中永远安眠。多少萌芽的爱、蠢动的希望、刚刚成形的理想如同星光之下一朵郁结的蓓蕾无法表达。

因为是一座死城，所以任何细微的声响都被放大了，前来参观的人们在无名的哀恸与肃穆里都放慢了脚步，听上去如同渐行渐远的叹息。我看到了北川中学遗址，这所重点中学依山而建，所以被掩埋得分外彻底，只剩下一杆国旗随风招展和一个变形的篮球架。

冬草无咎：我的阆苑旧事

我念书时不爱运动，对篮球架很是不屑，北川中学可也有学生也和我一样？本以为不值一哂的东西，居然成为这所学校曾经存在过的有且仅有的印记，实在令人嗟叹。北川中学的侧下方就是万人公墓，巨大的花圈之中，"2:28"成了一个恒久的祭奠，群山的轮廓勾勒出庄重的剪影。一个着制服的年轻男子笔挺地站着，独自守护这些数目巨大的亡灵，他一定心思干净剔透如同水晶，所以看上去并不害怕。我眯眼看着天空，眼角有泪簌簌滚落，但是并没有悲伤，心头充满奇异的安宁。在此之前我已经读了很多关于汶川地震的报道和故事，但直到此刻那些逝去的名字才一个个鲜活起来，仿佛要起身作ГО。遥想谭千秋、吴忠洪诸公，音容宛在，英魂已杳，书上说聪明正直死后为神，我当这话是真的。

因为情绪波动得厉害，回到成都后，我很快草就了一篇文章，稍稍润色后即发往主办方邮箱，然后又回归了按部就班的生活，又过了不知多久有人电话告知说我得了二等奖，有两千元奖金，倒是个意外之喜。领奖那天我一直很兴奋，到了现场却发现主办方将我的文章打印在四面广告牌上，很浮夸的样子，心里又有几分不乐：因为无论什么东西，只要小小的，总显得趣致玲珑，放大了则各种缺点一览无余。这篇小文晃眼看去，遣词造句布局章法似乎都有问题，不过只要活着，就还有修改的机会，不是吗？

第 19 章

不完美受害者

我是从未想过有朝一日能和萱萱重新联系上，诚然，她是我整个青春期最鲜活的纪念。

并不是所有人都愿意沉湎过去的，即使那是最好的年月。我是每次回忆我的过去都感到怅然若失并且惊诧，总觉得过去的那个我不是真正的我，而只是一个扭曲、变形、不自然的我，或者说，是原我之外产生的一个副我甚至子我。

那个子我以一些隐秘的方式和我保持着联络，比如，午夜的梦。没有人知道，我在梦里一次又一次地回到高中，回到十八岁。仿佛十八岁后的日日夜夜都是虚无。我梦见自己收拾行囊准备复读，在一个个不同的梦里寻觅属于我的学校，有时候甚至会去乡下或者出国。我不认识一切老师、同学，但总是踌躇着走进教室且不肯走开。隐隐约约，觉得此生的这个时间段出现了重大纰漏，唯一的弥补方式就是复读。

但是理智告诉我这种梦中的臆想极其可笑，在白天我只是一个再普通不过的社畜，脑子里每天都有许多琐事打扰，且有许多文章要写，高中生涯简直已经如同前世了。

冬草无咎：我的阆苑旧事

有一天我忽然接到萱萱的电话，再一次，我不得不和我的过去劈面相逢。

萱萱放寒假时来我家小住，和高中相比，她看上去几乎没有任何改变，只是洋气了一些，神态轻松了一些。

她总是这么可爱，一想到这世上会有一个男子为她堕入爱河，我真是高兴又心酸。

我们曾经深刻地影响过彼此，至少，她深刻地影响过我。数年后我甚至为她写过一本奥黛丽·赫本的传记，这女子是她所心爱的。

我诚然不幸，但是萱萱的悲剧色彩似乎比我更浓，她复读了三次，已接近崩溃边缘，为求最后一次的破釜沉舟，她甚至走了艺考。

她虽是农村孩子，却是个父母宠爱的独生女儿，意外地有种小家碧玉的爱娇样子。为了让她接受更好的教育，爸爸去了工地打工，妈妈做了短期保姆，夫妻两个都是肯出力干活的人。可是有一回她的爸爸不幸被机器绞掉二根手指头，别人赔了点钱就不要他了。

萱萱很伤心，向我哭诉包工头的无情无义，我听了虽然难过，却并没有太多的话劝慰。因为真实的话我说不出口：身为底层，本来就会面对更多的艰辛困苦，见识更多的鬼蜮人心。萱萱啊，我们这些孩子，以后不知道还会遇到什么幺蛾子，现在说不定只是开胃小菜呢。

第一年高考的时候，萱萱虽然考得一般，是个专科，可是志愿填得不错，那所学校很有前景，而且隔了几年也升为本科院校了。

第 19 章　不完美受害者

她本来立志要走，可是离家较远，父母死活不放手。

她只得第二年继续，哪知道这年分数大涨，她连好一点的专科也没考上。

第三年，她的压力空前升级，索性决定将目标定为本科，并且火力全开抓紧学习。萱萱其实人不笨的，这一年她的成绩有了显著提升，连数学的最后几道大题都能攻克，简直已经从学渣逆袭成大神的节奏。众人都道她这次必能金榜题名，哪知道始终棋差一着，名落孙山。

连续三次的落榜让萱萱陷入疯魔，她有了自毁倾向。毕竟，以前的同学都已经念完大二了，她还在这里死磕，这日子实在是太没劲了。做了长时间的心理建设，她准备转去艺考，拼最后一次。

艺考报的班很贵，母亲将自己攒了好几年的私房钱交到她手上，没有一丝犹豫，那态度决绝到让她心痛。

她发了疯似的学画画，尽管在此之前毫无基础，可这已经是她所能选择的唯一一条路了！不成功便成仁，这是她默默铭刻在心头的训诫。

在无数个哈气成冰的冬夜，萱萱常常一个人关在画室里苦练画技，造型的准确、色彩的调和，局部和整体的应和，无一不关系到此后命运的幽微转折，手指头经常冻到麻木。

努力是有回报的，老师觉得她颇有灵气，加上文化课也不错，以为川大已经是掌中之物。

冬草无咎：我的阆苑旧事

谁也没料到她最后仍然败北，但这次她选择了一个不错的专科，终于走了。

原来这些年她的遭遇如此坎坷，但是看她的脸色，已经非常安详从容，看来大学生活还是过得不错的。上了大学她就该知道，专科也是能升本的；除了一二流大学，三流和十八流差别并不是太大的。退一万步来讲即使不上大学，也没什么大不了，我们的青春，在惶惑和恐惧中虚度，乃是世界上最吃亏的一件买卖。

其实我心里面有点羡慕萱萱，经历了这场炼狱式考验，她以后的人生应该所向披靡吧，而且女孩子学学设计挺好的，什么叫文艺啊，设计就是真正的文艺。

我们同吃同睡，但因为我要上班，所以比她勤快许多，早上七时起床洗头洗澡然后用餐直到八时离家的时候，看她还在被窝里沉睡，居然意外有种温馨的感觉。那年是罕见的寒冬，外面一派肃杀之气，而在这小小空间里却意外地暖意流转，岁月静好。我忽然觉得自己好比外出干活的小货郎，家里还守着一个美娇娘，正是要好好赚钱养家才是。

那时很多没结婚的女孩，相互之间都会说一些私密话，比如要是嫁不出去了，我们俩就一起买个房子住一辈子等等，我记得我们之间也说过。

萱萱第二年来我家的时候，我看她脸色有点不大对，但也没往深了想，只是意外地发现她超级嗜睡，我离开的时候她睡着，我到

第 19 章　不完美受害者

家的时候她还睡着。对此我开始有点担忧，但我并没有想到这可能是病，只觉得人生苦短，本来三分之一的时间就已经浪费在床上，她这样下去的话，岂不是在懵懵懂懂中过了半生？

我母亲那时候已经很不喜欢她，我们四川人有一句杀伤力极大的话叫作"莫名堂"，她说这个女娃子莫名堂，一天要睡十八个小时，每天吃了饭，筷子一摆碗一推继续睡觉，又不做菜，又不洗碗，一待待半月，就像是我们家欠了她似的。

我对母亲的这番言论感到有点惊恐，生怕被萱萱听了去，但我在家中一向没有话语权，她应该能够感受到母亲对她的敌意。

有一天晚上，她忽然情绪崩溃，抓住我的胳膊低声哭诉："我的爸妈就交给你了，你以后帮我照顾他们。"这话我在现实世界是第一次听说，简直摸不着头脑，不知道她这是什么意思，但是她只管呜呜地哭，不时冒出一句"我走了"之语。我听了半天才听出点眉目，只觉大事不好，这小妮子怕是犯痴傻了，于是我很认真地对她说："我自己的爸妈都照顾不过来，怎么可能照顾你的爸妈呢？"她听了哭得更伤心了，我任她一边哭一边让她交代，终于搞清楚来龙去脉。

其实很简单，她遭遇了职场 PUA。

那人是带她实习的师傅，人长得不恶，也颇有才华，在业内美评度颇高，而且平时也愿意指点后辈，大家都认为跟了他以后的前途必然花团锦簇。

萱萱也是这样想的。

虽然男女授受不亲，但是三个月后她基本已经对他放松了戒备。

有一次他们结伴出差，晚上开房的时候，师傅只开了一间，萱萱感到很奇怪，问他为什么只开一间，他说最近花销较大，节省经费，并且很绅士地表示自己只睡沙发。由于第一次碰到这种事，萱萱非常警惕，当晚几乎没有合眼，幸亏一夜无事。

但是，不久这种事情再次上演，两人再次同处一室，萱萱这回放松警惕，当晚就着了道儿。

她没有哭闹，沉默地做了他的情人。关于这一切，她只说了8个字："悔之晚矣，多说无益。"

师傅还是给她提供了许多现实的帮助，业务上带她工作上教她，甚至金钱用度也非常大方，如果他是她的男朋友，她甚至会非常满意。

可是他是早结了婚的人，而且他们发生关系的那段时间，他的妻子还怀着身孕，萱萱因此不但为这位妻子感到痛苦，也为自己感到痛苦。

这一年来她已经不知道吃了多少次毓婷，身体开始出现一些隐匿的症状，最浮于表象的恐怕就是嗜睡。

一个男子若是真心喜欢一个女子，应该不会让她做这样自戕的事吧。

话又说回来，职场潜规则乃是世上最卑劣龌龊的行径，怎么能

第19章 不完美受害者

冠以爱情的名义呢？

萱萱静养了一段时间，身体逐渐恢复健康，第二年她邀请我去她所在的城市玩。

接风宴上我第一次见到她的师傅，万万想不到此人居然礼数周全，温文可亲，他们在一起相处的样子也非常自然，完全就是一对热恋中的情侣，我是真的疑惑而至于震惊了。本来想问她一些话，但终是没有问出口。萱萱年纪不小了，她应该清楚自己走的每一步路，她有她的规划，也有她的野心，她和我一样背后站着一个没有托底的家庭，富裕家庭的孩子，永远无法体会到那种拔剑四顾心下茫然的心情，她选择了一条捷径，只是赌一把，一把就好了。

每次出门的时候，萱萱都会提前在我口袋里放好硬币，一枚一枚的银色一元硬币，累累相连，她知道我没有这座城市的公交卡，平时又不备零钱，是以总是十分上心，怕临时出错。我又想起我们上高中的时候，也是类似的场景，她邀请我去她的姨父家里玩，那是她所寄居的家庭，我大咧咧去了，打着摇摆手，她却笑嘻嘻地在快要到家的时候去店里买了半斤蛋糕，见了家人说是我买的，不贵，终究是个心意，我忽然感激而且惭愧，因为我那时不但是个榆木脑袋不通人情世故，而且也是穷的，她的家境也不容易，却能细心周详至此。这样一个处处体贴他人心意的女孩子，无论选择怎么样的人生，应该都能获得幸福且妥帖收藏自己的余生。

但是我仍然渐渐和她疏远了，我实在不知道那位师傅给她灌的什么黄汤,她几乎每天都沉浸在一种酒神式的迷狂中,研究豪车车标,研究奢侈品 logo,简直有些春风得意。原来师傅承诺以后会送她房子车子,如果真的这样的话,其实我觉得结局不坏,只是看着她鼻翼间那道熟悉的褶皱,我忽然感到好伤感。对于她的选择,我已没有尺度,没有准则,我也不知道对她一生来说到底是对是错,我只是第一次知道,原来真的有人还活着的时候,就已经让人开始怀念,而我们后来也散佚在人海,并且没有告别。

第 20 章

菜鸟啁啾

　　成为社会人之后,眼见周围同事都有家人帮衬,陆陆续续在成都买了房,有个女生甚至还买了三套。深夜思量,心中难免不平衡,觉得以自己的微薄收入独立购房,简直是不可想象的大事。那时候的房价相对现在来说无疑是白菜价,可是买房子容易些的也多是生意人,上班族普遍三千多块的工资,还要自己对付吃喝拉撒,盈余一点给家人,要攒个十来万难如登天。就我来说,平时花销少倒也并不十分窘迫,但一到月末就生出几分颓然之感。这样的情况下,上班几年即可独立购房的简直寥寥,首付大都是自己出一点,父母出一点,其余的则向亲戚朋友筹措张罗,之后慢慢偿还。而我只要一想到父母亲戚的面孔,只得悚然惊惧于自己的贪婪和痴妄。

　　也曾想过调整职业规划,但是兜兜转转,总和文字相关,而和文字相关的工作,总是流于滥觞,广告、策划、编剧。对于没有行业资源的人来说,几乎只是一种诱饵般的存在,真正的蛋糕,一口也咬不到。

　　很长一段时间,泰戈尔的一句诗在我的心头反复萦绕盘旋,像

冬草无咎：我的阆苑旧事

悲歌，也像哀告："我求索我得不到的，我得到我不求索的。"

阴差阳错进了一家著名白酒公司的二级品牌运营单位做品牌策划，现在估摸着也就是个外包。当时却是不懂，郑而重之地签了一个合同，说好的工资五千。小老板戴一副黑框眼镜，说话神态有些嗲嗲的贱贱的，倒是我以前未曾见识过的品种。才干了几天，此人拿过一本册子来，让我为另外一家白酒公司做一个路演策划，如果被对方采用，他这边将有十万元进账，而我则会得到百分之十的报酬，也就是说，这是一个价值一万元的外快。

我当时非常兴奋，工作之余，查找了一周的资料，又连熬两个通宵，终于赶出一份颇具规模的路演策划方案。由于是初试身手，我极其慎重，自觉对文字稿从没这么上心的，上交方案的那一天简直如释重负。小老板看过方案后，神情也颇踊跃，几天后告知我方案通过，但是到了月底，却又变了脸色，改口说方案并未通过，而且工资只发了两千块，连合同里的半数也未到。

原来，私企老板与员工之间，从来不存在什么契约精神，那些合同里规定详细的条条款款，大多数时候形同虚设。我不但震惊于这样的无耻，也再次心痛于自己的无助，这已经不是我第一次遭受社会毒打了。然而即使遭受了一千次，也只能自己独自一人舔舐创口。

不知为何，我当时居然笑出了声，是真正的忍俊不禁。

小老板疑惑地看着我，有些蒙圈，但仍然龟缩回办公室了。

第 20 章 菜鸟啁啾

我将包包和手机整理好,抄起一条椅子,快走几步,一脚踹开办公室的玻璃门,将椅子狠命往地上一掼。小老板吓得直跳将起来,大叫:"你你你,你疯了?"

我捡张椅子从容坐下,昂然与其对峙。

此人以手指我,连连说:"滚出去。"

我稍稍欠身,他可能真的以为我会离开,神色有所放松,我却猛地一拍桌子,喝道:"你叫谁滚出去?"

小老板气得浑身发抖:"我长这么大,从来没有人在我面前拍过桌子。"

我缓缓道:"那老子今天就让你见识一下哈。"说完又猛拍了两下,气势虽然足了,但自己的手掌却隐隐生疼,于是顺手又把桌面上的电脑和水杯一股脑拨弄到地上。

眼看那小老板气得七窍生烟,但他居然不敢打我,几位同事已经离开工作岗位,站在我旁边,静观其变。

小老板冷笑道:"你以为这就完了吗?我给你打包票,只要你还在成都,就绝对找不到和白酒相关的工作,我会让全行业对你进行封杀。"

我心中兀自一惊,但想到自己初入这行不久,也并没有多少恋战之意,就索性破罐子破摔了,我道:"你以为你是娱乐圈大佬啊,还封杀,笑死人了。两千块的工作被人封杀,老子敬你是条汉子。"

小老板不说话,只是嘿嘿冷笑,我实在看不得这副嘴脸,末了又加

冬草无咎：我的阆苑旧事

上一句："不要以为自己骗了五六个人过来打杂，就可以摆老板的谱了，我想我还应该告诉你，你是我这辈子见过的最最最迷你的小老板。好吧，拜拜。"说完转身收拾东西离开了。

经历这一出闹剧，我决定不再去任何私企工作了，甚至起了写网文的念头。但是在家里，我却不敢露出丝毫马脚，每天照常作息，把家人瞒得铁桶似的。

那段时间，我仍是早上七点半起床，八点一刻出发，只是无班可上，一个人跑到浣花溪公园溜达，在诗歌大道上来来回回驻足观望那些著名诗人的雕像。听说杜甫的《茅屋为秋风所破歌》也是在这里写下的，"安得广厦千万间，大庇天下寒士俱欢颜"。原来从古到今，拥有一处地基结实、梁柱稳固的房屋都是寒士们的乌托邦式畅想。我甚至不能抱怨什么，只是丧，被敲骨吸髓后的那种丧。

偶尔出去找前同事唱歌撸串，他们都说我还是和从前一样幽默，是的，最忧郁的人往往最幽默。

网文我是注定无所作为的了，因为每次敲敲打打好容易码完一段文字之后，总是辨识不清那上面的验证码，有时重复输入十次之多，仍然得不到正确答案，这碗饭我实在是吃不上。

万般无奈之下，我开始考虑去赛格广场给我妈打工的可能性。

那时候，成都的太升南路算得上一处风云聚会之所，三教九流的人没事都会过来逛逛，看看有没有新款的手机，有没有相因的二手货。庞大的客源，形成了颇具规模的交易量，给了许多外乡人生

第 20 章 菜鸟啁啾

存下去的机会。比如母亲和姨妈初来乍到之时，做的就是没本钱的买卖。何谓没本钱的买卖？这里面又分三种，蹲街沿边边、当串串、贴膜。蹲街沿边边就是弄个小板凳坐着，面前摆一个收售二手手机的牌子，从上午守到天黑；串串就是掮客，流动性较强，负责传递消息，牵线搭桥，哪一家自己在广州做贴牌机，哪一家又出了最新的仿款，他们都如数家珍。至于贴膜，需要一些细致功夫，在苹果机没有问世之前，他们赚的都是辛苦钱，一般都是没有任何竞争力的人才干这个，哪知道后来被大学生垄断了。赚取一点小钱之后，即可以进军露天交易市场，一两千即可租得一个摊位，甚至可以多人合租，负担不大，但是每天下班之后，手机需要悉数带走，如此做生意的人，每天都得披挂着自己的全部身家，来来回回，颇有安全隐忧。露天交易市场取缔之后，大家又一窝蜂地涌向赛格广场占领市场，这些小店主有温州人、广州人，但大多数仍然是四川省内人，成都本土的反倒不多。不要小看他们，他们中的许多人都在这里赚下了三套以上的房产。其中一个老家的阿姨，生得一口大龅牙，既无人才，也无口才，居然硬生生将生意从最下游做到中游，她是一有钱就买房，地震前就已经拥有七套不动产，其中更有两套别墅，素芬姨妈让她矫正一下牙齿，她却总是舍不得，拖到现在仍然没有修缮的动静。据说她和她老公以前在乡下实在熬不过去，就去城里修自行车，吃一碗韭菜炒鸡蛋都会将鸡蛋留着第二天吃，也难为人家能积攒下这样的基业。

素芬姨妈在这里为表哥打下一座小小的但结实的江山，客源稳定的店面、充足的现金流、二十万出头的小越野，并且轻松置办两套房产且另有铺面。他结婚生娃，举止神情也泰然悠闲起来，我听他的语气，已经隐隐有看不起我的意思。毕竟，这么多年过去了，最穷的仍然是我，他的兄长的体贴温文已经消磨在世俗而严苛的比对中。

有一次他全家和表姐自驾九寨沟，一定要邀我同去，我百般拒辞不过，只好同行，但一路相处并不愉快。我被挑衅、呵斥、侮辱，一如从前，童年的创伤性经验翻江倒海而来，我失态到哽咽着乞求他充当裁判，仲裁我们两人到底谁对谁错，而他手里握着方向盘没有回头，几乎没有任何情绪起伏地说："你是妹妹，你应该让姐姐。"

我从此心死。

虽然世道艰难，但我并非全然没有收入。报社副刊的稿子一篇五百，杂志社供稿一篇一千，都是三千字左右的篇幅，虽然不多，也勉强能够满足自己最低生活所需还有盈余。可是这样的收入并不稳定，我没房没车没工作没任何依傍，每天都忧虑到简直要炭化。那段时间，只有阅读《圣经》的时候我能得到一点安慰。"不要为明天忧虑，因为明天自有明天的忧虑。"似乎只有把时空拉长到无限绵延的永恒，当下的忧虑才显得无足重轻。跟着母亲做生意似乎成为接下来唯一具有可行性的方案，母亲和素芬姨妈当年处于同一起点，生意都做得有模有样，唯一的不同之处在于，素芬姨妈累积

第20章 菜鸟啁啾

了几处不动产，母亲却始终两手空空。在很长一段时间内，她可以做到每月净赚三万，说起来还比姨妈略强些，但她手散，总是攒不下钱，甚至还多有找我要钱周转的时刻，也是咄咄怪事了。

我干了两月，发现自己同样做不了生意人，我不喜欢迎来送往，也不喜欢锱铢必较，更厌恶没完没了的售后。一部手机净赚一千元，我也仍然不能获得成就感，而且大型卖场的稀薄空气常常让我感到窒息，每天晕乎乎地来，晕乎乎地去。看着其他年轻小妹儿一天到晚精神爽利的样子，只有望洋兴叹的份儿。

总之我的挑剔、无能和懒惰，让自己也大吃一惊。幸亏不久之后，我又多了一条阳关道，通过以往残余的人脉，成功进入《猕猴桃日报》。

猕猴桃日报社的人，个个猴精猴精的，情商奇高，三教九流都有朋友，收入来源多样化。我起初倒也战战兢兢，觉得这工作自己恐怕胜任不了，后来才发现，虽然美其名曰记者，其实日常工作只需将采访对象自己拟定好的通稿稍加润色即可，全程费不了什么精神笔墨，最要紧的任务反倒是拉广告。

我去的时机，说来也巧，正是一个新部门成立之初的关键时刻，算是抢了个山头，坐上了第二把交椅，后来陆陆续续招了几个人进来，居然也有不懂行的菜鸟对我溜须拍马。

话说我们这个部门主任，约五十年纪，长得那叫一副温良恭俭让，随时一副唯唯诺诺的样子，看他业务能力，不过尔尔，说起来是文字工作者,奈何稍微生僻些的字也不认识。有一次我撞见他伏在桌子上,弯腰驼背跟虾米似的不知在干啥,过去一扒拉,才发现人家在翻着一本《新华字典》。不知为何,这也要偷偷摸摸的。我道:"你查什么?"他取出一份文稿,上面正有"饕餮"二字,我说:"这也要查吗? tāo tiè。"他一副不容置信的样子,脱口道:"喔豁,这两个字你也认得。"呃,好吧。

听说此人年轻的时候,也曾有一番出生入死的经历,做过暗访记者,出过几篇颇有分量的纪实稿,以至于被黑道上的人盯上了。对方将他扔进一只大蛇皮袋,扬言要废他一条腿,但此事后来经多方调停最后有惊无险,还没有成为主任的主任王者归来,成为猕猴桃日报的香饽饽,上面不但交给他好几项挣钱不费心的业务,而且现在还提拔他做部门主任。

他的手头也是真阔绰,无论在哪里吃饭,只要见到熟人,一定会替对方付账,倒有孟尝之风。除此之外也惯会做好人,常年捐助贫困生,每年的好人评选榜一定有他,按照这个发展势头,登上感动中国的评选榜单,也指日可待。

但这人仍然是伪善的,平日里吃吃喝喝买单,甚是爽快,一到发年终奖的时候,就立刻变了脸色,说我们这也做得不好,那也做得不好,理应克扣下来,连原定数额的五分之一都不到。他的脸,只是一张普通的、疲倦的正在走向老年的面孔,并没有多少欲望的成分,但是只要在相对封闭的空间,他总是察言观色,小动作不断,

第 20 章　菜鸟啁啾

说说悄悄话，蹭蹭胳膊，摸摸小手，我于是很厌恶坐他的车，有时会自己坐大巴赶往去其他区县。这下我算是明白了，现实里的坏人比书上的坏人更坏，因为现实里没有尺度和框架，所有的设定都是不确定的。

不久来了两个川大的实习生，一男一女，主任发话了，让我带男的，他带女的。那男生资质甚佳、一点即透，绝非池中物，女生则清秀斯文，主任说这女生跟他大儿子年纪相仿，他想弄来做儿媳妇，还被大伙取笑了一回。不料未到一月，那女生忽然满面羞惭地过来找我说想要提早结束实习，我看她神色心里已猜中八九分，心想职场女性果然艰难得很，管你野鸡出身还是名校毕业，都一样难逃职场性骚扰。我道："这人虽不是好人，但你千万不用怕他，因为他立的就是好人人设，最怕撕破脸皮，你看他不顺眼就说自己不是吃素的，直接甩脸子给他看，他一下就老实了。"她当时点头应允，但过了没多久，仍然离开了，因为父母为她安排了一份明显比猕猴桃日报更有前途的工作。

而我此刻也早生二心，白天摸鱼，晚上则熬夜赶稿，只待处女作问世就立刻溜之大吉。

第 21 章

白 云 苍 狗

  非常荣幸,我在二十五岁的关键节点认识了林和生老师,他是一位博学仁厚的长者,眉目神态都有些像我父亲未生病时的样子。相比其他人,他的身上散发着强烈的圣徒气质,温驯如鸽,智慧如鹰,一双眼睛随时都是泪盈盈的,即使不言不语也足以给人抚慰和感动。

  我被这样的形象彻底征服了。全心全意地将业余时间奉献给教会,查经、礼拜、唱赞美诗,圆满虔敬的宗教生活,让我完全不知今夕何夕。当时我们的学习时间定在周二和周五晚上的七点半到十点,但往往有超时,容易赶不上公交车,只好边走边等出租车,路上行人稀少,尤其是冬天,半晌也不见人,只偶尔有车子呼啸而过,留下寂寥空旷的回响,着实令人心慌气短。有时我索性步行回家,踩着高跟鞋不拘轻重,走得脚底全是水泡血痕,饶是这样,也是一次不落。

  林老师的父亲毕业于武汉大学,后来投笔从戎,做了国民党的军官,大撤退的时候来到四川乐山与他的母亲相遇,因此结成一段姻缘。两人结合之初,也是琴瑟和鸣,陆陆续续生下了林老师的三

第 21 章　白云苍狗

位兄姊，但轮到这第四个孩子的时候，四周环境有变，林母恐惧战兢，日夜思量堕胎之法，并最终服食了打胎药，可这孩子命大，仍然在她的肚皮里挨到出生的那一刻。

他与母亲的对抗虽然取得了初步胜利，但那时的他太弱小了，无法抵挡虎狼之药带来的持续的冲击波，一岁的时候家人发现这孩子的腿脚有些毛病，一检查才发现他患上了脊髓灰质炎，又叫小儿麻痹症——无可推诿的，他成为那个被命运选中的人。

看过一张他童年时和弟兄姊妹的合影，照片里的其他几个孩子，个个神态活泼，眉目飞扬，男孩穿衬衣短裤，女孩穿彼得潘领小洋装，皆是中产阶级家庭的装束。在照片的最左侧，呆立着幼年的他，眼神阴郁，五官扭曲，活脱脱一副病孩子的面容。可想而知，这个孩子的生命中，不可能迎来太多的善意。对于自己的童年和少年，林老师平时也不肯多讲，只说最爱的人是外婆，直到现在上了年纪，也经常在梦中见到她。

他很快显露出自己的天分，不但诗文出众，同时亦具备缜密的逻辑思辨能力，理科和文科一样出色，对于日常的许多事件的处理也能独出机杼，或许他依靠自己的聪明才智，挽留了亲人对自己的爱。至少，当他步入青年时，面目终于舒展，气度终于温润，倒有些像青年齐秦的样子。

报考大学时，兄长私自更改了弟弟的志愿，可能并非不是出自善意，但兄长武断地认为"没有好学校会录取一个残疾人"的定论，未免失之偏颇。林老师虽懊恼痛悔，最后仍然乖乖读了兄长特意为他选填的乐山师范学院数学系。

毕业后他成为当地的一个数学老师，日子如流水，但他的天分不允许他的生活如此平淡无波。当时正值二十世纪八十年代，青年学子求知若渴，几乎每个人都曾做过短暂的文学梦，自诩为诗人，张口尼采闭口黑格尔，上天入地寻觅一切文史哲书籍。当时又有四大精神导师之说，将一众青年学子迷得七荤八素，林老师亦赫然列于其中。

他的偶像是金观涛，而且这位当时已经大放异彩的偶像只不过年长他7岁，他忐忑地寄了一封信到北京，没想到居然立刻得到应答，对方鼓励他继续深造，最好去北漂。

他于是考到中科院自然科学史所，成为金的学生。

一切看似水到渠成。

那时，他已成家立业，并且成为父亲，重新卸下重担做一个学生，那感觉想必也十分惊奇。有一回他途经中关村的一条小路，忽然看见一只蜻蜓停留在草茎上，一副可入画的样子，不由得蹲下来仔细看了又看，越看越着迷，简直不知今夕何夕！而金观涛夫妇也在背后观看他半晌有余，只道这位三十有加的门生研究哲学着了魔，或是最近神经紧绷得过了头，需要稍稍放松一下。

林老师后来顺理成章地走上了学术之路，其间也有高低起伏，遭受过排挤，承受过侮辱。他年轻时也是性情激越的愣头青，骂过

第 21 章 白云苍狗

人,打过架,对领导拍过桌子,因为那时热血还未冷。他此后的人生里,研究的所有对象,都具有和他一样的特质——单数特质,而单数是注定孤独,游离在人群之外的。

这样的情况持续了很多年,直到他信主。

信仰让他焕发新的生机,眉梢眼角都是喜乐,身上结满圣灵的果子,虽然腿脚不便,但他穿着长袍的样子也当得起吴带当风,对于当年那些伤害过他的人和事,他不但饶恕而且祝福。说来也怪,我自己并不喜欢那些一上来就自称基督徒的人,但林老师是不一样的,他有一种表里澄澈通体透明的特质,由这样的人带领,我完全不必担心会跌入到另一个江湖里去。

其实比起做一个基督徒,我现在更喜欢的身份是慕道友,稍稍有点距离,然而无限接近中。

林老师于我而言很像耶稣,几乎穷尽一切手段,企图开启大家的智慧。他的教诲常常让我震动,比如他常用"血肉模糊"四字来形容亲情,是的,血肉模糊,用手术刀将这份亲情切割得皮肉分离、筋膜脱落、毛细血管破裂、神经崩断。我想起我的家庭,我父亲的家庭和我母亲的家庭,以及他们之上的无数个家庭,这些家庭不是因为爱而联系着的,而是因为欲望和恐惧。生而为人,我们不被允许主动切断这纠连着的血脉,只能袒身赤足行走于炮烙之上,无助地等待身体枯焦的那一刻。一代一代,无可推诿。

有一位非常有名的牧师,起初我非常喜欢他的证道,因为中国

冬草无咎：我的阆苑旧事

人自幼并不长于演讲的才能，少许几个精挑细选出来，多年打熬成角儿的，一亮相自然技惊四座。他的华丽的排比、激越的情感、磅礴到失控的语气，总是让台下的人疯狂高呼，阿门！我承认这位牧师水准极高，文学素养极佳，也极富有演讲的技巧，可我后来仍然离弃他，因为他太像一位政客了。为什么当牧师拥有信徒之后，都开始变得像一个政客呢？我不明白。

那时大家都很推崇韩国牧师，而最为他们推崇的著名牧师赵镛基被查出巨额受贿，我当时立即在朋友圈进行转发，不想许多人私信我删除内容。实在十分好笑，还不是嫡系的徒子徒孙呢，就如此为尊者讳，我的信仰真的根基不稳。或许，对于某些富有宗教信仰的人来说，最虔敬，反而会同时导致最虚伪，他们以为自己沟通了人神的界限，却失去观照自身灵魂的能力，这不能不说是一种悲哀。

可同样一位来自韩国的李牧师，我却非常尊重他，李牧师年纪四旬开外，貌不惊人，笑起来很韩国大叔。他平日里有闲暇的时候基本都在读圣经和学语言，有固定的传道地区和对象，都是穷苦地区的穷苦人民，比如阿坝州一带。所以他每次也不肯白吃别人的饭，要么自己掏钱请客，要么提前离开。他和妻子租了一块地种蔬菜，会将做好的辣白菜送给大家品尝。他的英文中文都还不错，但仍在苦学拉丁文，对羌文化尤其感兴趣，坚称羌族就是以色列失散的十大支派之一。他有时会送我练习册和各种繁复的资料，要求背诵《旧约》的人名和地图并且默写，使我汗出如雨。到了圣诞节，又一次

第 21 章　白云苍狗

次反复强调圣诞老公公是假的，只有耶稣基督是真的，显然他对我的智商并不放心。总之他平时要么是个学者，要么是个农夫，就是不大像一个牧师。

我觉得自己很难做个合格的信徒，我天然地缺乏那种随时和别人沟通的能力，尤其是每次聚会的时候，听身边的人唾珠咳玉，嘴巴一开就是一篇祷告文，简直佩服得要死。

轮到我每次都卡壳。

林老师说，既然说不出来那就写吧，他说可以尝试写一本安徒生的传记，因为这是个特别有意思的人。

我花了大概三个月的时间准备材料，发现安徒生确实是个特别有意思的人。

但是比起有意思，安徒生打动我的其实是他的悲情。出生底层，情路坎坷，事业多舛，亲情凋零，最后终于成为一个凄凉的老单身汉。他的故事让我悚然惊惧，因为他的命运也有可能是我的命运，当然除了不可能像他那么成功。在安徒生之前，我至少读过十几本名人传记，其中大有出生欠佳之人，但没有任何一人像安徒生这样引起我强烈的共情——我们都是自我意识极其强烈，自卑又容易受伤之人，我们思想纯粹又容易受到感召，我们钻牛角尖，一生受困于心魔，总之我被安徒生打动了，他的童年，他的绝望的呼告，他的没有回应的爱情，他的赤子之心……一次次让我感动到落泪同时也感到荒谬，人总是很难了解同时代的人，但却可以这样铭心刻骨、

冬草无咎：我的阆苑旧事

字字血泪地了解一个两百多年前的人，而且这种了解和痛惜远远超越了对自己的血脉至亲的感情。

这是时代造就的隔，隔比通又是另一种懂得，没有这个隔，没有这两百多年的时光作为铺垫，一唱三叹的思慕不可能发生。

我开始写他，我在对他的写作中完成自己，而且越了解他，就越发现他是一个奇迹。

我觉得我简直爱上安徒生了。要知道，当你真心实意地爱上一个作者，他的所有文字其实都在回应你的爱。同样，当我竭尽所能试图描述诗人的一生时，那一刻，我也成了诗人。

安徒生少年时在文法学校求学时，校长梅斯林成为他终身挥之不去的噩梦。这人无耻贪财，对寄宿在他家的学生实施精神与肉体的双重虐待，以挖苦学生为乐，而且他那下流的老婆还暗地里调戏这些少年，对他们尤其是安徒生造成巨大的精神痛苦。这可怜的孩子一生都没能走出梅斯林带来的阴影，直到去世前的几个星期，才在自己的梦里原谅了他。

这其实是典型的创伤后应激障碍，可恶的梅斯林会不会下地狱我不知道，但是安徒生在漫长的一生里必然像牛一样反刍着那些耻辱惊怖的瞬间，于每夜的梦里一次次下地狱，并在清晨拖着疲惫的身躯回到人间。这么多年过去了，我仍然和安徒生一样困在相同的梦魇里，不是对学历有所抱憾，而是对那段青葱岁月有所抱憾。在无数次午夜的迷梦中，我仍会满怀焦虑、殷勤回望，只为寻一所正

第 21 章　白云苍狗

常的学校好好复读，引颈等待命运的不可测的审判——此刻我又忽然想起了约瑟的三次痛哭，牧师们最爱讲摩西过红海的典故，仿佛这个典故让听者也面皮有光，然而我们不可能人人都能做摩西，可以带领以色列人出埃及，可我们每个人都必然曾经是约瑟，怀着无人可解的痛苦，于深夜出去痛哭。

有一天我读了一本木心的诗歌，发现他也喜欢安徒生，是真心实意超级喜欢的那种。

木心真是我见过的最好看的文人，他的风度比他的容貌更让人心折，萧萧肃肃，皎皎卓卓，随便一站就是一副魏晋名士的派头。他的容貌颇受欧风美雨的洗礼，但我总觉得他是名士派头而不是绅士派头。这样一副皮囊，一定是安徒生心心念念渴望拥有而不得的。可怜的童话作家总以为是自己太穷太丑才得不到姑娘垂青，殊不知，长得像木心这样也会孤独，不多不少，整整孤独了一生呀。

木心说，该有一篇童话，来写单只袜子的哀史。于是我就写了一篇这样的故事。

单只袜子的故事

有两只袜子，他们几乎同时出生，当然，实际上是有先后的——他们是一对夫妻，就像亚当和夏娃一样。就在几天前，家里的太太拆掉了一件旧毛衣织了一条围脖之后，把剩下的绒线用来织了一双袜子。旧毛衣上印有梅花鹿、松树，还有圣诞老公公的头像，所以两只袜子身上就有这些图案的一部分。

"我是最早来到这个世界上的，"袜子丈夫说，"而且我的身上几乎有圣诞老公公的半张脸，无论如何这也是了不起的荣耀！我的妻子应该听我的，她不但长相土气，而且从来不知道顺服是什么意思！"

袜子妻子身上的绒线磨损得很厉害，所以总是捋不平，对于这一点，她的丈夫非常嫌弃，认为这正是妻子不够顺服丈夫的表现。

这可不是我的错，你叫我有什么办法呢？妻子委屈地想，却没有说出来，她涵养很好，而且没有顶嘴的习惯。

主人第一次穿上这双绒线袜，觉得很暖和："嗯，不错，虽然是旧毛衣加工的，穿上却比新的还要保暖、合脚，我老婆的手艺可真不赖！"晚上，主人回家吃完一顿美味的饭菜，准备烤一会儿火就上床睡觉。火盆里的炭烧得很旺，他把脚翘起来，一左一右地放在火盆上，简直太舒服了，他差不多都要打盹儿了。火苗"吃吃"地笑着，快活地唱着歌儿，但是有一粒火星忽然"噼啪"一声炸开了，主人右脚的袜子——也就是袜子妻子的身上着火了，很快烧了一个大洞。

"哎呦，烤过头了，脚掌好疼，老婆，快来给我抹点药膏！"女主人本来在厨房里干活，听到丈夫呼叫声，连忙取了药膏过来。她是一位很称职的太太，但晦暗的面容和臃肿的身体已经显示青春离她很远了。不过作为女主人，她最大的优点是深爱自己的丈夫——她认为有了这一点，其他的都显得不太重要。

第21章 白云苍狗

袜子妻子被狠狠地扯下来，她身上的洞很大，以至于整个脚踝都露了出来。女主人叹了一口气，随手将这只破袜子扔进了火盆，可怜的袜子妻子还不明白发生了什么事，她回头望了一眼丈夫，甚至来不及叫一声"救命"，就被火苗吞噬了。

从此以后，这个世界上就只剩下袜子丈夫一个人了，不过，他一点也不难过。"哈哈……"他说，"这下可好了，我也可以尝尝当一个单身汉的快乐滋味了。"

他没有了妻子，自然也不必做丈夫了，我们就直接叫他绒线袜吧。这下可好，他被主人塞进一只大抽屉，抽屉里面都是他的同类，有女人穿的丝袜，有短短的船袜，还有相当厚实的羊毛袜。他们本来正在起劲地聊天，这时都不约而同闭上了嘴巴，用疑惑的目光盯着这个不速之客。

"你们好。"绒线袜怯怯地打了一个招呼，他的底气有点不足。也难怪，自打他出生后还没见到这么多陌生人呢。"我们当然都很好，但你，看上去不太好啊。"二只颜色灰败的袜子齐声说，"你是一个残废。"

"什么？"绒线袜大吃一惊。

"我们是以双为单位的，你难道不知道么？你应该把你的另一半带过来，否则，你只能算作一个残废！"说完，他们为绒线袜强行贴上了一张"残疾证"，该证书其实是一种优惠券，佩戴后可以获得优先被主人挑选的权利。

第二天，主人把手伸进抽屉准备挑一双袜子，众袜连忙把绒线袜推了出去。

主人一看他灰溜溜的样子，一拍脑袋就想起了他的故事，"啊，就是我上次穿的那种印有圣诞老公公的袜子呀，是用旧毛线做的，而且另一只已被烧坏了。"

这时，主人心中涌起了一股温柔的怀念之情，他准备找一只颜色质地差不多的袜子和这只绒线袜相配，可是找了好久也没有找到。"这可有些不妙，难道我要把他扔了吗？配谁也不合适，可有些叫人为难呢。"他叹了一口气，把袜子轻轻地放在床头，开始挑其他的袜子了。自然，这些袜子都是成双结对的，他们都是完整的，所以幸运，总有一双被主人挑到。

绒线袜百感交集，他终于知道，被主人优先选择，其实是一种变相的侮辱，这些坏家伙都在等着看好戏呢。

他生平第一次想起了自己的妻子，她比自己稍晚一点出生，身上有一条梅花鹿的右腿，不得不说，那腿还真是挺漂亮的呢。还有松树的一角，也是很有品位的一个剪影，以前怎么没有发现呢？而且，他们是所有袜子中最特别的一对，因为他们夫妻俩身上的图案是不对称的，相互补充的。这样来看，作为一个整体就更完整、美观，比其他任何一对袜子夫妻都更有意思。但是现在，没有了妻子，他居然成了别人眼中的残废！绒线袜简直不知该怎样抒发心中的苦闷，他唱起了一首悲伤的歌，就像古代那些游吟诗人为自己的身世

第 21 章　白云苍狗

感怀那样。

一个小男孩和一个小女孩听到歌声后跑来看他。他们是主人的两个孩子，男孩九岁，女孩子七岁。"这只袜子好像不开心呢，哥哥。"小妹妹说道。

"因为他是一个单身汉。"哥哥说，"不过，我们可以让他变得快乐起来。"

哥哥拿来许多糖果往袜子里面装，不到一会工夫，这只绒线袜被塞得鼓囊囊的。这样，他看上去就很有风度，像一位饱学之士那样，总是挺着一个大肚皮。

绒线袜被放在隔壁一个穷孩子家的窗户下面，因为第二天就是圣诞节了，绒线袜和这节日的主题很切合，穷孩子抱着他，高兴得跳起来说："我也有圣诞礼物了，这是我收到的第一件圣诞礼物。看，多么美丽的一只绒毛袜啊，更何况他的肚子里还有那么多糖果呢！"

不远处的兄妹俩小声地说着话。

"哥哥，你不该做圣诞老人才做的工作！"

"我的小妹妹，圣诞老人并不是总会亲自做这些工作的，很多时候，他借着我们的手做，不是吗？"

第 22 章

小姑居处本无郎

有一天傍晚我接到一个电话,是父亲打来的,他又带着那股熟悉的哭腔,说他很孤独。

我有些愕然,不知道怎么回答,第一次从他的嘴里听到"孤独"这个词,郑重得让人感到有些可笑。其实一个人活到晚年才尝到孤独的滋味,这几乎已经是一种恩赐,要知道我在两三岁甚至更早的时候,就深刻地意识到何为孤独了。想了想终于告诉他,我也很孤独,但这没什么,每个人都是孤独的。

他对这个答案并不满意,继续絮絮叨叨:"你到底好久才结婚?别个都笑话我,说我小女儿嫁不出去。"

他这话说得自己朋友挺多似的,我懒得戳穿,只淡然道:"二十七八还不算太老,嫁得出去也好,嫁不出去也好,都要活着不是?活着就有希望。"他似乎心情转好,居然有了些豪气:"就是就是,反正皇帝的女儿不愁嫁。"

我一听差点喷饭,忍了忍始终没忍住,脱口道:"倒也不要那么乐观,因为我是叫花子的女儿哪。"

第22章　小姑居处本无郎

他讪讪地想要说些什么，终是没说出来，我挂了电话，想起林老师曾经多次告诫自己："如果你和你父亲的关系得不到修复，或许一辈子都无法走入婚姻生活。"不觉一阵苦笑。

这个男人，他始终没明白应该在我的生命中扮演一个什么样的角色，也始终没有意识到他对我的情感生活已经造成了灾难性打击。人世倥偬，他也算做了一场父亲。

其实我从未想过自己会成为大龄剩女，按照原本的计划，要么早早结婚，要么一辈子不结婚，确实未曾考虑过这种卡在半中央的可能。

这种感觉有点像坐过山车遭遇故障，明明大家说好一起过来找乐子的，有的人风驰电掣，玩得很溜，有的人胆小畏畏缩缩不敢上车，但最倒霉的却是上车后玩了一半就停在半空中，喊天不应叫地不灵，总之让人很沮丧。

教会里有几位三四十岁的女性，有终身奉献不婚的，有离异后不再婚的，我无法得知她们的内心是否平安喜乐，但观其外在，似乎也并不比结了婚的人更加安详。

正是因为近在咫尺，我不得不直面这种一辈子孤独的真实感，并认真考虑其可行性。男女性成熟之后的互相寻觅，成为发生婚姻的原始动机，这本质上其实是一种浪费，如果可以自花授粉，自体分裂，岂不是不用急急忙忙地找另一半了？而且婚姻对有的人来说其实是一个稀罕物，这世界上总有那么一些人没有进入婚姻的宿命。

联想到自己的生平，不婚的人生，于我并非十分不搭调。

于是我重新收拾好自己的心情，回归海晏河清。

但是随后的某一天晚上，我做了一个梦，梦见自己和一个穿着白色长袍的人低头密语，情状极是亲昵。那人似乎即将远行，未知归期，一副惆怅样子，我扯着他的衣袖不放，心中百般不舍却又说不出话来，只觉得自己爱极了他，愿意一生一世等他，哪怕化作望夫石也甘愿。可是作怪，却无论如何也看不清他的脸，不知多久，怅然而醒，方知南柯一梦。细细地回味了一番梦中场景，倒有点自伤身世起来，这男子或许是我自己临水照花的化身，他是没有脸的，因为他原本就依靠噬咬我的精魂而生，无非一道痴爱的投影。

我恍惚了好一阵子，甚至那种心口的微微胀痛也持续了月余。在我以前的经验里，从未曾经历过这种程度的伤感，像是混合着猪油味的玫瑰花香气，甜得发腻，又让人昏昏欲睡。

自从做了这个梦，我的自我定位从不婚族变成大龄剩女。

"剩女"这个词确实有着相当程度的否定意味，显得不那么积极。可在我看来，只要残存着哪怕一丝求偶的愿望，就必须承认那些约定俗成的严苛定义，无论主动被动，客观上的"剩"理应接受择偶市场的宏观调控。可是怎么办呢？我的宅女特性让我安于斗室之内，可三月不下楼，而我的魅力值和良心也不允许自己骑驴找马，想要火速找到一个彼此来电又能迅速结婚的人，实在难上加难。时间一久，又懈怠起来，我发现自己逐渐对男女之间的爱恨情仇不感

第22章 小姑居处本无郎

兴趣，对男男或女女恋倒是特别上心，或许这也是现在耽美大行其道的原因吧。

但我是叶公好龙，只喜欢舞台上的表演，不喜欢现实里的纠缠，耽美耽美耽于美色，这样流连于皮相的两情相悦，禁不起世俗世界的任何风吹草动。你看他流风回雪、惊鸿照影，你看他玉山倾倒、陶然忘机，一切都太富有戏剧性，太富有张力了，几乎不可能持续，不可能成真。借用我自己的一句话，他们是戏中的戏，梦中的梦，是比《牡丹记》《长生殿》还更遥不可及的一个幻梦。

三十岁生日，我忽然兴之所至，准备去日本宝冢看演出。宝冢是日本的一个女性歌唱团体，已有百年历史，和中国的越剧有些类似。但越剧的小生外形气质都偏清秀柔弱型，和旦角无二，而宝冢男役的行走坐卧更接近真实男子，让我们这些未婚女性观众更有代入感。

那几天恰有一个重头剧目《源氏物语》上演，而且曲目是最新改编的。《源氏物语》我已经看过好几版，最爱的一版也看过十几遍，不知为何就是看不够。我常常想起幼年时外公带我看戏的场景，那时候听不懂的唱腔台词，如今已能慢慢领会。以前看舞台上唱戏的都是鬼，现在倒是没有那种惊怖，而只是一种碧海潮生的伤感，因为这样的年年岁岁，以后都不会再有，就算有，也只能是另一副面孔，另一场轮回了。我自幼喜爱盛大庄严的事物，但在这过去的人生中，却鲜有得到为我一人点燃的烟火，那么这一次我就为自己

冬草无咎：我的阆苑旧事

庆祝一下吧。

订了机票、酒店，托朋友购得一张演出票（不好买），查了新干线，几经折腾终于来到兵库县宝冢市的著名的大剧场。这场最新版本的《源氏物语》果然极其华丽，极其深情，然而在这华丽与深情中仍有它的物哀与忾寂。我真喜欢创作者一次次为这个古老的剧本重新注入灵魂，因为每一次变更都让我联想到我与它的初遇，我曾爱慕过的东西，即使已经忘却许久，只要再次遇见，它总会又一次得到我的钟情，而且带着温润的眼泪和不舍的感激。

回酒店的路上经过一家小小花店，店主是一个头发花白的老婆婆。我一向只知有卖花女，却不知还有卖花婆，花朵的明媚鲜妍和她脸上的沟壑起伏，对撞出一种奇妙的安宁感，四周暗香盈袖，童话般的氛围感人至深。小雏菊200日元一束，是花店里最便宜的花朵，它和满天星一样，更多的时候是作为那些富艳花朵的陪衬。然而，它安安静静独自绽放的样子，有着特别的动人怜惜之处，让我联想到森林、童真、小孩，还有那些说不出口的忧伤和默然无语的爱。

我何尝不喜欢玫瑰，然而作为买给自己的第一束花，只能是小雏菊，因为，就连所罗门极荣华的时候，也不及这小花一朵呢。

前同事茜茜开始积极相亲，她和我同年同月出生，生日也只差了数天，彼此都有一种亲近感。茜茜的条件应该优越我甚多，父母虽来自农村，却属于那种春蚕到死的奉献型，他们用自己做了二十年小本买卖的积攒所得给女儿在成都首付了一套房，因此茜茜算是

第22章 小姑居处本无郎

拥有婚前财产的人。她的工作主要是媒体运营方向，业绩压力很大，不能完成任务只得频繁跳槽，而且致命的是她的每份工作都是在网上找的，翻来覆去都是一些食之无味的岗位，她是每每打上一两个月鸡血，接着找我吐槽一番，再颓然走人。她也明白自己的性格有缺陷，其实不太适合干这个，多年来也不曾在这圈子里累积有效人脉，单打独斗总是吃亏，但是改行的话沉没成本太大，只得咬牙坚持。

她的事业虽不算成功，但是比起我这条早就放弃了与人竞争的咸鱼，还是显得干劲十足。

即使在求偶方面也是如此，茜茜和我虽同为大龄未嫁，但她一向很有行动力，目标定位明晰：年纪大五岁以内，自己开公司或者家里有祖产，其他需求不详。其实依照我看，她的要求并不离谱，在鱼龙混杂的媒体行业，能嫁给那种暗戳戳的隐藏富豪的，并不少见。此外茜茜颜值不错，属于清秀佳人型，自然也是加分项。

我是真没想到她会一次次败北，而且私心想着如果她都嫁不出去，那我这辈子是铁定没指望了。

有一天她来我家里做客。恰逢我的一个小弟李俊东（同一个院子长大的邻居）也在场，全程参与了我们的用餐、聊天环节，并且在她离开之后发表了自己的看法："她算得上是你的朋友吗？这人不值得深交啊。"

我大惊："不过是吃了一顿饭，你就看出她不值得深交？我们确实也只是普通同事关系，还没到闺密的地步。"

冬草无咎：我的阆苑旧事

俊东自顾自说，刚才听她评点你们的同事，语气很讨打，如果她平时也是那样说话的，肯定人缘差得没边。还有，为什么你会觉得她算个美人呢？弯腰驼背的，再好的职业套装也穿不出气质，不要说脸还行——明显已经垮了，而且男人都是看整体的。唉，她根本就不知道她的化妆技术有多糟糕，臭着一张脸给谁看？

我全程震惊，因为我以前从来没有想到审美观这个东西真的是有差异性的。而且俊东的年纪还算不上一个真正的男人，其眼光就已经如此苛刻，透过厚重的脂粉和规整的职业套装精确地识别出一个大龄女性韶华已失的本质。以此类推，我在他的眼中自然也是一个古怪的老姑婆了。

想到此处，我不觉瞪了他一眼。茜茜和我平时免不了商业互吹，大家都觉得自己虽然年纪略大，但也不甚显老，还是将就看得过的，被这直男一语点破，简直立时气煞。

俊东见我神色不对，只得转移话题全力拍我马屁。他道，至于职业方面，现在看上去好像你不如她，不过你已经出版了自己的第一本书，算是一个小小的成绩，不久也许可以做一个真正的作家。作家不好变现，对有的人来说一文不值，对有的人来说却是无价之宝。你要找到那个视你为无价之宝的人。至于你这位前同事，她每次都因为无法完成业务而另谋生计，我可不认为她比你更有竞争优势。

这话就姑妄听之吧。不久茜茜告诉我她报名了某高端相亲会所，

第 22 章　小姑居处本无郎

报名费两万，据说里面介绍的都是真正的高薪优质男。末了她加上一句："整整一年的有效期哦。"我听了以后直咋舌，心道要是男女双方一直都没有看对眼的话，这两万岂不打水漂了。但我当然不肯做这个乌鸦嘴，只问："他们对女方的要求也很高吗？"茜茜道："那当然，不过接待人员心思很多，故意问我车子停在哪儿的。你知道我还没有买车呢，只好含糊说停在后街，哈哈哈。"

又过了一年多，还是没听到茜茜的好消息，再随后，她将我的微信删除了。

有一天，我忽然接到她的电话，一打就打了九十分钟，几乎可以看完一部国际大片了。她不厌其烦地述说了自己的近况，表示想要和我见面。她这个人，脾气向来古怪，其实我也是脾气古怪之人，正是基于这一点和她比较投缘，也因同样的原因双方不能成为真正的朋友。

我努力压抑自己向人倾诉的冲动，或者试图通过写作升华这种冲动，而她不屑，因此当她穷极无聊的时候，总是会第一时间想到我。其实像她这样自视甚高的人，反而大多本性不坏，我愿意做她的倾听者，即使她已经将我的微信删过三次——倒不是说我有多圣母，而是我真的很欣赏她和领导对着干的样子。

因为好久不见，大家的情绪有点振奋，各自穿上最喜欢的衣衫，精心施了脂粉，挎了匹配度最高的小包包。到了约定的地点，各自吹捧一番，点了咖啡甜点，开始进入正题。

冬草无咎：我的阆苑旧事

原来她这次终于恋爱了，对方符合她的一切条件，甚至略有盈余：帅哥，年纪和她一般大，开了两个公司，住高端小区大平层。总之对方是一个完美的对象。她非常兴奋，一定要给我看这位新男友的照片。照片估摸着是一段视频聊天截图，男子五官周正，但气质略显油腻，周围环境也没有亮点，只能问哪里认识的，答陌陌。

我一口老血差点没喷出来，茜茜啊茜茜，好歹你也纵横媒体圈多年，怎么糊涂到上陌陌去找男友啊？这些年的干饭白吃了？

我再次凝神看了一会儿这男子的照片，正色道："这人绝非良配，实在喜欢他，就查一查他的底细吧。"

那天的约会匆匆结束，因为茜茜并没有在天眼查上搜索到那男子的公司名字。过了几天，她想想不甘心，独自一人去了男子口中所谓的高端小区，门卫原是不肯放她进去的，但她还是有办法，声称自己被住在这里的人骗了，事情可大可小。门卫后来和物业通了声气，取出交电费的花名册让她查找。

她终于找到了那男子的名字，可他却并不是业主，只是这里的租客。

当我得知这个事情的后续发展时，并不觉得十分惊讶，我惊讶的是茜茜这样积极、主动、目标明确，也有实践能力的人，如何会在相亲问题上出现这样大的战略性失误。听说她打电话将那人骂了一通，那人却反过来骂她，说什么陌陌认识的本来就是玩玩，谁让她当真，谁当真谁就输了。

第22章　小姑居处本无郎

茜茜后来卖了房子，这几年她因为相亲亏空太多，一直拆了东墙补西墙，如此再三终成恶性循环，除了卖房无力回天。

她又像以前一样再一次删掉了我的联系方式，某日俊东对我说他在地铁上偶遇茜茜，似乎精神状况有点不正常，一个人大步流星地在地铁里走来走去，眼神直勾勾的，不知道会出什么幺蛾子，叫我以后千万不要再和她近距离接触。

我听了只是一声叹息。

当年我和茜茜初相识的时候，都还是二十三四的年纪，一同供职于一家杂志社，那地方真正的庙小妖风大，池浅王八多，有几个男性中层仗着自己资历深些，每每言语调笑，吃新人豆腐，我有一日被惹急了，直接拍着桌子在办公室里和人对骂起来，心里已生去意。哪知第二天茜茜又和那人杠上了，我记得她骂的是："你个五十多岁的老东西，居然还想和我约会，你晓不晓得我是正经大学毕业的？"当时就有些失笑，当天我们两人一起办了离职手续，一起吃了饭，随后的交流也比以往更频密一些。茜茜这个人直来直去，其实非常不适合做媒体运营方面的工作，她自己也是这么认为的，但转行不易只得苦熬着。反观我自己，同样也不适合杂志社。人事关系复杂，写的东西没人看，杂志卖不出去，想要跳槽，好一点的纸媒平台也逐渐破落。这个时代发展迅猛，如果不能适应网文的写作模式，就只能转战公众号等自媒体，总之机会很多，但出头极难。

如果没有意外的话，茜茜今年应该还是没有能结婚，记得以前她曾问我:"为什么现在的男人要求这么高啊?年轻美貌的时候去相亲,他要看你的事业,看你的家庭,看你的婚前财产,过了三十岁去相亲,他又说你没有生育价值,简直已经不能算是一个女人,我到底应该怎么样?"

我踌躇良久,答道:"因为我们能看上的男人似乎不会给我们去成长的时间了。他们都太急了,不想等。他要我们出身优渥,接受正规教育,事业无忧,还要在最好的年龄遇见他——大概就是这样吧。"

第 23 章

再见父亲

每当我对他说"再见"的时候,心里总是恍惚以为这是最后一次相见。

终有一天,我们在这世上不会再相见。

但这并不遗憾,因为即使做了一场父女,我们也从未相识。

小时候一直想着等我长大了,一定要把他结结实实地打上一顿,然后正式昭告天下:"我没有爸爸,我是从石头缝里蹦出来的。"

然而他畸零的背影每次都击打我的决心。

这具身躯如此老旧残破,如何当得起悠悠岁月之河沉淀的痛楚。

他仍然像往常一样,身体干瘪、眼神昏聩,走路的时候以右手握住左手并置于胸前维持平衡,腿部则是先从右腿发力形成支点,再以左腿向外扩成一个半圆。这样的走路姿态其实相当笨拙怪异,引得路人纷纷注目甚至尾随。他只好尽可能地缩减左腿牵引的幅度,努力使自己看上去显得体面些。自从生病以后,他已经毫无尊严可言,除了拥有固定住所之外,几乎和乞丐毫无二致,吃穿用度都铿吝到极致,就连偶尔过来看望他的老同学送的保健品都是过期的。

冬草无咎：我的阆苑旧事

我看着他，他就这样自然而然、极其安全地成为一个老年人了，仿佛镀上一层保护色，不必承担道义的惩罚。

他光着头，稀疏的花白毛发根根直立，一张五官布局良好的脸，早已被多年的苦难湮灭了神采。像他这样的人，脸的可看性已经被忽略不计了，这无关美丑，而是没有细究的必要。

他的瘦也不同于别人的瘦，瘦到几乎只剩下影子，甚至没有骨骼嶙峋的起伏，而只是扁平，他对自己的存在似乎有所歉然，因此尽可能不占据空间地站在那里，一件看不出颜色的破烂衣衫胡乱套在身上，裤管的不方便处还有几道让人心惊的污渍。

他迟疑着叫出我的名字，声音里是讨好和惊喜。对他来说，有人前来看望就相当于逢年过节吧，而在真正的节假日，他反而是孤单的。

认识我的街坊已经寥寥，当年的人，老了、死了、搬走了，他们如水消失于水面，只有我还切切记挂着昨天。

临街的正屋被改造得一派幽幽古韵，和他很相衬，像两件不合时宜的老古董。只不过一个刷了漆，一个没开光。抬眼一看，管星街13号，还是那个熟悉的门牌号，映着一点点日色，神光离合，乍阴乍阳。我仿佛一直居住于此，又仿佛初来乍到。

半晌过后终是进了屋，原来屋子外面虽好，里头却已经破败，毕竟也是超过半个世纪的老屋了，湿气极重，蚊虫蟑螂老鼠肆虐。这种老式平房，除了方便腿脚不便的人，实在没有什么上得了台面

第 23 章 再见父亲

的优点。

我感到一丝羞愧，但随即释然。父亲已经年老，作为女儿却没有能力为他更换好一点的住所，无论如何这也是一种失败——可是身为城市底层的穷二代，苟延残喘已经让我殚精竭虑，无力解除父母困厄，似乎也并不能被世人苛责。我能够为他做的，无非是每月从网上购买一些食物和生活用品邮寄过去，所幸现在物流方便，点点手指头就回报了当初的舐犊之情（假如曾经有过），并且承担了他的电费——电力公司现在普遍采用智能卡充值，他不会用。仅此而已，仅此而已。

事实的荒谬在于，我为他所付出的萤火之光，就我所处的圈层来说，已经当得起"中上"二字，而他自己也觉得满足。

屋子正中间挂着一张母亲和我的黑白照，那时我刚满月，憨态可掬；母亲青春正炽，极有魅力的一个女性。这样一张照片，这样的妻子和女儿，几乎见证了他此生的极致荣耀，而现在它看上去像是一张遗照。其实若干年前，影像里的人对他而言就已经成为时光的祭奠了。

是他主动弃绝了亲人之爱，妻女与他的缘分，都只是如露如电。我想世界上最爱他的人是他的母亲，即使那位满含戾气的基督徒已经回到了她的国。

他似乎很兴奋，絮絮地说着什么，我则在心中盘算，待他百年之后，就将他的骨灰带回乡下，安葬在奶奶旁边。即使我对他们母子二人都没有什么感情，但总觉得这样应该是最好的安排。奶奶这一生，最出色的身份是母亲，而父亲最出色的身份则是儿子，他们在一起，是造物的各得其所。

他显然不知道我在想什么，殷勤地问询我是否需要上厕所，我坚定地摇头，即使我真的内急，也万万不肯在这里小解的。

他说现在家家户户都在家中安装了厕所，院子里的公共厕所反而被荒弃了，他买了一把大锁，公然将其占为己有，成了一个真正的"所长"了。

挺好，他一辈子连芝麻大的官也没做过，如今年老，做个所长也不错。

"现在时间——十九点整。"一个洪亮的电子音开始报时，吓我一跳。这个屋子于我有种黑洞般的错觉，吞噬时间，与外面的世界格格不入。想到这里，我起身查看了一下里屋，格局陈设与多年前毫无二致，只是更旧更脏更乱，十几个纸箱胡乱堆放着，都是没有来得及打开的糕饼点心之类。现在的食物保质期短，我每次都在电话里询问他是否已经吃完，须得吃完了我才会买新的，他每次都说快吃完了，想不到却是不断地吃着过期食物。

他在饮食上一直极为节俭，过期发霉的食物从来舍不得丢弃，一定要吞入腹中方才罢休。照理说这些年他食用的亚硝酸盐黄曲霉素都不知道超标几千倍了，可看上去身体状况居然还不错，几乎没有什么慢性病，只是羸弱些。他说今年生日那天，他想吃点好的，

第23章 再见父亲

就走到卤肉摊前,让老板切五元的卤肉,但老板说五元的肉太少,不愿做这个买卖,于是他只好悻悻然离开了。

我听完只有纳闷,今年的生日是我和母亲陪他过的,不过隔了三月而已,他应该不至于糊涂成这样,我诧异的只是他何以要编排这样一个故事,生日和五元卤肉的组合,达到了强烈的渲染效果,如果他不是在暗讽我的不孝,那就是在卖弄自己的可怜了。

可是,我能做的,只有这么多啊。

他开始给我讲述最近的经历,居然都和音乐有关,而他的眼睛里居然有灼灼闪光,原来,热爱真的可抵岁月漫长。

我试图与他共情,即使做不到心会神入。

他自四十二岁上生病,到如今,已然熬过数十载寒暑。这期间的日升月沉、春驰秋骤、潮来潮去、花落花开,他都丝毫不关心,因为这些变化都与他不再发生联系。他的生活只是重复,今天必然重复昨天,而明天则必然重复今天,我甚至可以在想象中复盘他的一天:清晨,他从杂芜的梦里醒来,有些恋恋不舍于被角的余温,因为昨晚他在梦里再一次成为那个眉目英挺的少年,站在舞台中央引吭高歌,全世界只有他与众生,而他的声音几乎将天上的星星都震碎了——这一瞬间的华丽灿烂,他愿用一生的潦倒交换。他从不会在梦中遇见两任妻女,甚至不曾梦见早已过世的母亲,而只是自己,身体健全的自己,在梦里似乎有无数的可能,却总在梦醒的那一刻羽化而去。他起床的时候习惯向右侧卧,再用右手支撑上半身的重量徐徐伸展，形成一个比较舒服的坐姿，然后就一件一件套衣服，他的衣服和裤子都不会有纽扣，一般以套头衫为主，外套则以拉链封口，这样当然是为了方便穿戴，毕竟，他只有一只手来对抗生活的琐碎。

　　他粗暴地打开一个包装袋，将一些白色粉末倒在一只洗得不太干净的碗中，用昨天的开水冲泡了一碗豆浆，又从堆积如山的纸箱中择定一个，随手掏出两枚袋装糕点，有可能是桃酥麻花，也有可能是面包干鸡蛋糕或者其他什么方便食品，用牙齿咬开包装袋后一小口一小口仔细咀嚼。吃饭秀气，这是他身上仅剩的城里人的习惯，但在别人的眼中，这只是一个衰老的特征而已。吃完早餐，他发现桌面上有一些不小心洒落的豆浆粉，毫不犹豫地一点点撮起来放入口中。很多年前，他曾对自己的小女儿讲过一个王二麻子吃烧饼的故事。话说王二麻子又穷又馋，跑到烧饼铺子里又掏不出钱。这时，他发现张三正在据案大嚼，饼子上的芝麻粒纷纷掉落，不由得心中大喜，连忙跑过去唠嗑家常，指望弄点芝麻粒儿吃，不料那桌子有些年头，生了许多缝隙，芝麻一颗颗嵌进去再也出不来。王二麻子心生一计，大力拍了一下桌面，喝道："太不像话！"芝麻粒纷纷弹跳起来。张三不解，王二麻子道："这家的烧饼味道太香了！"说罢，他以手指蘸取口水，在桌面上一笔一画地写着店铺的招牌，字写完，芝麻也吃完了，还存留了一些体面。

　　现在，他准备出门去河坝边吊嗓子了。河坝不远，离家七八百

第23章 再见父亲

米，一两个来回也不过三千米，对于一个腿脚不便的人来说，是非常适宜的晨练距离。他像往常一样小心翼翼地走在街道的一侧，步子很慢，而且姿势也并不雅观，但是这些脚印累积起来，就是他在世上行过的痕迹的总和。多年来，他已经习惯这种缓慢的节奏，吃饭、走路、应答，全都慢人一拍，因为时间对他来说似乎成了无限，已经无须追赶，就像一只长满青苔的老龟，日积跬步，安然于时光的缝隙。然而，他并非全然无动于衷，在某些特别的感伤日子里，他对自己，尤其是自己残损的手脚，会生出一股温柔的怜惜之情，即使这是转瞬即逝的。

吊嗓子的人不少，每天都有十来位，其中有与他相熟几十年的旧相识，也有不断涌入的新人，他们各自占据了有利的地形，手里比画着，嘴里发出长长短短的音节，一个个陶然忘我。他也连忙选定一处，润了润嗓子开始吐纳气息，这么多年的孜孜不辍，他的中气大约也不过恢复到生病前的两三成，而且身体被病魔折损得厉害，加上年纪老迈，以至于他的声音听上去总是断断续续的，一缕缕散逸在虚空中，有种说不出的悲凉意味。

从头到尾没有人和他打招呼，他也不敢主动找人攀谈，由于高度近视而且不戴眼镜，他几乎成了一个睁眼瞎。旧友相见，尚且不能相识，只得听声辨人，更何况新朋。其实这样一双眼睛，对他来说何尝不是一种自我保护，因为他再也无需看清别人鄙夷的眼神和呼之欲出的讥诮，衣着褴褛、落魄半生，他也只需对自己说抱歉而已。

冬草无咎：我的阆苑旧事

  吊完嗓子他并不会立刻回家，而是转过两个街口去公交站台准备乘坐 1 路公交车。现在，他要去做理疗康复——一项政府免费提供的公益福利。他对政府的一切惠民措施都很上心，这也难怪，自从生病后，他日常唯一的娱乐就是收听电视新闻，中央台、四川一套和本地台，一个都不落下。

  他视力极差，照理说家中应该多多地照明才是，但他生性铿吝不舍得开灯，常常一个人独居暗室，有时静坐，有时则摇摆肢体做一些奇怪的运动，摸头、抓耳、抖腿、甩胳膊，动作倒是一气呵成极为娴熟。待到晚上七点，他打开电视收听新闻联播，仍不开灯，任屏幕发射的刺目光线乱箭一般在眼前挥舞。他痛苦，然而同时感到满足，因为又节约一笔小小的电费了。

  他的欲望已经无限接近于零，就连一日三餐也只是草草——他永远可以花五毛钱买一把刚做好的鲜切面条，得到摊贩手中免费的小菜，平时几乎不吃肉，甚至鸡蛋也不允许自己连着吃两个。

  接下来就是卖唱时间了，这是他一天的华彩篇章，以前还需推着小车运载一套音响设备前往固定场所卖唱，现在听说有个文旅局的高局长对他颇多关照，居然允许他在自己屋子里唱歌，只要挂牌就算出摊，一天可有二十元的补贴。挂什么牌呢？阆中传统婚俗民歌点唱馆，如此如此，父亲除了所长之外，且又当上了馆长，真是双喜临门了。

  这些民歌大都是父亲年轻时在坂上村头采风而来的山野小调，

第 23 章　再见父亲

他有些技痒，献宝似的连唱几首给我听。这些曲子虽然颇多俚俗之语，但也自带民间泼辣喜庆的性格，有着蓬勃的生命力。比如有一首《月儿落乌霞》，意境优美、一唱三叹，标准的比兴手法，算得上是精品了，这是唱少女思春。又有一首唱童养媳的，叫作《人小接个大婆娘》，简直令人绝倒。甚至有更恶俗的，通篇都是什么"姐姐的大胯白又白"，不知所云，而且听得人心惊胆战，生怕他唱出一句更不堪的词来。

这些年他是没有闲着，一有空就参加各种歌唱比赛，在网上意外找到一段他参加某个选秀节目的海选视频，来来回回看了两三遍。他唱的是《三峡情》，这些老歌，现在看来也不过是些中规中矩的平庸之作，无法再获得当下年轻人的钟情，但它们也不是一无是处，若是编曲演唱得法，倒也能带来一定的审美愉悦。他规规矩矩地站在简陋的舞台上，动也不敢动，如同小学生一样随时准备修正自己的样子。他穿着棉服、戴着鸭舌帽，面目居然异常光洁，显然经过精心修饰，但声音已经苍老，气息完全吊不上去，但他并不甘心，酝酿全身的精神气力企图冲上云霄，力竭声嘶，却意外地有了一种秦腔的高亢和凄厉。别人唱这歌，那是天下大同歌以咏志，而父亲唱来，却完全是另一番滋味了。

他一直想要参加星光大道，却苦于不会使用电脑，报不了名，央了我几次，我嫌他聒噪，只是不允，这回忽然有所触动，一鼓作气为他填写了报名表格，投放出去，即使夙愿难偿，他也算有个盼头。

我邀请他到成都玩，虽然以前他也来过几次，但那时年纪小，心态还是有些抵触，如今我已成人，不再是小孩，也希望自己可以学着和过去和解。

　　他几乎是雀跃着答应了。

　　其实我不大懂得如何照料别人，我甚至也不会照料自己，小时候洗脸不注意水温被烫掉了眉毛和睫毛，多年来吃冰箱里的剩饭剩菜从不加热，几乎像散养的牲畜一样长大，天生是个不知冷热的，如何能指望我这样的人去照料别人？

　　然而我想，父亲活得比我还不如，我凡事注意些，他绝不至认为自己遭受到了轻慢。

　　照例去火车站接他，由于他每次的装扮都显得惊世骇俗，因此只有我一人前去接应。这一次，只见他戴了顶灰不溜秋的棒球帽，罩着件宽大的 PU 皮夹克，挎着一个橘红色的女士大包包，脚上踩着一双皱巴巴的球鞋，这一身行头几乎都看不出原本的颜色，但那个可怕的橘红色包包作为点睛之笔将他这个人提纲挈领地勾勒了出来。此外，他的右手还拎着一只纸箱。

　　我走到他身边，接过纸箱，一看上面印刷着纸巾三十包的字样，不觉有些发愣，不知道他意欲何为。

　　问了方才得知，原来这是我数月前给他邮寄的一包纸巾，而他并不需要，因此劳心费力地带到成都来了。

　　虽然有些无语，但我不好再说什么，只得右手拎着纸箱，左手

第23章 再见父亲

搀扶着他打车回了家。

接下来的几天都很正常，算是父慈女孝，我洗手做羹汤，为他打理一日三餐，为他铺床叠被，闲暇的时候一起唠嗑家常。有时候母亲也会过来看他，给他买新衣服、洗澡，没有任何别扭。她有时候会骂他，因为这位前任太脏实在污了她的眼，可他也不恼，笑嘻嘻地承受她的责骂，看样子很享受。这情景无论如何有点动人，空气里开始酝酿的奇异离子让我恍惚觉得我们一家子从来不曾分散过，二十多年的时光仿佛只是一瞬。

过了几天我忽然想起忘了告知父亲关于智能马桶的使用方法，不知道他是如何上厕所的，纸巾在洗面柜里他也没有找我问，怀着满腹狐疑，我准备找他问个清楚。他又是一贯的含含糊糊企图搪塞过去。

磨蹭了很久，我终于弄明白了，原来他上完厕所以后用的是手指，用的是手指！完了以后再拧开洗手池的水龙头冲洗一下。估计是怕我瞧出端倪，因此开水龙头的时间比较长。

我发了一阵呆，过了一会儿冲他笑了一下，说："你真的很富有文学性，我很高兴……做你的女儿。"

终于明白为什么小时候吃他做的饭，才扒拉了两口就狂吐不止，那里面可能混杂着不少来自人体排泄系统的可疑成分吧。母亲未必知道这个却精准地判断"有毒"，真是先知般的洞见。我在心底默默消化了一会儿，终于想通了，听说人老了以后就和小孩子一般需要处处看顾,更何况他还是一个手脚不方便的小孩子呢。我将他牵引至洗手间,开始展示智能马桶的用法。"你看,这个马桶就是专门为你们这种不喜欢用厕纸的人设计的,按一下键就行,水温自动调节,多方便。"他只管嗯嗯点头,也不知听进去没有,不过就算没听进去也无妨,我下次还会继续讲给他听。

毕竟,比起那些油盐不进的老年人,他的情况其实并不算太糟糕,终有一天他会听进去的。

第 24 章

泛若不系之舟

这么多年以来，我爱的物都是虚无之物，爱的人都是作古之人，黄家驹、安徒生、克尔凯郭尔，我觉得这三个男人真是性感到无以复加，甚至为他们各自定制了一款个性化相处模式：如果要和家驹相处，我最适合的身份是一个词作者，他作曲来我写词，永远躲在暗处，偏又暗戳戳地秀恩爱，岂不妙哉。和安徒生相处的话，那我希望自己永远不要长大，拥有一副天真童颜，像一个孩子似的乖乖听他讲故事。如果我不幸长大或者变老，他会比我更惊恐，并且在他的新故事里把我写成一个老巫婆。如果要和克尔凯郭尔相处，天，那我一定心慌气短，因为我的存在本身或许已经冒犯了他的爱。因此我们只能做网友，以语词相爱而永不见面，待到他死了，鬼知道他为什么死得那么早，我再去他的墓地亮相宣告主权。

白日梦有白日梦的快乐，至少剧情都是自己掌控的。

但我没想到居然脱单有望，一个读书会认识的男生对我频频暗送秋波，又约饭又约演奏会，每周末开车从都江堰直奔我当时的坐标双流蓝光，其情切切、其意绵绵。由于多年不谈恋爱，本人的反射弧有点长,但当我明白他的真实意图后立即一拍即合。

这个人教养良好,身上有种温润如玉的古君子风度,和我的喜怒于色正好形成互补,即使有一天这段感情难以维系,我相信他也不会将我折辱到尘埃里去。

好了,这已经足够了。我们聊了四次,最后一次确定年内完婚。

某一天我们去听林少华的讲座,一路上言笑晏晏,进地铁站的时候他接到一个电话,说了几句脸上立刻变色,整个人一下子委顿在那里,我是第一次见到一个人的表情在这么短的时间里有这样戏剧性的变化,因此也呆了半响。

后来问他,原来涉及公司的内部纷争。成年男子的脆弱,可能一生中只是几个瞬间,而身为女子,却可以脆弱很多回,甚至可以一直脆弱,也不知道是谁占了便宜。两个不相干的人要合二为一,会涉及方方面面的磨合,脾气性情最要紧,经济也是重中之重。他表面上云淡风轻,其实却是这样一个没有安全感的人,诚然,他的父母比我的父母靠谱很多,但对儿子的事业并无任何助力,他始终是如履薄冰的。

我的心头涌起一丝略带伤感的怜惜之情,在婚姻的存续期内,我将会无数次怜惜他。

我们没有彩礼嫁妆之说,领了证,就是夫妻了。我甚至也不想办婚礼,因为跑过不少婚礼现场也略知一些婚庆公司的门道,觉得这东西特别没意思,花一堆钱搭建一个舞台自己唱戏,就为了享受

第24章　泛若不系之舟

一次主角光环。

但是母亲一定要办,那些年她送出去的份子钱好容易有了回本的机会,焉有不办之理?我说,那好吧,把他们拉过去吃一顿自助餐吧。

想了想准备在网上找一间别墅租赁三天,没有找到合意的,只得订了一家僻远但环境不错的苏式庭院,可惜婚礼选在最冷的冬天,最为看重的花花草草一律不大光鲜,又订了两辆客车拉人,再订了一家风评还行的五星级酒店。

几个朋友主动请缨参与婚礼的筹备工作,我们分工后开始打理百合花、吹气球、贴装饰物,简直忙得人仰马翻。不知何故,我忽然自心底生发了一股深重的倦怠感,觉得这四周虽则熙熙攘攘,但当下并非属我的良辰。我到底在哪里呢?我的良人又置身何处呢?

他走过来,将一杯热水默默递到我的手中,此刻我方惊觉自己嗓子眼发干发苦,而这杯热水,正是触手可及的温柔。

不出意外的话,我们婚后还有很多事亟待磨合,婚姻是进入世俗的仪式,明日之我将永不同于今日之我。而他也一样。

我不知道我们彼此的爱情是否会超越七年之痒的桎梏,但是无论如何,明天的婚礼一定如他递予我的热水一般福杯满溢。

恍惚记起那个看不见面孔的素衣少年,他的哀伤的剪影从此再不会出现在我的梦中。转念一想,眼前人何尝不曾是另一个女子的梦中人呢?收因结果,环环相依。又或者那素衣少年乃恶鬼化形,乱人魂魄，也未可知。

第二天，林老师果然带着芳邻诗班的许多弟兄姊妹前来，大家均着便装，唯林老师一身布道服，仪容肃整，湛然若神。

林老师的妻子李老师，丰靥秀肌，态度可亲，他们两人一来，顿时为这个简素的婚礼增加了许多端凝气象。

大概排练了半个小时，也快到中午了，大家各自就位，开始唱赞美诗。当天没有伴奏，但是因为诗班分了声部，歌声仍然肃穆到让人感动，并自带一种旷远的回响。我听他们唱《爱的真谛》时尤其仔细，一句句都是叮咛嘱咐："爱是恒久忍耐，又有恩慈，爱是不嫉妒，不自夸，不张狂，不做害羞的事。"那位伟大的传道者在传道的那一刻已经成为诗人，他几乎无法压抑自己的情绪，所以最后他说，爱是永不止息。这点睛的一句乃是未了之情、未尽之言，是空振的余弦。

到底什么是爱呢？心悦君兮、寤寐思服、汉皋解佩、纨扇题诗，关于爱可以有一千个典故，但是细究起来，这些散发着中国古典情味的场景，它们竟然都只是爱的侧影，而非爱的终极。保罗所要求的责任、担当、忘我、契约、苦修般的坚忍，不要说普通情侣，我觉得大多数基督徒也未必做得到。

想到这里我十分惭愧，因为我近日总是疑心起自己基督徒的身份，觉得自己是个冒牌货，在这里白白受了他们的恩膏。

这时林老师开始宣告他的见证，最后他问新郎："无论贫穷、

第 24 章　泛若不系之舟

富贵、疾病、苦难，你都愿意对你的新娘不离不弃吗？"

新郎说，我愿意。然后林老师又以同样的话问我，我亦答愿意，全天下的人结婚，只要穿着西装和婚纱，此刻他们都会说我愿意。中式婚礼虽然不说我愿意，但他们要拜天地，岂不是个天地为证的意思，那更是愿意得不得了，愿意得无可推诿……可最后为何还是总有那么多的怨偶弃妇？新人的誓言是说给虚空的吗？人真的是很奇怪的动物，挖空心思来做一场珍而重之的仪式，后来却总觉得和自己不相干。

婚礼好容易完了，又吃了饭，闹腾了一天，我估摸着不知何时被宵小算计，中了一招化骨绵掌，只觉身软如绵，经络寸断，恨不得立即找个床趴上去呼呼大睡。

第二天醒来，闭目想了好一会儿也没想起梦中的情节，大约是一夜无梦吧。房子已经收拾得妥妥当当，花草也安好如初，万物各归其主。翻开手机，看到朋友们的祝福，他们都希望我们能永远幸福——永远，凡俗人世的痴心妄想，年少时已经用完生命中"永远"这个词的配额，所以此生我不会再对任何人说永远——但是我的新郎，我将珍惜当下的分分秒秒，与你共享，直到世界的末了。

第 25 章

风云再起之母亲的奋斗

母亲是个天生消停不得的人,她常常有一种不甘,也有一种不安,总觉得自己是个富豪命,要是不可劲儿折腾一番,简直对不起自己的生辰八字。

其实她的八字平平,可算命先生要赚她的钱,怎么能说这个命主其实只是个泛泛之辈呢,总是一年又一年地画着大饼,今年说你明年必定发财,明年又说你后年必定转运,后年又说你大后年必有贵人相助。这些算命先生虽然说的全是些似是而非的套话,倒也还有几分职业道德,好像个个都有行业协会拘管着,让他们一定要在乎顾客的心理承受阈值,不可过高也不可过低,最要紧的就是对未来充满希望。

母亲算了这几十年的命,光算命费也不知散出去多少,而且我们这里的算命先生一个个比孙行者还刁钻。算命费不固定,命好多收命贱少收甚至不收,那些去算命的,最怕的就是算命先生不收钱,简直比揭掉自己一层皮还难受。不收钱者,或时乖运蹇,或时日无多,都是倒血霉的事,反之,算命先生要得越多就越发证明自己是

第 25 章 风云再起之母亲的奋斗

个人上人，皆大欢喜。

我眼见着母亲年华渐老，发财无望，心里琢磨着她应该收了心，就叮嘱她去神像面前发个誓，说此后再也不打牌了，要是再打牌的话十个手指头全都烂掉，她一面笑骂我好狠的心一面果真去庙里诅咒发誓了一番。哪知道不多久就发生了那场举世震惊的"5·12"大地震。

母亲的一个老姐妹过来找她打牌，听说她已戒赌，气得一顿连珠炮数落道："这个麻将又不是其他东西，怎么能说戒就戒呢？你戒了我们怎么办？现在凑人不容易，志同道合的姐妹也不好找。而且你看看，地震好吓人嘛，抖两下就遭洗白了，如果麻将没有耍安逸，又来场地震把小命送了，活一辈子多不划算哪！"

不得不说这位老姐妹是个非常出色的说客，三两下就把母亲说得心动了。她思想了一夜，第二天一早就买好香烛纸箔，来到庙里恭恭敬敬给观音菩萨上了香，嘴里念念有词："菩萨啊，菩萨，您是最体贴人的菩萨，从不怪罪人的菩萨。前两天我来许愿，说要戒赌，您听见没有？要是听见了的话您就装作没听见，因为我还没有做好戒赌的思想准备，以前说的那些打牌就烂手指头的话，可千万做不得数哟，千万千万。"又恭恭敬敬磕了三个头，这才去了。

这一番操作下来，我简直目瞪口呆，就连神仙她都要讨价还价，我又算什么？从此把那些劝她戒赌的话也就烂在肠子里了。不料隔了几年，她居然宜室宜家起来，不怎么打牌了，原来她爱上了一个比打牌更刺激的玩意儿——传销。

这东西现在也很懂包装，美其名曰"互联网金融"。

这里面各种名色，不一而足，有做资金盘的，有专门炒币的，也有做产品的，类型丰富，任君选择。下游端从业人员大都是四五十岁往上的女性，几乎都不太会使用电脑，但智能手机的普及让她们很快以手机网民的身份加入这场狂欢派对中。只要母亲在家，那就只有两个字"聒噪"，从早上 7 点到次日凌晨 1 点，手机的外置喇叭不停地播放着各种网络会议、传销人员心得分享、项目介绍等等。我在绝望之余，花三百大洋从淘宝上购得一副防噪耳机，除吃饭之外都戴着。可这东西戴久了也不行，耳朵麻脑瓜也疼，不得已又被迫接受了许多信息，渐渐也悟出一点门道。别说，这些被组织选出来分享的人，大多具有相当程度的煽动性，至少在普通话方面就比一般四川人强得多，能分清平舌和卷舌，前鼻音和后鼻音，他们往往会编一个很励志的故事投石问路，再采取心理战攻坚术。比如一个又穷又丑、活在世上就是浪费粮食的人，做了他们家项目以后，年入千万，立刻娶了漂亮的女大学生，住上豪宅，开上豪车。又比如一个没有退休金的老太太，在家里带孙子都被儿媳妇嫌弃，简直比保姆的地位还不如，但自从她做了他们家项目以后，荷包鼓囊囊，儿子儿媳都变得特孝顺，连孙子都愿意跟她玩儿了。又比如一个没有工作的家庭妇女，毫无女性魅力可言，被老公无情地抛弃，她后来接触到这个项目（医美类产品盘），不但变成大美女，而且

第 25 章　风云再起之母亲的奋斗

收入可观，很快找到一个又多金又多情的接盘侠。

不要小看这三个故事，它们稍加改动便可以应用于任何一个传销项目的宣传。可见所谓的互联网金融，其目标受众本来就是传统定义上的中产以下阶层。他们分辨能力不强，改变命运的机会不多，每每听到这样的传奇都以为是上天赐给自己的最后一根救命稻草。此外，这些语音分享喜欢夹带私货，有明显的常识错误，利用普通人的知识漏洞，修修补补成另一套理论体系混淆视听。

母亲自从找到她的组织以后，简直快活似神仙，总觉得今天的自己比昨天的自己又增长了许多见识，多了许多朋友，又添了许多美貌风情，渐渐地把手中两间门面也玩脱了，生意也不做了，五六年间散了三百多万元出去（听说她也成功过，庞氏骗局皆不久长），兜兜转转，居然仍是一无所有。

好在她心态颇佳，从不为短暂的困难击倒，越挫越勇，堪称打不死的小强，而且她永远年轻，永远热泪盈眶，每次听完传销誓师大会后都是一副恨不得向天再借五百年的样子，雄心不死，壮怀激烈。

2015 年，成都房价还未大涨，母亲有一天忽然找我谈话，说她最近要买房了，要我陪她一起去看房。我估摸着她手头的钱买一套普通户型应该没有多大问题，就点头应允。哪知第二天出门才得知，她居然要我去温江陪她看别墅，由于购买别墅的阶层和我们的实际阶层差得有点远，一向极富自知之明的我立刻表示了婉拒。可就在这时，一对慈眉善目的老年夫妇开着一辆破到看不出牌子的四轮汽车靠了过来，顺顺当当地把我们母女俩接到了温江。

原来这对老年夫妇是她的朋友，他们有个能干儿子，做贴牌手机发了财，花了三百万买了套别墅给父母养老。老夫妻成功把别墅装扮成农家小院，见缝插针地种满红薯和牛皮菜，还饲养了狗和二十多只兔子。

母亲参观完毕，悄声道："你看如何？环境不错吧？我准备在这旁边买一栋。"我撇嘴："又背光，地方又偏，不开车连个菜都买不了，而且别墅的装修费贵死人，你看他们家买了这么多年都没装修。"售房小姐满面含笑地过来，领着我们看了一圈，原来还有临湖向阳的，层数更多，索价七百万。我听了，简直无可如何，拉着母亲就往外走，一面走一面说，您老就别作了行不？她的脸上浮着一个神秘的微笑："七百万稍微有点悬，五百万还是没问题的。"问了一下才知道，原来母亲最近正在炒币，前期收益颇丰，她一不做二不休，又投了六七十万，据说保守估计将有五百万的回款。

我一听是这样，心已经凉了半截，因为她那时候已经投了好几个二十多万出去肉包子打狗，只得佯装镇定问道："也就是说你现在是身无分文对吧？"她眉毛一竖，朗声道："回成都的路费老子还是有。"

后来当然是别墅没买成，普通小户型也没戏。可喜的是她仍然对明天充满希望。晚上睡觉的时候，我们母女俩拉拉家常，她喜滋

第 25 章　风云再起之母亲的奋斗

滋地说，这世上还有什么工作比传销好？又自由又刺激，走在哪儿都受欢迎。她以前拒不承认自己从事的伟大事业是传销，但在家里她是说不过我的，我铁板钉钉地给这玩意儿定了性，她倒也能唾面自干。

话说他们这些搞传销的，别的本事没有，碰瓷的功夫倒是一流。炒币的时候，每家都说自己的币就是明天的比特币；自我介绍的时候，每家都说自己的老板身家超过马云或者比尔·盖茨；需要拉人头的时候，每家都说自己的项目有国家政策支持。我有时候实在听得烦了，问他们可不可以换几个碰瓷对象，比如曹德旺啊、王健林啊什么的，人家可跩了表示根本就看不上这些土老帽。

我日常观察母亲，发现她就是花着一线奢侈品牌的钱，用着不知名厂家生产的三无产品，护肤品、彩妆、包、保健品，没有一样是看得过去的好东西，偏偏价格奇昂，因为她们这些最终消费者就是被层层盘剥的对象，正所谓羊毛出在羊身上。但不知怎么搞的，她对这些产品无一例外皆有着异常的信心，尤其是保健品，买了很多回来给外公外婆吃，说是包治百病，癌症都能治好，我估计她下回买的保健品一定会在产品介绍页上说自己生死人肉白骨，不然干不过竞争对手。

其实我平时很喜欢听母亲讲传销人员的故事，他们领的人生剧本还真比常人有看点，起承转合，充满戏剧化的舞台张力。比如，一位三十多岁的清秀女子，好容易从乡下嫁进城，老公在公司上班，

冬草无咎：我的阆苑旧事

儿子也很听话，但她颇有野心，一直想通过传销改变命运，做了几年市场下来，一百多万的家庭积蓄全部赔光，全花在路费和请客吃饭上面了。月薪五千的老公痛痛快快地和她离了婚，没有一丝眷恋。又有一个叔叔，是个退伍军人，几年前做了一个香港的资金盘，居然狠狠地发了笔横财，立刻换了个小二十多岁的老婆，不过又一夕之间全部亏空，现在过的日子简直猪狗不如，吃口稀粥都要看别人脸色。不过呢，并不是只有男的发了财想换老婆，女的也是这样想的。六十多岁的方医生，是位老有余妍的阿姨，她的老公温文儒雅，又肯做家务，又是耙耳朵，照理说很不错了，但是她并不满意，每次都和我们吐槽要换老公，一发财就换，结果去年果然换了，而且她还没发财呢。

想着母亲和这些人混在一起，我还是有点忧心忡忡，好在她上无公婆拘管，中无丈夫羁绊，作为儿女我是不管事的，反而可以比其他有家庭的老姐妹散漫很多。

而她们这些老姐妹之间的塑料姐妹情，那简直比年轻人还不靠谱。头一天还姐姐妹妹亲爱的，可能第二天见面就互相问候祖宗十八代。我曾目睹A和B对骂的场景：A说，你硬是要不得哟，又把我骗过去遭了五六千，做人不要这么黑心哦。你要把这个钱赔我。B大怒，你心黑还是我心黑，咱们掏出来比一比，你才遭了五千算啥？去年年底非把老子喊过去弄你们那个鬼迷心窍的项目，两个月就死了，我是足足遭了三万，这一下去找鬼呀。两人说得兴

第 25 章　风云再起之母亲的奋斗

起，互相啐了两口就分道扬镳了。

我心道：这两个人看来是没得搞了，也好也好，少一个做传销的朋友，多一条路。

结果不上一月，两人居然又和好如初，蜜里调油似的。我实在按捺不了心中的好奇，愕然道："俗话说，人要脸，树要皮，可为啥你们的脸皮都撕破了，还能手拉手肩并肩做姐妹呀？"B 淡然道，当你拥有了信念，脸皮并不重要。

这个 B 当然就是家母。如今，母亲和她的老姐妹处于一种和谐的共生关系里，彼此惺惺相惜，都觉得对方还有一定的利用价值，有可能成为自己的下线，因此绝不能完全放弃。这些老姐妹每天混在一起，消息极是灵通，每天互通有无。我感觉他们的业务早已经冲出中国，东南亚是他们的老巢，欧洲是他们的后备军，南极和北极也是他们的补给站。此外，传销业务已渗透至民生的方方面面，有传销型新能源汽车，传销型保险，传销型住房，传销型养老殡葬……只要政府愿意，他们恨不得委派几个代表常驻民政局。

母亲虽然已经到了更年期，但是斗志昂扬，实时贯彻毛主席的伟大教导，与天奋斗，与地奋斗，与人奋斗，其乐无穷。西班牙的斗牛，古罗马的角斗士，统统斗不过她。她是希腊神话里的坦塔罗斯，渴不得饮，饥不得食，每次都见到胜利的金苹果灼灼地在眼前招摇，但只要手指一碰就化为乌有。

在经过重重洗礼以后，母亲是越发的有些乔张做致起来，早晚

冬草无咎：我的阆苑旧事

又要打坐，平时又要寻僧访道，还要找一些江湖郎中帮人治病。原来现在搞传销的过场多，喜欢弄点神神叨叨的忽悠人，头目将自己装扮成大师到处走穴，又威风又安全，岂不快哉！母亲说大师给她看过了，说是天上的仙女思凡下界，问是哪个派系的，那边回话说是女娲后人。看样子大师应该是仙侠的铁粉，那区区不才在下可能也是女娲后人的后人。

她最可骄傲的一件事就是行不更名，坐不改姓，不像那些没骨气的，坑了人立刻就把微信名字改了，头像也跟着换了，仿佛去泰国秘密地做了个手术回来，定要与过去一刀两断，生怕那些旧相识找自己还钱。列位看官如有做互联网金融的，也可去微信好友列表里面瞅瞅，没准儿又多了几个性感美女。

总之母亲经过多年的奋斗，仍然坚定地挣扎在贫困线上，幸得去年与我合资在老家购得一所小小房屋，或可免老年飘零。但她并不太乐意，仍然构想的是花团锦簇的未来景象。前几日又有一个算命先生说母亲格局清奇，三年之内必发大财，让我们再次拭目以待。

第 26 章

外公之死

外公走的时候八十四岁，虚岁八十五。那是盛夏的七月天，而我们原本都以为他是要在冬天走的。

上了年纪的老人都怕过冬天，外公身患多种慢性病，肺疾更是久治不愈，平时热衷于服用各种抗生素和打点滴，一到秋冬则众症齐发，免不了各种修修补补敲敲打打，熬到开春，略有好转，方是活过了一年，只是民间常说，七十三八十四，阎王不叫自己去，外公终究到了这大限之日。

他和外婆做了一辈子的冤家对头，一旦别离，仍然是不可解的哀恸。

出殡那天，外婆呆坐在门槛的一角，身上胡乱披了件衣裳，头发蓬乱，神情委顿，像是生命里的精气神已经破壳而出。我走到她跟前想要宽慰两句，却发现她肢体僵硬眼神呆滞，而且好像也并不认识我是谁。

几位小媳妇老妈妈上前簇拥着外婆，亲亲热热地说着体己话，他们都是老实巴交的人，无法伪装悲伤，但仍试图共情。我则缓步进入堂屋，正中是一具横陈着的深晦色棺材，上面的一层漆，已经不知道刷过多少次了。乡下老人都是这样，差不多六十上下，就早早准备自己的寿材。他们从土里刨食，辛劳一生，生下的儿女个个如蒲公英的种子，虽也断断续续交替着赡养父母，但若要享受真正的天伦之乐，都是虚空，都是捕风。

有人说接下来会开棺，让大家见老爷子最后一面。我努力挤到最前面，心想一定要把外公最后的样子牢记心中，可不知怎的，此刻我的目光却被旁边一只大蜘蛛攫住了，它个头虽大，却生得细脚伶仃，一副假大空的样子。我看得有趣，蹲着想要拨弄一下，没提防一只大脚踩将下来，将大蜘蛛踩了个稀巴烂。

回头再看，就见棺材盖已经放下，众人面色阴郁，我忙问身边的萧萧，你们看到外公了吗？她脸色惊惧，说是看到了，老爷子脸色焦黑，有点吓人。我很懊恼自己没看着，她却说，不看也好，看了可能有阴影，说完急急去了。

待到仪式开始，却听外婆发出一声悲鸣，声音大异寻常，我们赶紧出屋，生怕老人家出了什么意外，只见她面色凄惶，自顾自唱起歌来。歌词是即兴的，我听不大真切，却也隐隐有几句飞入耳膜，比如哥哥你一句话都没说人就走啊，妹妹我有多少话在心口。曲调是朴素的，但我仍然感到震动。在乡下，一个老人的死已经掀不起儿女心中的半分波澜了，只有这相处了七十年的伴侣，字字声声唱着他的光荣和过往，再平凡的人，此时也成了那英雄诗的主角。

第26章 外公之死

外婆如痴似狂，或许这是她生命中第二次坠入爱情，而第二次和第一次之间，隔着足足七十年的遥遥相望。他们之间再没有殴打、谩骂、掠夺、算计，也再没有痛苦和血泪，他们将以夫妇之名终结此生。外公啊，我祈求你听，那些曾与你春风一度的露水姻缘，此时只能藏身于黑暗遮蔽之处，无权无份无纪念。请将你虚无中的柔情，倾注到眼前的发妻身上吧。她才是阳光之下唯一的真实，你的爱侣，你的仰慕者，你的骨中之骨与肉中之肉。

众人见外婆哭得尽兴，不免担心，因上了年纪的人，经不起折腾，有时一个去了另一个就随着去了，但她现在无论儿孙皆不理会，只得另外找了和她同年的几位老闺密前来劝解，好一会工夫，终于哀哭渐歇。

仪式继续进行，我看着也并不十分正经。记得小时候随外婆去参加白事宴席，有专门请的哭灵人，一边干号一边唱祭文的，那声调又高亢又悲怆，傍晚时分真叫人毛骨悚然。

如今乡下也商业化了，两万元做一场仪式，弄些已经脱相的童男童女、白龙马（皆为吹气玩具）来正堂安放一下，请个不着调的乡村主持人胡侃一番，大家吃吃喝喝、吹拉弹唱，兴致好的话K会儿歌就结束了。唯一还算得上高性价比的恐怕就是这支老掉牙的乡村乐队了，有二胡、唢呐、铙钹之类，虽然经常走音漏拍，可是想想他们将要工作整整一昼夜为逝者守灵，无论如何，我对他们还是心存感激。

冬草无咎：我的阆苑旧事

　　到了这一步，仪式已经快要结束了，但我注意到除了外婆、母亲以外并没有别人哭，甚至吃席的时候大家亦如常划拳行令，酒酣耳热间，面上并没有悲色，或许他们已经吃了太多的白宴，有什么好哭呢？一个乡下老人活到八十四岁，有什么好哭呢？人就是这样的，一代一代，生下、活着、死了，有什么好哭呢？

　　然而母亲的哭泣仍然让我动容，让我潸然又惶然。她的柔软伤感像自地底涌出的珍珠，是这葬礼上另一件珍贵的礼物。一个人就算活到一百岁，就算他希望全天下人都笑，也会希望自己的葬礼上有人哭，那是灵魂所能听到的最后的来自人间的声响。外公这一生，活得恣意响亮，他欠了别人的，别人也欠了他的，但自此刻起，所有账目一笔勾销，他所经历的光荣和苦难，也从此刻进入历史，即使他是没有名字的。

　　外公的墓地居然在菜园，离屋宇不到十米的距离，这是他生前为自己选择的安息之地。在我看来，这里简直无一是处，除了朝向不佳，且地势低洼，雨天容易积水，再者离阳宅未免也太近。直到后来才听外婆说起，外公父母的骸骨也在近处，差不多挨着屋根处，地势本也不高，他不希望自己的墓地僭越父母，因此执意选择这里。听了这话我不免心头恻然，外公作为一个普通人，总是免不了对这世界有所亏欠，但是对父母长辈，他实在是一个孝子，即使这样的孝道现在看来几近迂腐。

　　外公的老年生活相对还是比较闲适，但他的钱也来得着实不容

第 26 章 外公之死

易,年轻时在地里刨食,年老后只能指望子女,给一个是一个,不免将那钱财看得太重了些,几次为了生活费和外婆大打出手。他走后留下一千二百元,子女们将钱分了,算是留个念想。另有金戒指一枚,约有二十克之数,它的分配倒是引起了小小的风波。

素菲姨妈认为外公只有这一件像样的遗物,理应留给家中唯一的男丁——舅舅或者舅舅的儿子,但是母亲非常坚决地反对了这项提议。

戒指是她在四年前买给外公的。外公一生喜欢穿戴,诸样行头具足,就是缺少一枚大方戒指作为点睛之笔,殊以为憾。那年外公发病,来势甚急,外婆以为人快不行了,立刻给儿女们打电话令其速归。母亲哀恸之余,买了一枚大方戒替外公戴上,外公大乐,转危为安,平时爱惜这枚戒指甚紧,不肯脱卸,如是过了四年。忽一日,外公临睡前将戒指摘下放入抽屉,翌日即登极乐,外婆深以为异。

母亲说,戒指如果随着外公入土,也就罢了,既然留着,她就会带在身边,因为看到这戒指自己就会想到外公的音容笑貌。

其实几年前,外公的身体已经很不好了,他预感到死之将至,对身后留名产生强烈的渴望,一次次向我述说着他年轻时的壮举:在榨油厂参加榨油比赛得了第一名,如果不是家里实在艰难需要他回去养家,他早就成城里人了;回乡后又带领社员挖堰塘开水渠,保证农作物的水源灌溉,饥荒时我们当地没有一个逃荒的。

此外,外公其实是一个提倡临终关怀的人。他壮年时恰逢饥荒,

冬草无咎：我的阆苑旧事

村里老人走的时候心心念念都是馋着一口吃，其实说起来也不是什么金贵吃食，无非是些红糖锅盔、保宁蒸馍、徽子油条之类，都是我们本地特产小吃，平时价贱易得，紧要关头都成了稀罕物儿了，很难买到，但外公总是费尽周折地去替他们弄来。更有那嘴巴刁、胃口大的，临终前一迭声呻唤不绝，咒骂儿子女儿没出息，连一碗羊杂面也弄不来，自己只能去做饿死鬼了——便是做鬼也不能甘心。儿子既羞且愧，只好告诉了外公，托他想办法，外公也发愁，当时本就物力艰难，想弄点面食也不容易。这家老爷子狮子开大口，说什么务必要有些油水臊子做浇头，才得心满意足，他没奈何，只好打着两条火腿走了三四十公里的山路，进了城花费若干心血搞到一碗羊杂面，饭也来不及吃，就急急往回走。因为在路上来去花费了一天时间，外公心里毛焦火辣的，总是担心赶不上，毕竟临终的人生死只在须臾之间。不过那老爷子究竟有些福气，僵着脑袋瞪着眼睛，巴巴儿望着窗外，硬是把羊杂面等到了。现在想想那面条估计已经结团了不大好吃，但老爷子一口口吃得甚是香甜，吃完了，望着外公，连说两声："兴国，你好啊，你好啊。"说罢含笑而逝。

这一段故事我是小时候就听大人说过的，当时只觉得这老爷子未免太馋，而且馋得简直没有体面。到如今时过境迁再次回味起来却另生了一番领悟，这一碗羊杂面，对别人来说只是一份好吃食，对他来说却是生命里的心之所系，而最后的愿望得偿，简直是人生的大喜悦，焉能不笑呢？

第 26 章　外公之死

而我的外公，一个出色的农民，从来就以孝道作为知人论事的最高标准。在他这里，对父母的孝或许只是例行规训导致的结果，而对其他老人的孝，意义复杂，但未尝没有忧患及怜悯，在这一点上，他是真正的老吾老以及人之老。

一个人总会以他所渴望的方式灿烂，并以他所不屑的方式黯然。外公生平最恨负心薄情之人，说起薛仁贵就痛骂："王宝钏苦守寒窑十八年，你还有脸调戏真心寒！"可是外公啊，外婆待你的好，是足足七十年啊，足足七十年的花开花落，日居月诸，你却终究将她辜负了。

第 27 章

外 婆 的 回 忆

外公属鸡，外婆小一岁属狗，我觉得人的属性和生肖之间确实有着一种有趣的关联。外公正是一个雄鸡一样的男子，重视外表，有时不免花里胡哨的，但也颇具男子气概，生就一副为全家遮风挡雨的脊梁骨；外婆呢，朴素、真诚、纯良，她是那种认定了就一辈子不放手的人，遇着其他识货男子或许还懂得怜惜，偏偏遇着外公，真是应了一辈子的鸡飞狗跳。他们十四五岁成的亲，两个都还是半大的孩子，算算年岁，恰逢新中国成立前后。那时大家都穷，却各有各的穷法。外婆是地主家落难，穷得如大浪淘沙，干干净净；外公是佃户人家出身，穷得衣不蔽体、三餐不继。而像他们这样的，其实是当时人们的常态，所谓的民国风流，只是上层社会的风流罢了。我们四川这些山旮旯的人，听说那时候的年轻姑娘家想穿一身鲜艳些的衣裳也难得。

我小时候见过一对夫妻，那老爷子辈分低，照理该叫我嬢嬢，比外公外婆大三十岁左右，彼时已经九十多岁的高龄，喜欢穿对襟褂子，常年包着头巾，留着长髯，动作迟缓但还算精神，像一尊残

第 27 章　外婆的回忆

存下来的民国活化石。那老婆婆也和她夫君一般打扮，穿蓝布大袄，包着头，干瘪枯瘦，被岁月风化得只剩一派嶙峋古意。他们的风貌气度比外公外婆保留了更多的我对那个时代的想象。

外婆长到十四岁，有人开始张罗着给她说亲，介绍了两三个，她总是不喜欢。后来就有人想到外公，觉得这两人还算般配，外婆心里仍是疑疑惑惑不敢决断。

她决定溜出去，趁着外公不注意的时候偷看他一眼，如果中意就答允，如果不中意就婉拒。那时的女孩子，大都仍是遵循媒妁之言父母之命，倒不是出于长辈的爱惜贵重，而只是草草。她们常常自比那些轻逸飘忽的事物，柳絮、草芥、蒲公英，遇着谁就是谁，无非在尘埃里寻找自己的宿命。像她这样跑出去偷看说亲对象的，实属大胆。

那时外公也不过只是一个大她一岁的少年，却身负劳苦重担。他有两个弟弟，都还是垂髫之年。父亲因为穷，结婚艰难，生孩子的年纪也晚，不到五十的年纪已经疾病缠身，母亲也是病恹恹的。作为家中长子，他是唯一的劳动力。

外公身量条畅、容貌英俊，很有男子汉的模样，即使到了老年，行动间也自有一种风流意态。事实上他极善修饰，夏季出门只穿衬衫长裤、材质无非纯棉和丝绸，手中摇一把折扇，不是看戏就是打牌，一副闲适派头；冬天则必穿质感考究的风衣或真皮夹克，有时会打领带，配皮帽、马丁靴。无论在哪里落座，他的存在都不能让人轻视，他拥有一张乡下老人罕见的、令人敬畏的脸，眉峰眼梢、鼻翼唇角的线条尤为出色，有意无意之间，隐现一丝充满掌控力的傲慢。

年轻时的他，究竟生得如何，是很可以想象一番的了。

总之，外婆偷看了一眼然后跑了，心里其实是喜悦的，她喜欢他，他是她生平所见过的最好看的男子。外公知道自己被人偷看了，有些懊恼，因为他并不知道这女孩子的模样。

其实外婆也生得不错，在乡下姑娘中算是出挑的了，可比起外公，气度风采似略有不及。

他们很快就成亲了。

虽然是小门小户，但是仪式流程一样没少，珍重芳姿、穆如清风，说起来比现代人还更有人世的华丽深藏。外婆穿了红嫁衣，戴了凤冠，端端正正坐在花轿里，一颗心却紧张到要从腔子里跳将出来，她想着她的夫君、她的公婆、她的两个小叔子，无限的未来跟随她颠簸的身体延展而去，而她简直没办法想象。那时的女孩子新婚后回门都是要坐轿子的，脚不沾地，新郎则坐滑竿。听外婆说她的娘家人为了给新郎一个下马威，故意交代了轿夫，钻了个空子将外公扔到田地里去滚了一身泥。这确然是娘家人抖擞精神的时刻，不过，可能是唯一的时刻。

女孩子一旦结婚，身家性命就全部交付给夫家了，余下的皆看各自造化。

他们成亲太早，外婆甚至还不曾来癸水。我估摸着娘家想节省

第 27 章 外婆的回忆

一口米，婆家想早点弄个人过去干活。早早结婚，居然是穷人家的最优解。

事实上，外公从十二岁起就成为那个为全家挑劳苦重担的人，他做了挑夫，本地人又叫"背老二"。这是苦差事，和早年的重庆棒棒差不多，是穷苦山区特有的廉价劳动力。幼年时我还曾听他唱过当年的号子："背上背的背架子，手里提的打杵子，脚上穿的麻耳子，腰杆里别的扇芭子，口里衔的烟锅子，肩膀上搭的汗帕子，累倒哒还要唱个山歌子。"其情其状，宛然纸上，精确地勾勒出一个竭力前行的背老二形象。那背架子微微呈八字形，长一米二三，是一个平面的梯形，可以自由绑缚不同体积的货物。有时货物体积膨大，衬得人小小一只，如同蚂蚁负物一般。外公当年的长途负重有一百五六十来斤，须得紧紧扎扎捆缚好，每天翻山越岭走上四五十里的山路，将货物安然送达。他的行程也不固定，有时候来回两三天，有时则需要十天半月。有时独行，有时团体作战。即使在新中国成立前，这样的苦差事也只有健壮的成年男子才做得，而我的外公当时只有十二岁！无法想象那个单薄的少年是怀着怎样的信念在这崎岖山路间背负他的人生，我只有汹涌的泪水悼念。

外公生性聪慧，幼年只读了两年私塾，却已经初具文化人的底子，而且他酷爱学习，手不释卷，对书本的迷恋超过我认识的大部分人。即使到了晚年，读书时但凡见到生僻字仍然要一个个捉出来问询我，但由于他不识拼音，用的是反切，所以总也记不住，第二次见到那字，虽然面善仍只能连猜带蒙，比如哪吒，他一直念作"邋遢"。

　　这样的外公，没奈何干起"背老二"的营生，心中自然是不愿意的。然而穷人没有选择的余裕，他那一家子负担甚重，而他作为老大，必然是那个最具牺牲精神的人。幸得结婚后，他添了一个贤惠能干的副手，对生活似乎多了一点盼头。

　　外婆作为新妇，首要任务是照顾公婆，料理家务，还要养两个小叔子。这个家不但穷，而且没有丝毫助力，公婆推说身体不好，大部分农活也只能落到她的头上。这种情况在乡下也是不常见的，即使到了今天，六七十岁的农村人也鲜有怠懒的，这是他们获取后辈尊重的方式。

　　老两口嫌弃媳妇家穷，却不想如果她家不穷如何能到你们家。嫌弃她做饭不好吃，是了，巧妇难为无米之炊；嫌弃她懒，谁叫她干活儿干得比牛少；嫌弃她是个不下蛋的母鸡，小姑娘两三年后才来月事。

　　老年人的唇齿极为恶毒，外婆生性好强，免不了背地里哭了几场，只是做事越发麻利，努力不给人添口实。

　　十九岁左右，她听说有个女人在丈夫外出期间有了一个不方便的娃娃，不知道如何处理，就赶了过去，发现是个趣致的女孩，于是收养了她。

　　后来，她连着生下三个女孩。差不多三年一个，而生第三个的

第27章 外婆的回忆

时候,她已经三十岁了。

她怀着极大的期待孕育她的第三个孩子,并且幻想他将是一个男孩,只有男孩才能为母亲带来荣耀,免遭公婆羞辱,重获丈夫怜爱。他们少年夫妻,开头也必有过甜蜜时刻,只是终究被岁月荒芜了。

和周遭的乡下男人相比,外公显得过于鹤立鸡群,站在那里几乎就是一种挑衅。外婆作为一名颜控,眼里心里都容不下别人,她是担心失去他的,而他也从未让她稍稍宽心。

那一次,她仍然像往常一样,在家里生孩子。因为担心弄脏床铺,她和其他乡下妇女一样用干稻草在地上铺了一个草窝,自己准备热水和剪刀。由于已经生育过好几胎,因此轻车熟路,她甚至并不觉得过于痛楚,只在心中默默祈祷上苍的垂怜,希望自己可以被赐予一个男孩。

可是生下来的仍然是一个女婴。

她又恨又羞又怒,竟然一把将刚出母腹的女婴扔进尿桶,看她痛得哇哇大哭,想了想终是不忍,又起身抱起女婴将她擦拭干净,搂在怀中呜呜地哭了。

这女婴就是我的母亲。

那时候家里的一点米面都放在厨房的柜子里,我那位执着专一的祖祖踮着小脚,搬来两袋约有百来斤重的谷糠紧紧压住柜面,目的是防止儿媳妇偷吃。妇女大都产后无力,难以搬动重物,就算勉力为之,定会落下月子病。外婆眼见着没办法,饿了就自己煮点红薯叶子糊弄一下肚皮。有一天她忽然非常想吃饼，看着柜子上的谷糠气得直哭，幸好一位远亲过来看她，帮她从柜子里取出半斤面粉烙成了饼。她吃了两片，终究是不敢吃太多，剩下的都老实放在碗里不再动。

　　后来当然免不了劈头盖脸一顿辱骂。说她馋嘴偷吃，不守妇道，而这个时候外公是不会为她说一句好话的，他接受的那一套完全是古典式的愚孝，认为婆婆教训儿媳天经地义无可指摘。外婆虽然委屈，也只得默默受了。

　　那时候，乡下的女人生育，都是侥天之幸。

　　女孩子一旦出嫁，剩下的时光不是干活就是生育，不，她们是一边干活一边生育，真真是生到绝经。外婆在干农活的时候曾经掉过两个孩子，都只有三四月大，成形不久，可能因为承受不了子宫里的颠簸而坠出体外。每次都是她自己悄悄拿到隐蔽之处埋的，不敢告诉旁人。没有保护好孩子，都是媳妇的错，但是不管媳妇怀孕多久，农活和家务可是一样不许少干。

　　同村有一位阿婆，十几岁的妙龄姑娘嫁过来，隔了一年居然也要生孩子了，家里请了个村妇帮忙，不过是聊胜于无罢了。不幸逢着难产，因为不会用力居然将膀胱挤破了，且又生了一个死胎，婆家人直呼晦气，扬言要把这小媳妇儿弄回娘家去。后来小媳妇儿孤身一人住着一间老屋，三十多岁的时候收养了一个孩子，那孩子长大了还好，愿意承担她的吃喝，给她养老，只是小媳妇儿虽然熬

第 27 章 外婆的回忆

成了老婆婆，身上始终一股尿骚味，一直都是乡里邻间津津乐道的素材。

外婆自己也没有想到，三年后她再次怀孕成为母亲，这孩子出生的时候，她已经三十四五算是大龄产妇了，不过乡下人不讲究这个，只要孩子生出来不缺胳膊短腿儿的，都没事儿。产妇的年龄不在他们的关心范围之内，外婆这回终于生了一个男孩，算是扬眉吐气了一回。

她嫁过来二十多年，其实一直活在高压中，丈夫、公婆、妯娌，都在不断对她施压——虽则她个性好强，但身为乡下女子，毕竟见识有限，总觉得自己生不出儿子，就会随时陷入被抛弃的悲惨命运中。

其实她的资质是强于外公的，不但善于观察事物、总结规律，学习能力也很强，遇到突发事件的时候，总能随机应对机诈百出，我是领教过好几回的，即使那时的她已经垂垂老矣。外婆这种女子放在武侠小说里，妥妥的就是一个黄蓉，可惜生在农村，饶你有泼天的本领也没用武之地。

曾经有一次，她隐隐约约握住了一根扭转命运的线。那年丝厂女工紧缺，放松了招聘条件。她作为一个乡下姑娘，通过重重筛选，最终入围。这意味着只要她肯去上班，就可以从一个农村姑娘彻底变成城里人了。

缫丝女工其实也非常辛苦，常年置身于水汽蒸腾的车间，严苛的作业环境、超负荷的工作量,多多少少都会给身体带来一些隐疾,但那个时候乡下人进城的渠道基本上都已被堵死了,因此这条唯一的缝隙里的光格外让人憧憬起来。

可是外公不乐意了,他一本正经地告诉自己的妻子:如果去城里上班的话,那些人会把你的衣裳裤头扒光光进行检查,你怕也不怕?

她自然是害怕的,因此轻易错失了这个机会。那时候,大多数农村女性都愿意把自己置身于一个低到尘埃里去的位置,总觉得丈夫说的都是对的,都是真的,都是为自己好的,哪怕平时把自己揍得半死。

多年来,外婆因为生不出儿子,承受了巨大的精神折磨,而这些委屈是没有人可以分担的。妯娌王氏,貌丑家穷,也不曾生育,照理说并不占优势,可她却是公婆面前的红人,一个原因是这女人天生嘴甜,另一个原因是公婆故意要做出一副亲疏有别的态度来寒碜她这个大儿媳。

那时候,农村的长子长媳负担极重,长兄如父,长嫂亦如母。相应地,他们在无形中也逐渐拥有了属于自己的权柄,这对于尚健在的老人其实是一种挑衅,即使不读兵书,生活的智慧也会教人习得兵法。

现在细细想来,两位老人家也并不是没有颐指气使的本钱,他们的小儿子当兵留北京,大儿子做了生产队长,二儿子做了村支书,

第 27 章 外婆的回忆

风头可谓一时无两。

不过,他们的好日子随着吃大锅饭的时代来临而宣告结束。

那时老大老二已经分家,老两口准备先去老二家吃一轮,他们想着自己平时待二媳妇儿亲厚,估计能得善待。老二平时都在外面忙,自然是二媳妇儿管饭了,那时都是自个儿带着碗去食堂打饭,报人头,每人二两,米饭虽不多,里面混着些南瓜红薯也能勉强果腹。但这媳妇儿端回来的却是两碗清汤,米粒颗颗可数,老两口面面相觑,只得各自喝了一碗哄哄肚皮。

如是一周,任是铁打的身子也熬不住,更何况老两口已经风烛残年,他们提前要求去老大家,见了大媳妇,悲悲切切地问:"现在食堂吃的都是清汤吗?我们也就算了,你们怎么干活呀?"

外婆听了也不言语,去食堂打了 7 个人的饭,将最实在的一份留给丈夫,稍微稀薄一点的留给公婆,再稀一点的留给孩子,自己吃的只能是一些清汤寡水。公婆两人千恩万谢,说自己可终于缓过劲儿来了,而外婆自己饿得脚杆打颤。

外婆这样做,当然也存了一个比较的意思,但那个时候物力维艰,哪怕只是逞一时之快,都是在用性命做赌注,我觉得她在心里面有一番自己的权衡计较才是正常的,老两口苦待她多年,却是她为他们送了终,其中一人还死在她的怀里。

那是她的婆婆,临死前哀伤恐惧,渴望有人抱一抱自己。但是在乡下,这种临死的人是很晦气的,因此没有人肯上前。外婆见状走上前来，将她的整个身子轻轻搂入怀中，说你安心去吧，我在这儿看着你。

老人见状，大感欣慰，絮絮叨叨说了许多朴素的祝福之语，清清爽爽阖目而去。

这是我听过的所有故事里，恶婆婆的最好的结局。

这里顺带再提一下那位王氏，姑娘其实也不是什么恶人，只不过紧要关头，各顾各家，有时候做得未免有些过火，连表面功夫也不肯虚与委蛇。公公婆婆终是告了状，她很快被丈夫休了。说来好笑，我父母二十世纪九十年代离婚，在当时都还算咄咄怪事，但这位王氏被休的时间却是新中国成立前后，约为二十世纪五十年代初期。据外婆说，当时的干部都作兴离婚，几乎离了十之六七，我们当地公社办理离婚的土楼都被人踏垮了，隔了好几年才有经费重修。这应该就是传说中的新中国成立后第一次离婚潮。外婆的心有戚戚也可以理解。

王氏被休回家，第二年重新嫁人，某日去堰塘边洗衣服的时候，不幸跌落水中淹死，这女子的故事就到此为止了。她的一生真像一株一年生的草本植物，眼见不错的发芽展叶，眼见不错的扬花吐穗，阒然萎谢。她没有孩子，父母丈夫也将会很快清理掉她存在过的印记，唯有这昔日的竞争对手，在此后长达五十余年的漫漫时光里，一遍遍回忆她的名字，回忆她这一段溘然而逝的历史。

外婆在三十七岁的时候，又诞了一个小女儿，女孩名叫芸芸。

第27章 外婆的回忆

这是一个聪明得有点过分的孩子。那时候都流传着这样的说法，如果一个孩子太聪明的话，会被老天爷早早地收走。外婆忧伤地注视着这个小女儿蹦蹦跳跳的身影，巴不得她变得笨一点才安心。

芸芸扎着一个苹果头，我们四川人戏称为叮叮猫，罩着一件枣红色小小围腰，刚学会走路就往大人堆里混。听广播学唱歌，听一遍就会了；跟着领队学广播体操，看一遍就会了；见着大人做活路，她只需打眼望一下就跟着照做，一切程序不紊不乱。她年纪尚小，家人未必肯真的让她做，只是觉得这么一个小娃娃像模像样地干活，未免有些可笑。

芸芸聪明也就罢了，还非常懂事贴心，父母从地里干活归家，她立刻捧着水杯，恭恭敬敬端过来；吃饭的时候，大人喜欢往小孩子的碗里夹点好的，她总也舍不得吃，又将那块好菜夹回大人的碗里；姐姐做错了事要挨打，她就抢上前用小手按住父亲的大手，仰着小脸祈求说："大大（爹爹），不要打姐姐嘛，她知道错了。"外公真个就不打。

要命的是这样一个百伶百俐的孩子，居然只有两岁多。

过了一阵子外婆实在不放心，走了很远的山路，找到当地最灵验的一个神婆去算命，那神婆沉吟半晌，然后高深莫测地说，你拥有四个亲生女儿，但是一张桌子缺条腿。

她几乎立刻就领会到这道法旨的言外之意，一路怀着忐忑的心情回家，到底哪一个女儿是那条缺掉的腿呢？她的目光扫来扫去，最后落在三女儿玉儿和四女儿芸芸身上。玉儿那时已经 9 岁，已经长成一个非常俏丽的小女孩，和父母的感情也很是笃厚。而刚满三岁的芸芸似乎总是处于危险之中，有一次不知怎的，她忽然滚入磨道，正在推磨的老黄牛虽然蒙着面，却也感应到了什么，抬起前蹄，轻轻巧巧地避开了这个幼童，否则的话，必然开肠破肚。又一次，她不小心跌入蓄满水的堰塘之中，扑腾得都快没气儿了，幸亏有邻居路过，这才把她救了起来。其实这些偶然事故在乡村并不罕见，因为乡村总是危机重重的，小孩子能够顺利长大，已经是一种可以夸耀的成功，而且上头那三个女孩子，也都有遭受过类似的厄难之境。只是芸芸年纪尚小，连着遇见两次就显得频率太高了些。外婆和外公商量了一下，心中已经有了要放弃的孩子。

没过多久，芸芸出水痘了，可巧家里唯一的男丁小石头也正在出水痘。

出水痘的孩子不能见风，小石头每天关在堂屋里好吃好喝地供着，大人怕他无聊，还特意关了一只大公鸡进去，也不知他们怎么想的。芸芸则被拴在户外的一只磨盘旁边，白天风吹太阳晒，直到晚上才回房睡觉。

其实，芸芸在出水痘前身体已经不大好。一天，小石头在嬉戏的时候忽然起了促狭之心，往芸芸身上泼了一盆水，弄得小女孩浑身湿淋淋的。乡下的水都是井水，夏天也沁凉，芸芸被这冷水一激，本就内寒外热，加上出水痘免疫力弱，连吹了几天风，几日就不治。

第 27 章　外婆的回忆

她走的那天神志清明，特意央求母亲把周围的亲人都叫来，这所谓的周围是她三岁的生命所能覆盖的一切活动半径。众人叹息着鱼贯进入芸芸所在的偏屋，看见她像个小大人一样安静地躺在床上，只好或围或坐在她的身边。这小小的女孩将众人的脸一一看过，然后一一和他们打了招呼，神色安详、无猜，似乎即将赶赴另一场约会，并没有多余的话，或许她年幼到还不曾学会嘱托后事。

接下来的事就是装裹入殓了，咳，这个词太郑重其事了，其实就是挖个坑，把孩子埋起来。外婆已经提前看好了地方，那是前屋山坡下的一块小小所在，那里生着一棵美丽的野苹果树，她觉得芸芸一定会很喜欢。没有人可以描绘这位母亲心里的悲伤，虽然她事实上做了一次最残忍的刽子手。无论如何，她将荷着锄头，走到这一坯黄土跟前，让自己的亲生骨肉埋骨于此处。

一位远亲匆匆赶来，她说，她家孩子病了，想要讨芸芸身上的这套衣服穿。听人讲，只要穿一身死孩子的衣服，自己孩子的病就会好。这话有可能是真的，也有可能是假的，那是一个食不果腹衣不蔽体的年代，乡下人一年到头也不见得会给孩子做衣服穿。芸芸身上的这套衣裳，或许是入了别人的眼。外婆迟疑了好一会儿，还是慢慢褪下了芸芸身上的小衣服交到远亲的手上。

泪珠儿滚滚而下，她说，活孩子再怎么也比死孩子强，你拿去吧。

于是三岁的芸芸，赤裸着她清白无辜的小小的肉身，再次归于大地。

约莫月余，外婆在梦中见到了芸芸，她还是扎着苹果头，脸蛋红艳艳的，只是蹲在道路旁，两臂环胸不肯起来。

外婆立刻走上前去，想要抱起她，但是芸芸的头摇得像拨浪鼓似的，她说，妈妈，我不起来，我害羞，因为没有衣服穿，你看旁边的人都有衣服。

外婆举目四望，四周雾色朦胧，来来往往的人都穿着样式不同的衣裳，只有自己的小女儿袒露着身体，她既心疼又惭愧，倏忽梦醒。

第二天，她立刻将芸芸生前穿过的衣物堆放在坟前一一焚化，哭得简直忘情。在乡下，一个四十多岁的女人经历了命运反复的摧残磨炼，几乎已经麻木了，死个几岁的孩子，和死一只牲畜也差不了多少，连父母的哭都只是应景。

在外婆往后的人生里，芸芸成为她不可触及的伤疤。她是一听这个名字就要流泪，一遍遍说可惜了我的芸娃，可惜了我的芸娃啊。后来她隐隐约约对我说："你小时候就很像芸娃。"

我小小地吃惊了一下，真的吗？

她说，你们都和普通娃娃太不一样了，都是神仙娃娃，我生怕你吃亏——"所以外婆对我最好是不是？我轻轻搂住了她，她不肯承认我是她的最爱，然而她不能否认她对我最好，可能因为喜欢也可能因为可怜。无论如何，在那些艰辛成长的岁月里，我曾得到过她最珍贵的庇护，这世上，唯有外婆的爱强大如鹰隼同时柔软如同猫的腹部，对此我感激又感叹，果然世界上所有的偏爱都不可能没

第27章 外婆的回忆

有因由。

外婆当然不知道安徒生的故事。这位鞋匠的儿子在年少时曾经得到过一个著名的预言："奥德赛将为你张灯结彩！"许多年过去了，安徒生蜚声国际，奥德赛——这座生养他的城市，确实因为他的缘故而张灯结彩。

可是许多人并不知道，安徒生也曾遭遇过另一位算命先生的铁口直断，说他以后将会是个皮条客。

外婆啊，如果当初芸芸出水痘的时候能得到妥善照料的话，你更有可能拥有四个健康美丽的女儿，而不是一张桌子缺条腿。她们的命运虽然各自有着不同的台本，但每一个都能安然终老。尤其是小女儿芸芸，她将会长成一个乖巧懂事的好女孩，孝顺父母友爱兄姊，从小到大读书顺遂，即使不曾身跃龙门，也能习得一门安安稳稳吃饭的手艺，平安喜乐，岁岁年年，日后觅得佳婿，直至白发千古。

庚子年于四川阆州

后 记

　　这本书完成后，出版遇到极大的困难，多家出版社拒稿，有说文笔粗陋的，有说思想浅薄的，有说语气滑头的，莫衷一是。我自己虽然出版过几本书，但是散文还是头一遭写，可以说文学之路尚未起程，因此不免惴惴，一度打算放弃，后来在家人和朋友的鼓励下又尝试了多次，终于得以顺利出版。在这里要感谢我的先生，是他带领我直面生活的龃龉；感谢老友莫莫为我友情校对且写序，许多没有说出口的话他已替我说了；感谢大道正泽的萧溪萧总仗义相助；感谢阆州美协前主席陈文大陈叔精心设计的封面题字。感谢一切有情众生。

林三夏于壬寅年壬寅月